AF275612

Newton Compton Editores

© 2025, Marcos Nieto Pallarés
© 2025, de esta edición por Antonio Vallardi Editore S.u.r.l., Milán

Todos los derechos reservados

Primera edición: septiembre de 2025

Newton Compton Editores es un sello de Antonio Vallardi Editore S.u.r.l.
Pl. Urquinaona, 11, 3.º 1.ª izq. Barcelona, 08010 (España)
www.newtoncomptoneditores.com

Gruppo editoriale Mauri Spagnol S.p.A.
www.maurispagnol.it

ISBN: 978-84-10359-99-4
Código IBIC: FA
DL: B 6.008-2025

Composición:
Javier Sánchez Meco

Diseño de interiores:
David Pablo

Impreso en septiembre de 2025 en Puntoweb s.r.l., Ariccia (Roma), en Italia.

Queda rigurosamente prohibida, sin la autorización por escrito de los titulares del copyright, la reproducción total o parcial de esta obra por cualquier medio o procedimiento mecánico, telemático o electrónico –incluyendo las fotocopias y la difusión a través de internet– y la distribución de ejemplares de este libro mediante alquiler o préstamos públicos.

Marcos Nieto Pallarés

La sinfonía del miedo

Newton Compton Editores

Barcelona, 2025

Nota del autor

Estimado lector:

Los personajes que aparecen en esta novela son de mi absoluta invención. Ni siquiera están «basados en». Del mismo modo, y para no herir sensibilidades, el lugar donde aparecen los cuerpos es ficticio. Por otro lado, y como ya sucede en *El juego del mal*, este *thriller* no gira en torno al quién lo hizo, sino al cómo y el porqué.

Dicho esto, solo me queda agradecerte que hayas elegido *La sinfonía del miedo* como lectura.

Preludio

6 de diciembre de 2017

En la habitación reinaba el silencio. Pero un lugar exento de ruidos no tiene por qué transmitir paz. Lo mismo sucede con una partitura bellamente interpretada por una orquesta. Depende del motivo por el que se perciban –o no– los sonidos.

Su cuerpo caído en desgracia se mecía mientras musitaba las últimas palabras que había pronunciado su secuestrador:

–Volveré por la noche. Volveré por la noche. Volveré por la noche...

El reloj de la mesilla marcaba las nueve y media. Observó el movimiento de las agujas entretanto se arrancaba, de manera rítmica e impulsiva, las costras secas de las últimas heridas.

Su piel era un mapa de tajos y cicatrices.

–Volveré por la noche. Volveré por la noche...

Las paredes insonorizadas evitaban que oyera los ruidos que su captor provocaba en la habitación de al lado mientras se preparaba para martirizarla y, asimismo, que se percatara de que había empezado a sonar la música que invariablemente acompañaba a su sufrimiento.

Exhaló un suspiro cuando el atormentador giró la llave en la cerradura.

–Y ya es de noche. Y ya es de noche. Y ya es de noche...

A la par que la puerta se abría, la sinfonía se deslizó en

la habitación como un ladrón violento. La mujer dejó de dirigirse a la nada y sus ojos se abrieron como una grieta provocada por un cataclismo. Los acordes irrumpieron en su mente con la fuerza de un vendaval y su boca arrojó un grito ensordecedor.

1

Víctor Echevarría

No tardaron en ponerle un sobrenombre, como de costumbre, basado en su *modus operandi*; nadie puso en entredicho que le venía como anillo al dedo. Los medios de comunicación no dejaban de hablar del hombre que había arrojado dos cuerpos sin cabeza en unos descampados de Salamanca.

Mi compañera y yo llevábamos dos años tras la pista del desalmado que, según rezaba el informe forense, descabezaba a sus víctimas de un solo tajo con un hacha de gran hoja.

Dos crímenes sin precedentes en España.

Cada línea de investigación condujo a un callejón sin salida. Cada huella, a un hombre equivocado. Cada interrogatorio, a impotencia.

Un decapitado más y la prensa podría tacharlo de asesino en serie. Nadie dudaba de sus intenciones: saciar sus instintos primarios al tiempo que se labraba un nombre como criminal.

Mientras sorbía café en mi mesa rebosante de documentos, me pregunté cuándo aparecería la tercera víctima del Verdugo de Salamanca.

Pero la cuestión no era cuándo, sino quién.

22:37 h

Abrí los ojos como un hombre de sueño ligero al que des-

11

piertan de un puntapié y un estallido de dolor me cruzó la frente de sien a sien.

–Joder –gruñí mientras me incorporaba.

Volví en mí en una sala de paredes grafiteadas y desconchadas, sobre un suelo mugriento salpicado de basura doméstica. Me palpé el cuerpo en un acto instintivo y me di cuenta de que no llevaba encima ni el arma, ni la placa, ni el móvil.

Descubrí una puerta metálica a mi espalda, sin paño. Traté de abrirla; parecía atrancada desde el otro lado.

«¿Cómo he acabado metido aquí dentro?».

Estuve a punto de pellizcarme para comprobar si estaba despierto, pero en lugar de comportarme como un imbécil me esforcé en hacer memoria.

«Iba a entrar en el coche y alguien me abordó. Noté un pinchazo en el cuello y... –Caí en la cuenta de que las anteriores víctimas del Verdugo habían sido atacadas cuando se disponían a entrar en el coche–. Mierda».

Ante mí, ligeramente a mi derecha, había una mesa camilla con algo encima, tapado con un mantel gris. A mi izquierda, algo mucho más grande, asimismo cubierto con un hule plomizo. En una de las paredes, encajado en un espacio libre de grafitis y escrito con letras rojas concienzudamente gruesas, pude leer: «Inspector, la hoja caerá si ella se mueve». Sobre la advertencia, aparentemente escrita con sangre, distinguí un pequeño altavoz.

«¿Qué diantres...?».

Tiré del mantel más grande y bajo este apareció mi compañera, acoplada a una guillotina casera.

«No usaba un hacha».

Descubrí a Rebeca bocabajo sobre un pequeño banco de madera, inconsciente y con la cabeza aprisionada por un cepo sellado con un candado, bajo una cuchilla de acero triangular que resplandecía como aguas nocturnas bañadas por la luz de la luna llena.

Las siete palabras rojas me hicieron vacilar. «La hoja caerá si ella se mueve». Temí que se sobresaltara si la despertaba de pronto y, como rezaba el consejo, su cabeza rodara por el suelo.

«¿Qué habrá sobre la mesa camilla? ¿La llave del candado?», pensé inocente.

Me acerqué y tiré del hule más pequeño. Di un respingo.

–Dios santo.

Metidas en frascos de cristal, encontré las cabezas de las dos víctimas del Verdugo de Salamanca: Sonia Cifuentes y Alberto Gómez. Entre los recipientes, cargados de formol, descansaba una hachuela de carnicero y un trapo de cocina.

–Ví-víc-tor...

Me di la vuelta al oír la titubeante voz de mi compañera.

–No te muevas.

Rebeca no podía levantar la cabeza, así que me tumbé para que pudiéramos vernos las caras.

–No te muevas –insistí, mientras su cabello pelirrojo encerraba mi rostro y sus ojos azules perforaban mis pupilas marrones–. Estás encajada en una guillotina. –No tuve más remedio que contarle la verdad–. Delante de ti, en la pared, hay un mensaje: «La hoja caerá si ella se mueve». Así que, pase lo que pase, no te muevas.

–El Verdugo –entendió horrorizada–. No quiero morir, Víctor.

Sus ojos se enrojecieron en lo que dura un parpadeo y dos lágrimas cayeron sobre mis labios, embriagándolos de un sabor salado.

–No vas a morir –prometí, antes de que una voz metálica emergiera del altavoz.

–Eso ya lo veremos.

Me incorporé.

–¿Qué quieres? –pregunté y busqué una cámara con la mirada.

La encontré en la esquina opuesta a la que el asesino había encajado el altavoz; con el trajín, la había pasado por alto al despertar.

—No toques nada –amenazó–. Si tratas de liberar a tu compañera, la hoja caerá: he instalado un sensor de movimiento. Si arrancas el altavoz, os mato. Si mueves la cámara, rodarán cabezas. Si rompes los frascos donde guardo mis trofeos... ¿Lo vas pillando?

—No haré nada de eso.

—Así me gusta: obediente como un perro faldero. Ahora acércate a la mesa donde están las cabezas de mis queridas víctimas. –Obedecí–. ¿Quieres salvar a tu compañera? –Miré a cámara y asentí con la cabeza–. Pues córtate un dedo de una mano.

—¿¡Qué!? –exclamó Rebeca.

Me volví para observarla: el cepo alrededor de su cuello, la hoja amenazando con descolgarse...

Tragué saliva.

—Es un dedo de nada.

Traté de quitarle hierro a un asunto con más hierro que las lentejas.

—No tengo todo el día –azuzó el Verdugo.

Apreté la mano izquierda contra la mesa mientras las cabezas enfrascadas parecían vigilar mis movimientos. Separé los dedos, coloqué el filo de la hachuela sobre el meñique izquierdo y la bajé con decisión. El dedo se separó de la mano como si fuera de mantequilla. Un corte limpio como una perla. No grité para no asustar a mi compañera. A decir verdad, sentí poco dolor: el Verdugo había tenido el detalle de afilar la hachuela a conciencia. Sin embargo, la sangre, siempre escandalosa, brotó a chorro por la herida.

Hice presión con el trapo.

—¿Lo has hecho? –preguntó Rebeca.

No pude contestar: un intenso vahído me hizo hincar las

rodillas. Traté de no aflojar la presión; el trapo no tardó en teñirse de rojo.

—Bien hecho, inspector. Ahora córtate el de la otra mano. Hazlo y te prometo que dentro de unas horas os despertaréis sanos y salvos en un descampado de Salamanca. Te vendaré las manos, no te preocupes. No consentiré que te desangres. Tienes mi palabra.

«¿Y de qué me sirve la palabra de un perturbado?», pensé.

—No —dijo mi compañera—. Solo está jugando con nosotros. No tiene intención de liberarnos.

«Si de todos modos vamos a morir, qué pierdo intentándolo».

Me incorporé pálido como un fantasma.

La mesa estaba ensangrentada y el suelo resbaladizo; por poco patino con mis propios fluidos. Los frascos también mostraban pequeñas salpicaduras. Observé mi índice sobre un charquito rojo: parecía un artículo de broma.

Procedí del mismo modo con el meñique derecho. Caí de culo un segundo después de cercenármelo.

—Ahora córtate una mano.

—¡Maldito hijo de puta! —grité fuera de mí.

—Está jugando con nosotros —insistió Rebeca, evitando gritar para no hacer ni el más mínimo movimiento.

Usé mis últimas fuerzas para incorporarme.

«Mejor morir desangrado que a manos de un asesino».

Me dispuse a amputarme la mano de un hachazo cuando mi compañera empezó a agitarse sobre el banco de madera, provocando que la guillotina temblara como dos vírgenes en su noche de bodas.

—¡No! —exclamé mientras observaba sus sacudidas.

—¡No permitiré que disfrute a nuestra costa! —sentenció.

Y la hoja cayó sobre su joven cuello.

Su cabeza golpeó el suelo: un sonido que se grabó a fuego en mi mente. Ante mis ojos horrorizados, se balanceó como un péndulo hasta quedarse quieta. Hubiera jurado que sus ojos parpadearon antes de quedar exangües.

—¡Maldita zorra! —lamentó el Verdugo—. ¿Tenías prisa por morir o qué?

Mi cuerpo, mutilado y conmocionado, dijo basta. Caí de rodillas mientras dejaba de presionar las heridas. Lo único que deseaba era ponerle fin a mi sufrimiento.

Antes de perder la conciencia, pude ver cómo el Verdugo, cubierto por un pasamontañas, accedía a la habitación por la puerta metálica y se me acercaba con pasos achacosos.

—Tú has cumplido con tu parte —susurró desde el corazón de la sala—. No sería justo que pagaras por la estupidez de tu compañera.

2

Víctor Echevarría

24 de noviembre de 2017, 04:48 h
Salamanca

Desperté en el mismo lugar, con las manos vendadas. El cuerpo de mi compañera seguía apresado en la guillotina, pero su cabeza ya no me miraba desde el suelo. No pude evitar imaginar las facciones de Rebeca sumergidas en formol. Como era de esperar, también se había llevado la de Sonia Cifuentes y la de Alberto Gómez.

«Seguro que lo ha grabado todo», pensé mientras recordaba la sonrisa de quien había sido mi compañera durante casi una década.

—Lo siento, amiga mía –le susurré a su cuerpo decapitado.

Advertí que el asesino me había devuelto el móvil, la placa y la reglamentaria. En una de las paredes constaba una dirección, escrita –esta vez no tuve la menor duda– con la sangre de Rebeca. Conocía el lugar señalado: un polígono en las afueras de Salamanca. Llamé al inspector jefe y le rogué que enviara una ambulancia y un equipo de la Policía científica.

Seis meses después
23 de mayo de 2018
Madrid

Ahora me llaman Sinmeñiques.

Traté de recuperarme del choque emocional, pero no fui capaz de arrancarme de la cabeza el tercer crimen del Verdugo

17

de Salamanca. Como en casos similares, busqué refugio en el alcohol mientras me obsesionaba con atrapar al hombre que había asesinado a mi compañera.

Me convertí en un cliché.

El Verdugo me perdonó la vida porque entendió que de ese modo me imponía un castigo más largo; era todo un experto en atormentar.

Mi salida del Cuerpo cayó por su propio peso. No podía cargar con la culpa mientras investigaba las muertes de otros. Entre lágrimas, me despedí de mis compañeros, que, empáticos –nadie mejor que ellos para ponerse en mi piel–, me dedicaron miradas de lástima y frases de ánimo.

Dejé mucho atrás: mi título universitario en Criminología y la formación especializada en Investigación criminal y ciencia forense. Me había pasado la vida estudiando y un asesino en serie había conseguido borrar todos mis logros de un plumazo. No podía seguir con mi vida de entonces mientras mis pensamientos viajaban sistemáticamente a otra parte, a la sala donde había perdido dos dedos y a mi compañera. No lo encontraba ético. Así que me trasladé a Madrid, donde vivía mi hermano Ramón. Pasé un tiempo con él, hasta que me saqué la licencia de detective privado y poco después conseguí trabajo en una agencia. Ahora vivo en las afueras, en un piso de alquiler, y me dedico a destapar fraudes e infidelidades. O al menos es lo que hacía, hasta que contactó conmigo una mujer cuyo marido e hija habían desaparecido.

–Me gustaría hablar con usted sobre un asunto importante –rogó Edurne Palaciego.

Como casi toda España, estaba al tanto del asunto.

–Si lo que quiere es que busque a su marido y a su hija, no me interesa.

No obstante, no pude declinar su última oferta:

–Solo le pido unos minutos de su tiempo. Le pagaré mil

euros por escuchar mi propuesta. Si esta no le satisface, es libre de marcharse con el dinero.

Palaciego vivía en el distrito de Moncloa-Aravaca, en una zona tranquila del barrio de Valdemarín. Una garita privada de seguridad custodiaba La puerta de acceso y evidenciaba el alto poder adquisitivo de la mujer que pretendía contratar mis servicios. Tras identificarme ante el guardia, me invitó a pasar y a esperar ante el chalé –más bien una mansión– a que la señora Palaciego saliera a recibirme.

Conduje por el ancho camino de piedra que llevaba hasta una casa de aspecto clásico que, sin miedo a equivocarme, superaba los mil metros cuadrados, mientras a mi derecha se extendía una piscina que reflejaba el cielo nublado con el que había amanecido Madrid.

Tiré del freno de mano y la vi bajar por las escaleras de mármol que presidían el amplio porche y la no menos suntuosa puerta de entrada.

«Ahí dentro debe de sentirse muy sola», pensé antes de apearme.

–Le agradezco que haya venido –dijo tras estrecharnos las manos.

La primera vez, todo el mundo se quedaba mirando mis manos de cuatro dedos. Pero Edurne pareció no fijarse en ellas a pesar de que estaba seguro de que había escarbado en mi pasado.

–No pude declinar su oferta de mil euros a cambio de nada.

–Si acepta el trabajo, se los descontaré de sus honorarios.

«¿Eso ha sido una gracia?».

No supe cómo reaccionar, así que me limité a sonreír.

–Acompáñeme.

Seguí sus pasos. Era una mujer de unos sesenta años bien cumplidos, de pelo corto platino y ojos garzos, nariz de tabique fino y mentón y labios afilados, como presentí que también tendría la lengua. Vestía un abrigo que le llegaba hasta los tobillos con todos los botones abrochados, como si tratara de ocultar las prendas que llevaba debajo.

«Puede que vaya desnuda –pensé–. Eso sí sería un sorpresón».

Superamos el generoso recibidor que daba acceso a las distintas zonas del inmueble y entramos en un solemne salón de altos techos presidido por una chimenea en la que crepitaba un fuego intenso. Dos cristaleras apaisadas permitían disfrutar de las agradables vistas del jardín, aunque el sol se ocultara tras nubes grises. Fuera hacía un frío tremendo; por eso dentro se estaba tan bien.

Me llamó la atención una fotografía enmarcada en la que aparecía la familia al completo. Carolina apenas tendría diez años. «Es evidente que ha salido a la madre». Tomás Lago era un hombre de corta estatura –cuatro dedos menos que su mujer, como poco–, de escaso pelo y nariz considerable, y unos ojos juntos y grandes que le daban aspecto de búho.

–Tome asiento.

Me acomodé en un sofá más largo que una noche sin madrugada, camuflado por una mesa de centro acristalada no menos oblonga, sobre la que descansaban un portátil y un sobre para cartas. Ni jarrones, ni posavasos, ni plantas, ni ceniceros. Únicamente el sobre y el ordenador. Todo parecía haberse preparado con mimo, como un decorado de Hollywood antes de una escena crucial.

Un hombre trajeado entró en el salón y se acercó a mi anfitriona con el sigilo de quien no trae buenas intenciones.

«¿Y de dónde ha salido este? ¿Será un inspector de Homicidios?».

–¿Desean tomar algo?

«¡Hostia puta! ¡Si tiene mayordomo!».

–Yo no –contesté con naturalidad.

–Gracias, Francisco –profirió Palaciego–. Luego, si acaso.

20

Francisco se retiró como había llegado: sin llamar la atención.

–Supongo que estará al tanto de mi situación –dijo Edurne con voz melosa, tras tomar asiento al otro lado de la mesa de centro.

–Como todo español. Su hija desapareció sin dejar rastro y su marido corrió la misma suerte dos días después. Pero sigo sin entender qué quiere que investigue. ¿Quién se los llevó?

–Sí.

–Mucha responsabilidad para un detective privado, ¿no le parece? Además, es harto improbable que su marido y su hija sigan con...

–Lo sé.

Se levantó para coger el sobre y me lo entregó por encima de la mesa.

–¿Qué contiene?

Con un gesto, me invitó a comprobarlo por mí mismo.

Saqué de su interior un *pendrive* y una nota escrita a máquina.

–Lea la nota, por favor.

–«Si quiere que su hija vuelva a casa, traiga mañana un millón de euros al pueblo fantasma de El Alamín».

Conocía el lugar: un pueblo creado para los jornaleros que trabajaban en la finca de El Alamín. Como su uso fue exclusivo de los trabajadores y sus familias, cuando cerró quedó abandonado. Un lugar visitado por los entusiastas de lo paranormal.

–Doy por hecho que la Policía está al tanto de esta nota.

–Desde luego. Prepararon un dispositivo para atraparlo, pero no se presentó. El sobre y la nota son copias exactas; los auténticos los tiene la Policía judicial. Pero quería que usted lo sintiera como si fueran reales, ¿entiende? –«Qué mujer más peculiar»–. Me han hablado de su instinto detectivesco y me gustaría que trabajara en exclusiva para mí.

Levanté la mirada por encima del papel y Edurne me perforó las pupilas con sus ojos azulados. Habló con el carácter de quien no tiene nada que perder:

–Mi marido no tuvo nada que ver con el secuestro de Carolina, como han insinuado algunos medios de comunicación. Ni siquiera estaba en Madrid cuando se llevaron a nuestra hija. No sé qué pudo sucederle, ni si las desapariciones guardan relación, pero él jamás le haría daño a nuestra pequeña. La Policía verificó su coartada. Pero a los medios sensacionalistas eso no les importó. No buscan la verdad, solo que suban los índices de audiencia.

Se inclinó para coger el portátil y, como el sobre, me lo entregó por encima de la mesa.

–Ponga el *pendrive* y enciéndalo. La contraseña es «Palaciego». El vídeo se reproducirá automáticamente.

«¿Un vídeo? –pensé cejijunto–. Esto se pone interesante».

Hice lo que me pedía y, efectivamente, tras teclear la contraseña se reprodujo una grabación. Lo primero que vi fue oscuridad; luego una mano apoyada en un colchón. La imagen se movía bruscamente, pero pude observar los rasgos de una mujer ataviada con un chándal en lo que parecía un sótano de paredes ahuesadas. Pude ver cortes en uno de sus pies.

–¿Qué se oye de fondo? –pregunté.

–El *Aria sulla quarta corda*, un arreglo musical del violinista August Wilhelmj del segundo movimiento de la Suite orquestal n.º 3 en re mayor, BWV 1068 de Johann Sebastian Bach. Pero eso ahora no importa.

–Cualquier detalle importa –dije, impresionado.

Ella asintió y habló con el semblante grave:

–La joven que aparece en la grabación es mi hija. Los investigadores no lo ven claro, creen que puede ser un engaño para sacarme el dinero, pero, créame, es Carolina.

–He observado que tenía cortes en un pie.

–Así es.

—¿Cómo le hizo llegar el secuestrador el vídeo y la nota?

—En un estuche de plástico. Lo lanzó por encima del muro del jardín a las 3:36 de la madrugada. El jardinero lo encontró por la mañana. La Policía revisó las grabaciones de las cámaras de seguridad, de ahí que conozca la hora exacta. No obstante, mis cámaras no pueden enfocar por ley hacia la calle, así que solo pudieron captar un estuche volando por encima del muro.

«Es astuto», discurrí.

—¿Y qué avances ha hecho la Policía?

—Ninguno.

—¿Y qué quiere que haga yo que no hayan hecho ya ellos?

—Encuentre al hombre que hizo la grabación. Si da con él, dará con mi hija. Puede que su motivación no fuera matarlos. Mi corazón de madre me dice que Carolina está viva.

—¿Y qué dice de su marido?

—Que una cosa llevará a la otra.

—Es probable que el culpable sea el mayordomo.

—Burlarse de una madre desesperada es, como poco, cruel.

—Lo siento. Ha estado fuera de lugar.

—Está perdonado. Sé que usted también pasó por un trance terrible.

«Aún lo estoy pasando».

—¿Sabe quién soy, señora Palaciego? Quién soy de verdad. Le juro que me sorprende que quiera contratarme. No soy lo que se dice un buen partido.

—Usted es un exinspector de Homicidios que ejerce como detective privado.

—Esa es la parte teórica. Bebo demasiado. Soy agresivo, sobre todo cuando empino el codo. Camino sobre la línea que separa el bien y el mal y tiendo a trastabillar hacia el lado equivocado. Soy desagradable, como ha comprobado hace un momento. Y todo el mundo me cae como el culo.

—Yo veo a un hombre que sabe quién es —opinó ella, dándome su voto de confianza–. No me importa lo que haga en su tiempo libre. A mí como si se mete entre pecho y espalda un barril entero de *whisky*. Solo me interesa su capacidad para atar cabos. Tampoco me importa cómo llegue al fondo del asunto, siempre y cuando no le haga daño a nadie. Le daré veinte mil euros como adelanto. Un millón si trae una pista fidedigna sobre el paradero de mi hija o de mi marido, vivos o muertos.

Tragué saliva. Ningún detective privado en su sano juicio habría declinado una oferta tan generosa.

–Me lo pensaré.

Edurne me dio su tarjeta de visita. Yo le entregué un papelito con un número de cuenta. No hizo falta que le explicara que era donde debía ingresar los mil euros.

–Tiene hasta las diez de la noche de mañana. Si no, le ofreceré el trabajo a otro detective privado.

«Es casi imposible encontrarlos –pensé indeciso–. La Brigada de Homicidios y Desaparecidos no ha conseguido nada. Pero, joder, este es uno de esos trabajos que te jubila».

–Ha sido un placer, señora Palaciego.

Me levanté del sofá.

–Permítame que lo acompañe hasta la puerta.

Antes del último adiós, me dedicó unas palabras para el recuerdo:

–Huir del pasado no alejará sus fantasmas. Lo único que puede salvarnos es mirar hacia delante, sin olvidar.

3

Álvaro de la Torre

Ocho meses después
12 de enero de 2019
Calle Fuencarral, Madrid

—¿Ves? No siempre me llama a mí —afirmé después de que Elsa colgase al inspector jefe Lucas Valcárcel.

—Estará enfermo. O habrá perdido tu número.

Ella se empeñaba continuamente en tachar de machista a nuestro superior.

—Ya.

Sonreí mientras nos tomábamos un descanso en una cafetería de la calle Fuencarral. Estábamos dedicando la mañana a echarle una mano a Neveira con su primer caso en solitario, al menos en lo referente a Madrid: un anciano hallado muerto en su domicilio. La forense decretó que el deceso fue a causa de un estrangulamiento y el comisario Ibáñez decidió asignarle el caso a mi compañero y amigo, y pareja de Elsa. Sin embargo, nuestra cooperación en el caso Orozco —como se apellidaba el anciano— concluyó en cuanto mi compañera colgó al inspector jefe.

—¿Qué quería? —pregunté intrigado.

El modo de gesticular de mi compañera con el móvil pegado a la oreja me hizo temer lo peor.

—El cuerpo de Carolina Lago ha aparecido en una nave abandonada, cerca de la estación de Méndez Álvaro.

—Vaya por Dios —susurré apenado—. Asesinada a los veintiún años.

La chica llevaba más de un año desaparecida. Un caso mediático, al ser hija de un reconocido y pudiente psiquiatra, Tomás Lago, que, ante la sorpresa de todo el mundo, se esfumó dos días después de que lo hiciera Carolina. Mucho se habló de su posible implicación en el secuestro de su única hija, pero, hasta el momento, nuestros compañeros de la Brigada de Homicidios y Desaparecidos no habían encontrado ninguna prueba que lo inculpara de tales calumnias. Ni a él ni a nadie. Como si a los dos se los hubiera tragado la tierra.

«¿Qué motivos pueden arrastrar a un hombre adinerado a secuestrar a su única hija? –pensé, en referencia a las graves acusaciones que se vertieron sobre Tomás Lago tras su sonora desaparición–. La prensa, con tal de llenar páginas de periódicos...».

Conocíamos la existencia del vídeo que recibió la madre, en el que una mujer de facciones confusas miraba durante un segundo a cámara. Asimismo, que su secuestrador –siempre en teoría– le adjuntó una nota de rescate que decía: «Si quiere que su hija vuelva a casa, traiga mañana un millón de euros al pueblo fantasma de El Alamín». Se montó un dispositivo para atraparle, pero todo acabó en agua de borrajas. Y a partir de ahí, y hasta el momento, no teníamos constancia de nuevos avances.

Todo pudo deberse a un intento de engaño. Una pareja de malhechores podría haber tenido la brillante idea de engañar a la madre haciéndose pasar por Carolina y su secuestrador; de ahí que las imágenes fueran tan borrosas. Graban el vídeo, escriben la nota de rescate y lanzan el cebo en plena noche por encima del muro del jardín. Pero a la hora de la verdad les entra el canguelo y se echan atrás, como las aguas del mar antes de un tsunami. «El riesgo es demasiado alto –piensan–. Mejor pobres que en la cárcel». Y al final solo consiguen desconsolar a una madre desgraciada. O a lo mejor el auténtico secuestrador –ahora sabemos que también asesino– grabó el vídeo y escribió la nota, y la mujer en chándal sí es Carolina Lago. Pero dudo de que, de tratarse del auténtico asesino, no tuviera, en ningún momento, intención de cobrar un rescate. Entonces, ¿por qué envió la nota y el vídeo? ¿Cuál fue su propósito? ¿Venganza? ¿Poder? ¿Despistarnos? ¿O es que tiene un plan a largo plazo?

Esas preguntas, y otras tantas, eran las que debíamos responder.

–El padre sigue desaparecido, ¿no? –le pregunté a Elsa.

–Sí. Es raro, ¿verdad? El vídeo, la nota... Y ahora aparece muerta. Y el padre sigue *missing*. Si te digo la verdad, nunca pensé que aparecería, ni viva ni muerta. Lozano y Pujalte nos pasarán lo que han recabado hasta el momento. Ellos seguirán buscando a Tomás Lago y nosotros rastrearemos al asesino de su hija.

–Es probable que los cuatro nos encontremos por el camino.

–¿Crees que la muerte de Carolina y la desaparición de su padre están relacionadas?

–Eso me temo, pero no creo que él la secuestrara. No se me ocurre ningún móvil coherente. Pero, bueno, todo se verá. Paguemos la cuenta. Se acabó el descanso.

Dejamos atrás la comodidad del establecimiento. Elsa se apretó el cuello del abrigo nada más pisar la calle y tuvo un repentino escalofrío.

–Olvidémonos por el momento de lo que han conseguido Lozano y Pujante. Visto lo visto, no ha servido de nada –dijo. Su boca parecía el tubo de escape de una moto vieja.

–Es justo lo que iba a proponerte.

–Menudo caso nos ha caído del cielo –refunfuñó mientras entrábamos en el coche–. Hallada muerta después de tanto tiempo... –Se frotó el mentón–. Madre mía. ¿Dónde habrá estado metida? Esto no va a acabar bien, ¿lo sabes? Me refiero a que...

Un miedo repentino a llamar al mal fario pareció dejarla sin palabras.

—¿A que se avecina oscuridad?

—Oscuridad, pena, frustración... Llámalo como quieras.

Puse primera, pisé el acelerador y conduje hacia la escena del crimen, al tiempo que Elsa introducía las coordenadas en el GPS.

—Y Lozano y Pujalte no es que sean unos incompetentes —consideró—. Si no dieron con una sola prueba, es que el asesino es sumamente cuidadoso.

—Es triste, pero todos habíamos metido el caso en el montón de los improbables. Si hasta se llegó a decir que padre e hija se habían fugado en plan romántico. Menudo disparate.

Elsa hizo una mueca de repulsión.

—Es un caso de mierda.

—No hay casos buenos ni malos —dije con aire paternal—. Solo crímenes a los que hay que hacer justicia, con presión o sin presión mediática. —«No hay casos buenos ni malos». Tiempo después me desdije de aquellas palabras—. ¿Valcárcel te ha informado sobre el estado del cuerpo?

—Solo me ha dicho que la han descubierto unos sintecho y que estaba desnuda.

«Desnuda».

Suspiré. Me sentía como una bayeta cansada de filtrar suciedades.

Conduje por la avenida de Andalucía atravesando de norte a sur los distritos de Usera y Villaverde. No necesitaba sacar la mano por la ventanilla para presentir el aire gélido que se respiraba fuera. No hacía viento, pero la gente caminaba a paso ligero en busca de un lugar donde recogerse. A pesar de todo, hay algo mágico en el invierno: echarse el vaho sobre las manos en buena compañía, entrar en un hogar cálido y dejar atrás un frío que pela, acurrucarte en el sofá y entrar en calor con una humeante taza de chocolate, dormir arropado hasta las cejas... Necesitamos sentir los contrastes. Si no tuviéramos invierno, no apreciaríamos la primavera; si no conociéramos la adversidad, no valoraríamos los buenos tiempos; si no existieran horribles escenas del crimen como la que nos aguardaba en el distrito de Arganzuela, los inspectores de Homicidios no apreciaríamos las temporadas sin cadáveres torturados.

Transitamos por un camino estrecho de asfalto lleno de baches que no parecía recibir demasiados roces de ruedas a lo largo del día. Las vías del tren se extendían a pocos metros como un muro de contención.

—Es una zona apartada —agradecí.

—Al menos no habrá mirones.

El camino estaba debidamente cortado por una valla de balizamiento. Un agente de la Policía local de Madrid nos dio el alto y se acercó a mi ventanilla. Tras identificarnos y dejar constancia de nuestra entrada en la zona caliente, proseguí con un nudo en el estómago; nunca me acostumbraría a aquellos momentos previos al kilómetro cero del infierno.

Aparqué al lado de un vehículo de la Policía nacional, a pocos metros de la cinta policial que acordonaba la nave. No parecía haber pasado demasiado tiempo desde que unos sintecho encontraran el cuerpo sin vida de Carolina Lago. Dos agentes de Seguridad Ciudadana vigilaban que ninguna persona no autorizada accediera al perímetro.

Tiré del freno de mano mientras Elsa sacaba los guantes y los cubrezapatos de la guantera. Nos apeamos y caminamos con las protecciones arrugadas en las manos.

Saludamos a coro al policía más próximo a la entrada.

—Buenos días, inspectores.

Nos colocamos las protecciones ante su atenta mirada. Había estado antes a las puertas de escenas como aquella, en edificios que se dejaban invadir por la naturaleza. Los bloques de pisos a nuestra espalda no eran más que cuadrados difusos que me dieron una extraña sensación de calma antes de la tormenta.

«La prensa no tardará en llegar».

La entrada a la nave de ladrillo anaranjado me pareció la boca de un lobo. Tragué saliva mientras dejaba atrás el acceso abovedado. No teníamos constancia de cuánto tiempo llevaba la fábrica en desuso, pero a tenor de la obsoleta forma de su esqueleto imaginé que mucho.

La contaminación acústica del ferrocarril me perturbó cuando vi a lo lejos el cuerpo tendido de Carolina Lago. Elsa siguió adelante, saludó a los presentes y se plantó ante la finada. Hicimos gala de nuestros particulares modos de afrontar la escena de un crimen.

El vaho emanaba de nuestra boca como si masticáramos bombas de humo.

El corazón de la nave parecía un torso sin órganos. La escasez de paredes interiores la convertía en una inmensa cámara frigorífica, bañada por la luz azulada que escupían las ventanas de cristales rotos que se repetían a lo largo de sus muros, pasto de grafiteros. Mi compañera se protegía de las inclemencias del tiempo con un elegante abrigo negro de ante y unos pantalones grises de pinzas, que combinaban con un jersey de cuello alto. Noté un cambio en su modo de vestir cuando se fue a vivir con Iván. No es que antes fuera como una pordiosera, pero digamos que su clase había ganado enteros desde que se mudó con Neveira.

Encontramos a Carolina Lago rodeada de inmundicia. Latas aplastadas, bolsas hechas gurruños, botellas de plástico retorcidas…, pero ningún destrozo le hacía sombra a su cuerpo tumbado bocarriba.

Dos de los tres policías presentes conversaban en una esquina con los vagabundos que habían encontrado el cadáver, que no le quitaban el ojo de encima a un carro de la compra lleno de chatarra.

«A esos dos deberían estar entrevistándolos fuera», me dije. No obstante –y parece que Elsa optó por lo mismo–, decidí pasar por alto el desliz.

Me acerqué al otro policía y le pedí que saliera a vigilar el perímetro: no me apetecía tenerlo revoloteando a nuestro alrededor. Sus compañeros siguieron hablando con los dos hombres tras saludarnos con la mano.

Me detuve al lado de Elsa, que parecía haber perdido la capacidad del habla, y, tras echarle un vistazo a la muerta, dije:

–Esto no me lo esperaba.

Carolina Lago había sufrido un abuso de los que deja marcas en la carne. En su cuerpo pálido y delgado se desdibujaban las fronteras entre la brutalidad y lo inconcebible. «Se lo han arrebatado todo –pensé impactado–. Inocencia, belleza, intimidad..., cualquier afecto que hubiera sentido por alguien».

–Ha perdido bastante peso –observó Elsa.

Puse la mirada sobre aquel rostro huesudo, que había aparecido mil veces por televisión. Su pelo castaño se esparcía apelmazado por el suelo mugriento. Sus párpados amoratados ocultaban unos ojos marrones que nunca volverían a fijarse en nada. Sus labios parecían un terreno asolado por una larga sequía... El resto era un lienzo delgado y desteñido, rajado y mutilado por todas partes. Sus manos y pies eran muñones. Me estremecí al imaginar la espiral agónica en la que debió de verse envuelta: delirios, fatiga, miedo, dolor... Mi mente arrojó imágenes de cuchillas ensangrentadas y miembros cercenados.

–Es la chica de la grabación –comprendí–. ¿Recuerdas que se le veían heridas?

–Sí. Algunas heridas han cicatrizado ya, pero otras son recientes. Joder, tiene cortes por todo el cuerpo. ¿Cuántos tendrá? ¿Cien? Cuesta encontrarle un hueco sin marcas.

–Y tendrá la espalda llena –intuí–. Esto es obra de un sádico.

Elsa le dio la espalda al cadáver y respiró hondo mientras

yo me acuclillaba para mirarle el interior de la boca. El *rigor mortis* me lo puso un poco difícil.

–Por Dios... –dije tras observar su interior.

–¿Qué? –preguntó con una mueca de espanto.

–No tiene dientes.

–Después de esto voy a tener que pedir hora al psicólogo. ¡Eh, vosotros dos! –llamó a viva voz, como si de pronto hubiera recuperado la entereza–. ¡Venid aquí un momento!

Tras ordenarles a los sintecho que se mantuvieran a la espera, la pareja de agentes se acercó con el gesto torcido.

–Menudo desastre –espetó el más alto tras mirar el cuerpo de reojo.

–¿Cómo ha sucedido? –les pregunté.

–Esos dos de ahí andaban en busca de chatarra y... –explicó el más rechoncho, que gracias a su identificación supe que se llamaba José Bueno–. Vamos, que se han topado con el cuerpo y casi se mueren del susto. No son unos indigentes, como hemos pensado al principio. Lo que pasa es que cobran una pensión de mierda y trapichean con la chatarra para sacarse unos cuartos extra.

Como en tantas otras ocasiones, las apariencias nos habían engañado.

–Pues no les cabe más mugre encima –opinó Elsa.

–Si rondas contenedores de basura y vertederos... –los justificó Bueno.

–Ya.

–El tema es que llamaron al 112, recibimos el aviso, llegamos, nos encontramos con el percal, acordamos la zona y pedimos refuerzos.

–¿Alguien ha tocado el cadáver? –preguntó Elsa.

–Nosotros no. Y ellos dicen que tampoco.

–¿No la habrán grabado con el móvil o tomado fotos? –pregunté yo.

–No. Les he pedido que me enseñaran las últimas fotografías y grabaciones y no se han opuesto.

–Buen trabajo. Vamos a hablar con ellos. Vosotros salid y vigilad que ningún mirón acceda a la nave. La prensa no tardará en meter las narices.

–Claro.

Nos acercamos a los hombres desaliñados. Intuí que rondarían los setenta años. Vestían abrigos desgastados sobre ropas miserables.

–Buenas tardes, caballeros –saludé.

Elsa se limitó a levantar la cabeza.

–Buenas tardes –correspondieron al unísono.

–Cuéntennos qué ha pasado.

–Nos hemos encontrado con esa pobre chica mientras buscábamos chatarra –explicó el bajito y regordete. Su amigo era delgado y espigado. Parecían el Gordo y el Flaco–. Imaginen el susto que nos hemos llevado.

–¿Han visto algo extraño mientras caminaban hacia aquí? ¿Se han cruzado con alguien, con un coche, tal vez?

–No –dijo el larguirucho–. Por aquí no viene nadie, aparte de jovenzuelos a hacer botellón o viejos como nosotros a buscar chatarra. Pero les diré algo, agentes: esto es cosa del demonio. No es la primera vez que vemos a jóvenes invocándolo por aquí cerca. –No pude evitar arquear las cejas; Elsa pasó directamente a sonreír–. En Madrid hay muchos admiradores de satanás. Aunque ustedes eso ya lo sabrán. La mujer esa de Chamberí, por ejemplo, la que intentó agredir a su nuera y a sus dos nietos mientras realizaba un ritual satánico con fotos de difuntos... A esta pobre chica la han utilizado para invocar a un demonio, háganme caso.

Aquel hombre no decía ninguna sandez. Por poner un ejemplo, nuestros compañeros de la Policía local habían encontrado no hacía demasiado tiempo cuatro tibias de tres varones en un comercio esotérico. Los huesos fueron analizados y se sabía,

33

por lo pronto, que tenían una antigüedad de más de treinta años. Se sospechaba que podrían haber sido extraídos de un osario o de una tumba profanada en un cementerio. La propietaria del local declaró que fueron un regalo y se negó a dar el nombre de quien se los dio. Se había observado que, cuando se acercaban noches de luna llena, subía la demanda para adoptar gatos. Como ocurría en la Edad Media –o eso aseguraba la Inquisición–, para someterlos a sacrificios. Por tanto, no íbamos a descartar la posibilidad –a pesar de las caras raras que pusiera Elsa– de que Carolina Lago hubiera sido víctima de una secta adoradora del diablo.

–¿Dónde dice que ha visto a gente invocando al demonio?

–En las afueras, en una ermita abandonada. La que está por la zona de Encinar de los Reyes.

–Eso no está por aquí cerca.

–¿He dicho que estaba por aquí cerca?

–Sí.

–Pues no. Pero vayan a ver, seguro que encuentran gatos o pollos muertos y velas negras. Me da que alguno de esos satanistas ha dado un paso al frente y ha pasado de los animalitos a las personas.

–Mira.

Elsa señaló la entrada con la barbilla: Rodríguez acababa de llegar con la tropa. Con las manos y los pies protegidos, el forense caminó hacia el cadáver. A su alrededor avanzaba un batallón de criminalistas, con sus característicos monos blancos y sus maletines, que se dispersó como una manifestación ilegal tras la llegada de los antidisturbios. No tardaron en aparecer los primeros fogonazos, en desplegarse los metros, en tomarse planos...

–Me pongo al lío –dijo Rodríguez con cara de pocos amigos–. El juez está al caer.

Tras sus palabras, vi que Valcárcel también pisaba la escena. «Si no supiera que es imposible –me dije mientras lo observaba avanzar con su habitual talante beligerante–, juraría que le crecen las ojeras». No parecía haber dormido bien. Nada nuevo bajo el sol.

–Nosotros vamos a comunicárselo a la madre –informé al forense.

–No os envidio.

–Buenos días –saludó el inspector jefe–. Por decir algo.

–Aquí te quedas –dijo Elsa tras devolverle el saludo–. Vamos a hablar con la madre. Aquí ya solo hay trabajo para los criminalistas.

–¿Vais a acribillarla a preguntas tan pronto?

–Tranquilo –sosegué a nuestro superior inmediato, como quien tira de unas riendas–. Vamos a comunicarle la muerte de su hija. No queremos que se entere por la prensa, ¿verdad? Si quiere contestar a nuestras preguntas, estupendo; si no, volveremos mañana.

–No empezamos de cero –añadió Elsa–. La esperanza es lo último que se pierde, pero la señora Palaciego habrá barajado todas las posibilidades, incluido el asesinato. –Todos miramos a la muerta, con gestos que oscilaron de la pena a la rabia–. Les pediremos a Lozano y Pujalte que nos pasen todo lo que tienen, que será bastante. Supongo que nos tocará volver a entrevistar a quienes aparezcan en los informes, pero intentaremos abordar el caso desde otro punto de vista.

–La prensa insinuó que Carolina Lago se había marchado por su propia voluntad –dije y negué con la cabeza–, que el padre estaba involucrado... Los periodistas escribieron muchas estupideces. Ahora, con su muerte, todas quedan descartadas. No se fue de buen grado: la raptaron y la mantuvieron con vida hasta hace poco: el cuerpo apenas muestra signos de descomposición. Y la torturaron.

Llamé la atención del forense, que con los brazos en jarra observaba a la muerta:

–Eh, Rodríguez.

–¿Qué? –Habló sin despegar la mirada de los cortes, como si un hilo invisible no le permitiera apartar la vista del horror.

–Que no quede un milímetro por examinar.

–Sé hacer mi trabajo.

Me extrañó que no me enviara a freír espárragos o que, como poco, no acabara la frase con un «soplagaitas» o un «mequetrefe», como solía hacer cuando le rogábamos con retintín que cumpliera con su cometido. Supongo que la mujer torturada que tenía a sus pies le había quitado las ganas de cualquier tipo de colegueo.

–Nos vemos.

–Hasta luego –dijo Elsa.

–Voy a hablar con los sintecho –nos hizo saber Valcárcel, con poco entusiasmo.

–No son unos sintecho –aclaré antes de darle la espalda y dejar atrás a los criminalistas, rumbo a la salida abovedada de la nave.

No habíamos dado diez pasos cuando oímos la voz del inspector jefe:

–¡Un momento!

Nos dimos la vuelta. Estaba al lado de una policía científica, que sujetaba con sus guantes de nitrilo lo que parecía una cruz. Desandamos nuestros pasos. Con cada zancada, veíamos un poco más claro lo que la criminalista sostenía en la mano derecha: una cruz de madera. Se subió las gafas cuando nos tuvo delante.

–Podrías haberte acercado a saludar –espetó Elsa tras descubrir el rostro de Paloma Zafra, inspectora jefe de la Policía científica.

–El panorama me ha quitado las ganas de socializar.

La criminalista resopló como un caballo en tensión. Zafra, de unos cincuenta años, medía en torno a un metro sesenta y cinco y, desde que me la presentaron, y de eso hacía más de una década, siempre la había visto con el pelo corto y la raya en medio. Rubia, de cara redonda, ojos color café y nariz respingona, examinaba cada palmo de una escena con la precisión de un reloj atómico.

–No me extraña –dijo Elsa, comprensiva.

–Llevo más de diez años saltando de escena a escena y nunca había visto nada semejante. Pensaba que estas cosas solo pasaban en las películas. Y luego va y me encuentro esto colgado en una columna.

Alzó la cruz para que pudiéramos examinarla: unos dos palmos de altura por uno de ancho, llena de muescas que parecían realizadas a punta de cuchillo.

–Da la sensación –prosiguió Zafra– de que el asesino ha marcado la cruz con los mismos cortes que le hizo a la víctima. Mirad. –Se apartó y se colocó a los pies de Carolina Lago. La seguimos con aire derrotista–. ¿Veis?

Levantó la cruz para que pudiéramos comparar los cortes en la piel con las muescas en la madera.

–¿Un asesinato ritual? –barajó Valcárcel.

–Puede. Ahora mismo todo es factible.

Eché una fugaz mirada a los chatarreros, que aguardaban alejados a que alguien les diera permiso para marcharse a casa. «A esta pobre chica la han utilizado para invocar a un demonio, háganme caso».

Un escalofrío me recorrió la columna vertebral.

–Mantennos al tanto de cualquier hallazgo importante –le rogó Elsa a la inspectora jefe.

–Por cierto, Zafra –dije al caer en la cuenta de un detalle–. No soy nadie para decirte cómo hacer tu trabajo, pero...

–Pues no lo hagas.

–Pues lo voy a hacer. –Ella esbozó algo parecido a una sonrisa–. Si ha elegido este lugar para abandonar el cadáver, no es descabellado pensar que el de su padre no ande lejos. No sabemos si cayó en la red del mismo asesino, pero hay que exprimir todas las posibilidades. Ya sabéis cómo funcionan las mentes de los psicópatas: buscan lugares conocidos para deshacerse de los cuerpos.

–Revisaremos los alrededores –prometió Zafra.

–Perfecto. Hasta pronto.

–Chao –se despidió Elsa.

Afuera nos inundó una ola de preguntas.

«¿Han llegado en tropel o qué?». Pocas veces me había topado con tanto periodista agolpado tras una cinta policial y profiriendo preguntas como si les fuera la vida en ello. «¿Es cierto que el cuerpo de Carolina Lago presenta signos de tortura?». «¿Qué hipótesis baraja la Policía?». «¿Creen que la desaparición de Tomás Lago está relacionada con el asesinato de su hija?».

«¿Hipótesis? –pensé resignado–. Nosotros acabamos de empezar».

Como acostumbrábamos a hacer ante marabuntas como aquella, superamos cámaras y micrófonos como meramente pudimos mientras ellos escuchaban nuestro tradicional «Sin comentarios».

Llamamos a Lourdes Lozano y a Paco Pujalte de camino a la que fue residencia de Carolina Lago.

–Precisamente estábamos hablando de vosotros –dijo Lozano tras descolgar, con voz apagada–. Estamos llegando a la escena.

–No nos hemos cruzado de milagro. Tenemos que concertar una reunión, por cierto –le dije.

–¿Tú crees? –contestó, mordazmente irónica–. ¿Esta tarde a las seis os viene bien? ¿En la sala de reuniones de vuestra planta?

–¿No tenéis miedo de que os arrastremos al lado oscuro? –pregunté bromista.

–Como entenderéis, ahora mismo ya estamos en el lado

oscuro. Le hemos fallado a esa chica y a su familia. Y el padre sigue en paradero desconocido. Os juro que es el caso más desesperante en el que he trabajado.

—No os fustiguéis —la confortó Elsa—. No siempre podemos dar en el clavo. Todos tenemos nuestros casos sin resolver.

Desistí de darles mi opinión acerca del caso Lago. Consideré que era pronto para pronunciarme ante una pareja de inspectores acosados por los remordimientos, de transmitirles que, a mi parecer, el asesino de la chica era un mero psicópata que había disfrutado torturando a su víctima. Un loco sin más móvil que alcanzar sus fantasías. Algo me decía que quien la secuestró se llevó dos días después al padre para disfrutar de un juego macabro.

—Que no me fustigue, dice... —susurró Lozano con evidente pesar—. Es fácil decirlo.

—¿Os han adelantado cómo se encuentra el cadáv...?

Elsa me dio un codazo, y eso que nos separaba más de medio metro.

—¿No me jodas que la han torturado? —espetó Lozano.

Mi compañera empezó a hacerme señas para que cortara la llamada.

—Luego hablamos.

Colgué de sopetón y me dirigí a ella con cara de malas pulgas:

—¿A ti qué coño te pasa? ¿Qué hay de malo en advertirles de lo que van a encontrarse? Lo van a ver de todos modos. Mejor que sepan a qué atenerse, ¿no crees?

—Pues habérselo dicho. Ha sido un acto reflejo. No sé, me han dado pena.

—¿Pena? ¿A estas alturas? ¡Que se hubieran hecho floristas! ¡Me has hecho quedar como un imbécil!

—Como lo que eres. Mejor que sepan a qué atenerse esta tarde en la reunión, ¿no crees? —Imitó mi voz y mis aspavientos de hacía un momento–. Aunque sospecho que ya saben que eres tonto del culo.

–Hoy estás de un graciosillo que da asco.

–Yo también te quiero.

Llegamos al chalé de Edurne Palaciego.

Detuve el coche en paralelo a la garita que antecedía a la puerta metálica de doble hoja adornada con florituras. Le mostré mi placa al guardia de seguridad y este avisó a la dueña de nuestra llegada. Tras darle el visto bueno, el segurata subió la barrera y abrió la monumental puerta.

–Madre mía –susurró Elsa–. Con lo que cuesta la garita y la puerta podría comprarme un piso en el centro.

Conduje hasta los pies de la extensa escalinata que llevaba al porche de la vivienda. Me había preguntado alguna vez cuál era la diferencia entre un chalé enorme y una mansión pequeña. Siempre había supuesto que sus disimilitudes residían en los lujos. Pues bien, dudé de si estábamos a punto de entrar en un chalé inmenso o en una mansión chiquitita.

Nos apeamos mientras ella bajaba a recibirnos con gesto apesadumbrado. Vestía una gabardina de estilo clásico de color cámel por la que asomaba un jersey blanco de cuello de cisne y unos tejanos azul claro ligeramente acampanados. Una mujer moderna y elegante, más, si partíamos de que no esperaba visita.

–Ha aparecido muerta, ¿verdad? –nos preguntó sin mediar saludo.

–Lo sentimos –reveló Elsa sin necesidad de usar la palabra maldita.

Su rostro arrojó dos lágrimas con aplomo. Ni siquiera sollozó tras la espantosa respuesta de mi compañera. Su gesto no fue el de una mujer que acaba de recibir una terrible e inesperada noticia, sino el de una madre que confirma sus peores temores.

–¿Y mi marido?

–De él aún no sabemos nada –contesté–. Lo siento.

–En el fondo sabía que estaba muerta –se sinceró y se enjugó las lágrimas con la mano–. Y presiento que mi marido ha corrido la misma suerte. Pasen. Supongo que querrán hacerme preguntas.

–Muy amable –agradeció Elsa.

–Gracias –dije yo, antes de acceder tras ella a su lujoso chalé, o mansión.

–Sabemos que ha respondido con anterioridad a las preguntas que le haremos a continuación –la previne, sentado en un sofá tan largo como amenazaba en hacérseme el día–. No obstante, necesitamos escuchar sus contestaciones *in situ*.

–¿Ahora llevan ustedes el caso?

–Lourdes Lozano y Paco Pujalte seguirán buscando a su marido. Nosotros nos encargaremos de encontrar al asesino de su hija.

–Necesito que pague por lo que ha hecho.

–Le aseguro que somos de los que no se rinden.

–Me alegra saberlo.

Tras poner al tanto a la señora Palaciego de los detalles del hallazgo de su hija –omitiendo las partes escabrosas–, Elsa inició la pertinente ronda de preguntas:

–¿Puede contarnos qué sucedió el día de la desaparición de Carolina?

–Estaba en su habitación cuando salí temprano a tomar un café con una amiga. Le pregunté si vendría a comer y me dijo que sí. Cuando regresé, no estaba en casa. Pensé que habría quedado con una amiga o que estaría pasando el rato con Álex, su novio. Era sábado, así que me pareció normal. Pero tardaba tanto en regresar que llamé a su mejor amiga, Elena Encinas. Eran uña y carne. Cuando Elena me dijo que llevaba horas intentando contactar con ella sin conseguirlo, supe que algo no marchaba bien. Luego llamé a Álex, que me dijo más o menos lo mismo. Después telefoneé a mi marido, que estaba en Toledo. Poco después de que regresara, decidimos llamar a la Policía. Una pareja de agentes vino a casa y poco después se montó un dispositivo de búsqueda. En ese sentido no tenemos queja. Y mi marido... Bueno. Ya lo saben, ¿no? Dos días después desapareció sin dejar rastro. Yo creo que no lo soportó.

–¿Cree que se quitó la vida? –preguntó Elsa, como resultado de las insinuaciones de Palaciego.

–Es una posibilidad.

La entereza con la que hablaba de temas tabú como el suicidio me llevó a arrugar la frente. Tal vez fuera la mujer más fría que había entrevistado.

–Pero, entonces, ¿por qué no ha aparecido su cuerpo? –razonó Elsa–. No dejó nota de suicidio y uno no puede deshacerse de su propio cadáver. –Edurne se encogió de hombros–. ¿Para qué ocultar su propia muerte? Además, solo habían pasado cuarenta y ocho horas desde que denunciaron su desaparición; un poco pronto para ponerse en lo peor, ¿no cree?

–Solo conjeturaba, inspectora.

Tuve la sensación de que la señora no estaba siendo sincera del todo.

–¿Sospecha de alguien? –intervine.

–Carolina no tenía enemigos. Al menos que yo sepa.

–¿Y usted? ¿Y su marido?

–Me gusta pensar que a mí nadie me odia. Pero el éxito conlleva envidias.

–Explíquese.

–Yo, hasta hace un año, ejercía de agente inmobiliario. Y les aseguro que me ganaba bien la vida. Pero mi éxito palidecía al compararlo con el de mi marido. Tomás era licenciado en Medicina y Cirugía por la Universidad Autónoma de Madrid, experto en el estudio de los trastornos mentales. Antes de jubilarse fue jefe del Departamento de Psiquiatría de los hospitales universitarios madrileños Fundación Jiménez Díaz, Rey Juan Carlos de Móstoles, Infanta Carolina de Valdemoro y el Hospital General de Villalba. También fue profesor titular del Departamento de Psiquiatría de la Universidad Autónoma de Madrid. Su amplia trayectoria le valió para obtener decenas de distinciones, como la AEP Research Prizes o... Son tantas que ni las recuerdo. Participó como investigador en diversos ensayos clínicos en diversas áreas de investigación: fármacos antidepresivos, depresión resistente, enfermedad de Alzheimer... Publicó más de un centenar de artículos científicos y participó en numerosos congresos y conferencias. Su vida giraba en torno a la psiquiatría, y no era de los que se andan con chiquitas a la hora de conseguir lo que se proponen. Para él, la jubilación supuso un antes y un después. Y la desaparición de Carolina fue la guinda de su declive.

–¿Qué tipo de relación mantenía usted con su hija y con su marido?

–Teníamos una relación cordial, de respeto y cariño. No les mentiré: Tomás y yo llevábamos años viviendo vidas separadas. Compartíamos esta casa, pero no dormitorio. –Suspiró–. Pasaba mucho tiempo fuera.

–¿Y adónde iba?

–A Toledo. Se crio allí y hace unos años compró un chalé para pasar tiempo en su tierra natal. Le encantaba, o le encanta, ya no sé cómo referirme a él, pasear por el campo y el centro histórico de la ciudad. O eso decía cuando se dignaba a aparecer. Como les venía diciendo, él hacía su vida y yo la mía. –«Un matrimonio de conveniencia. Qué triste», pensé–. La Policía científica registró la casa de Toledo de arriba abajo. Los inspectores Lozano y Pujalte tienen un juego de llaves, por si quieren acercarse a echar un vistazo. Si mi marido se suicidó, seguro que lo hizo en los campos que rodean la urbanización.

–Su cuerpo habría aparecido –insistió Elsa.

–A no ser que alguien lo ayudara.

–Eso no tiene ni pies ni cabeza.

La entrevista empezaba a parecer un largo *déjà vu*.

–¿Amor? ¿Amistad? –Edurne negó con la cabeza–. No me hagan caso. Le he dado tantas vueltas a los porqués que se mezclan en mi cabeza... Como supongo que entenderán, necesito tiempo para hacerme a la idea de que Carolina no volverá. Una madre siempre guarda la esperanza y hoy me han arrebatado hasta la última.

Me disponía a dar por finalizada la entrevista, pero la señora Palaciego soltó una bomba, cuya onda expansiva nos hizo echar la cabeza hacia atrás:

–Además de con sus compañeros policías, deberían hablar con Víctor Echevarría.

–¿Echevarría? –preguntó Elsa con los ojos como platos.

–¿Sinmeñiques? –dije yo, sin pensar.

–El mismo. Exinspector de Homicidios en Salamanca; ahora investigador privado en Madrid.

–Sabemos quién es Víctor Echevarría –dije con un tono represor–. ¿Contrató sus servicios?

–No sé de qué se sorprenden. Es legal que un detective privado investigue una desaparición. No es mi culpa que sus compañeros no dieran pie con bola.

Su tono, sumado a aquel «no dieran pie con bola», me hizo entender que la mujer que teníamos delante, pese a sus exquisitos modales, no se andaba con medias tintas y nunca dejaría de buscar al asesino de su hija.

–Hemos acabado –dije mientras me levantaba un tanto molesto–. Volveremos cuando hayamos atado algunos cabos.

Elsa me miró sorprendida, pero no se opuso a dar por finalizada la entrevista.

–Espero no haberlos ofendido.

–Para nada. –Mentí a medias–. Usted no puede aportar

novedades. No a estas alturas. Trataremos de darle un nuevo enfoque al caso y, no lo dude, volveremos para hacerle más preguntas.

–Y yo se las responderé encantada.

Le estrechamos la mano y nos dispusimos a abandonar su inmenso domicilio. Cuando estábamos en el umbral de la puerta, Elsa formuló una última pregunta. No tenía la menor duda de que la respuesta constaba en alguno de los informes redactados por nuestros compañeros. Aun así, logró despertar mi interés:

–Dice que su marido adoraba su trabajo...

–En efecto.

–Tengo entendido que se jubiló a los...

–Sesenta.

–¿Por qué tan pronto? Conozco a psiquiatras forenses que superan los sesenta y cinco.

–Y los setenta –añadí.

Edurne Palaciego parecía estar a punto de desplomarse. Sus movimientos flácidos, su gesto abatido, su mirada cristalina... No obstante, di por hecho que continuaría poniéndole freno a sus emociones. Tras darle la peor noticia posible, no pudo contener dos lágrimas. Solo dos, en comparación con los ríos que estábamos acostumbrados a presenciar. Y no parecía dispuesta a dejar escapar ni una sola lágrima más, al menos en compañía. Inspiró hondo por la nariz, se llenó los pulmones de oxígeno, como quien está a punto de zambullirse en aguas turbulentas, y contestó a la última pregunta sin perder la compostura.

«Llorar no es signo de debilidad –pensé antes de que se explicara–. Si no te ven rota, nadie te tenderá la mano. Y de vez en cuando todos necesitamos que nos ayuden a soportar las cargas».

–A mi marido le diagnosticaron un principio de demencia frontotemporal a los cincuenta y siete años. En su fase inicial, en la que estaba Tomás cuando desapareció, el paciente mantiene su independencia. Puedo asegurarles que nadie notaba nada. La demencia no había hecho apenas mella en su juicio y en su personalidad, como les digo, pero una cosa es realizar las tareas cotidianas de la vida y otra ser jefe del Departamento de Psiquiatría de un hospital. Así que, por el bien de sus pacientes, acordó la jubilación anticipada. La decisión más dura de su vida. Por encima de cualquier distinción, siempre buscó ayudar a las personas con problemas de salud mental. Era un buen hombre, un filántropo.

Me sorprendió que no hubiera mencionado antes la enfermedad, pero, dadas las circunstancias, no se lo tuvimos en cuenta. Le agradecimos que hubiera contestado a nuestras preguntas y nos despedimos con la promesa de que no tardaría en volver a tener noticias nuestras.

Ya en el coche, Elsa habló mientras me señalaba la sesera con el dedo índice:

—Déjame adivinar lo que pasa por esa cabecita: ahora, entrevista con el novio de Carolina Lago; más tarde, reunión con Lozano y Pujalte; mañana, a la caza de Sinmeñiques.

—Cómo me conoces...

Álex Ferrer, de veintidós años —un año mayor que Carolina—, vivía con sus padres en el barrio de El Viso. Elsa se puso en contacto con él y este le dijo que podíamos entrevistarlo en su casa cuando quisiéramos.

Llamamos al portero automático del edificio de ladrillo marrón donde residía.

Contestó Amparo, la madre:

—¿Quién es?

—Policía judicial —contestó Elsa.

Subimos hasta el ático A; yo por las escaleras y Elsa en el ascensor.

La mujer nos esperaba en el descansillo vestida con un jersey verde oliva de cuello redondo, un pantalón de pinzas y mocasines a juego con sus ojos marrones. Llevaba el pelo recogido en una coleta. Su gesto no era el de una mujer que se alegra de verte.

—Buenos días, inspectores. Nos acabamos de enterar —dijo.

Con un ademán, nos invitó a entrar en su domicilio. Ya en el recibidor, habló con voz entrecortada:

—Álex ha tenido que volver de la universidad porque le ha dado un ataque de ansiedad. A mi marido la noticia le ha pillado de viaje de trabajo. Llegará en un par de horas. En fin. Los espera en el salón, al fondo del pasillo. ¿Prefieren que los acompañe o que los deje a solas?

—Mejor a solas —optó Elsa—. Gracias.

—Si necesitan algo, estaré en la cocina...

Amparo hundió la cara entre las manos y rompió a llorar. Elsa le acarició la espalda, mostrándome su lado más humano. Se me empañaron los ojos: nunca me acostumbraría a presenciar el dolor generado por un asesino.

La mujer resopló con labios temblorosos antes de dejarnos solos.

—Vamos —me alentó Elsa.

En el pasillo se respiraba un aire cargado de sufrimiento. Álex se enjugó las lágrimas al vernos; sus ojos parecían globos rojos a punto de explotar.

La pantalla del televisor apagado reflejó nuestros cuerpos como espíritus desvaídos entre muebles de calidad algo antiguos y cuadros abstractos que no casaban con el mobiliario. El chico, roto, estaba sentado en un sofá. Lo digo a menudo: un asesino se lleva una vida entera y tres cuartos de las de aquellos que amaron a su víctima.

Ante nosotros resplandecía un ventanal que dejaba entrever, al otro lado de una gran terraza, la azotea del edificio de enfrente, con sus chimeneas y antenas en medio de un cielo despejado, en contraposición a la podredumbre que se había adueñado de aquel salón.

–Hola, Álex –saludamos a coro.

–Hola. –Nos devolvió el saludo con la parsimonia de un sedado.

–¿Te han dado algún tranquilizante? –le preguntó Elsa.

–No. Mi madre me ha dado una manzanilla. Tengo sueño, pero no puedo dormir.

–Es normal que estés triste y cansado –dije mientras apartaba una silla de la mesa y me sentaba. Elsa procedió del mismo modo–. Por eso no vamos a robarte demasiado tiempo. Pero...

–¿Quieren tomar algo? –Amparo se asomó al salón–. Disculpen que no les haya ofrecido nada al llegar. No sé dónde tengo la cabeza.

Ambos declinamos su ofrecimiento. La mujer, tras dedicarnos una sonrisa apesadumbrada, se retiró.

–Decía que necesitamos que nos digas dónde estuviste el día de ayer y esta mañana.

–¿Ayer? En la universidad y después con unos amigos. Comí un sándwich que me llevé de casa y cenamos en un McDonald's. Llegué a casa sobre las once. Mis padres pueden confirmarlo. ¿De verdad creen que tengo algo que ver con la muerte de Carolina?

–Solo estamos descartando –dijo Elsa–. No tenemos nada en tu contra. Es lo que hacemos siempre, ¿entiendes? Mera rutina.

–Vale.

–¿Estuviste solo en algún momento?

–Para ir al baño y poco más.

–¿Podrías darnos los nombres y el número de teléfono de esos amigos con los que estuviste?

–Por supuesto. Lo que haga falta para que pillen a ese hijo de puta.

Álex sollozó, pero contuvo el llanto.

Cogí mi bloc de notas.

–Pues dime.

Tomó su móvil de encima de la mesa de centro y empezó a trastearlo con una velocidad de dedos envidiable.

Nos dio los nombres de cinco amigos y de tres amigas, y el de los profesores que le habían impartido clase el día anterior y aquella misma mañana, hasta que abandonó la universidad al enterarse de la muerte de su novia.

–Hablaremos con ellos –le aseguré.

El chico asintió, con la mirada de quien no esconde secretos inconfesables.

Les dimos las gracias a madre e hijo y abandonamos el ático.

–Voy a llamar a Belicha para que se encargue de verificar la coartada de Álex. Ahora mismo no podemos perder el tiempo con minucias. Es evidente que no ha matado a su novia. Demasiado joven e inocente. Lo que hemos visto en la fábrica es obra de un sádico talludito.

4

Víctor Echevarría

Siete meses antes
9 de junio de 2018, 21:20 h
Usera, Madrid

Veinte mil euros de adelanto y un millón al completar el trabajo seducían al más pintado, incluso a un hombre que rehuía los encargos complicados como un gato un baño de espuma. Salí de mi zona de confort –destapar infidelidades, estafas a aseguradoras, conductas de acoso, competencias desleales en el ámbito empresarial...– para meterme de lleno en la búsqueda de dos desaparecidos.

La gran pregunta no dejaba de atormentarme: «¿Las desapariciones están relacionadas?». No conocía ningún otro caso semejante, en que una mujer de veinte años desapareciera sin dejar rastro y dos días ocurriese lo mismo con el padre.

El vídeo y la nota no resultaban halagüeños. No obstante, en el contrato redactado por el abogado de la señora Palaciego constaba que el estado de los hallados no era causa de impago: «Encontrarlos vivos o muertos».

Acepté la misma tarde en la que me ofreció el trabajo. «A la mierda –me dije–. No voy a permitir que otro pelagatos se lleve semejante pastizal».

Volví al chalé cargado de preguntas. Traté de resolver mis dudas en el mismo salón en el que me hizo aquella oferta que no pude rechazar. Por momentos, me sentí de nuevo un reputado inspector de Homicidios.

De las respuestas de Palaciego extraje algunos nombres,

de entre los que despuntaron Elena Encinas, la mejor amiga de su hija Carolina, Álex Ferrer, su novio, y Óscar Revilla, psiquiatra y psicoterapeuta, que, según Edurne, era de los pocos amigos que le quedaban a su marido.

10 de junio de 2018

La barra del bar se alargaba bajo el vaso de *whisky* que tintineaba en mis manos. Los cubitos entrechocaban como icebergs a la deriva en un mar de caramelo. Me quedé absorto en el vaivén de los hielos, a los que no daría tiempo de aguarme el lingotazo.

Me acordé de lo que dijo algún soplagaitas: «El perdón es la venganza más dulce». Luego, seguí discurriendo: «La venganza más dulce es cargarte a puñetazos al desgraciado que mató a tu compañera. –Apreté los dientes y el vaso de cristal–. Que su sangre entre por tu boca: el único sabor que debería tener la venganza. Que esperen sentados los filosofillos a que Víctor Echevarría perdone al Verdugo de Salamanca».

Di un largo trago que dejó el vaso seco.

–Ponme otro, Cuco.

–Marchando.

«Antes de embarcarte en un viaje de venganza, cava dos tumbas». Otra gilipollez que alguien había soltado por la boca. «¡Que las cave un sepulturero, que para eso les pagan!», pensé. Me importaba un bledo quién cavara las tumbas, siempre y cuando en una cayera yo y en la otra el depravado que mató a Rebeca. «Ese hijo de perra lleva mucho sin matar –me dije taciturno–. Eso es bueno, supongo».

Cargaba con más rencor, rabia e impotencia de la que un hombre debería soportar. Resultaba irónico que el hombre que me había arrebatado las ganas de vivir fuera quien me daba fuerzas para levantarme cada mañana. La última mirada

51

de Rebeca, de su cabeza cercenada de ojos inanimados, se me aparecía en pesadillas recurrentes, aun estando despierto; incluso en los reflejos del barniz de la barra en la que apoyaba los codos.

Me bebí de un trago el tercer *whisky* de la noche –y solo eran las nueve–, pagué la cuenta y salí del bar El Cuco dispuesto a allanar la vivienda de Elena Encinas, la mejor amiga de Carolina Lago.

Antes de abandonar la comisaría de Salamanca, me llevé bajo el brazo –en verdad, en un disco duro– los expedientes e informes del caso Verdugo. Rastreé al asesino con toda mi pericia. Incluso regresé a Salamanca para colarme en las viviendas de algunos de los sospechosos que Rebeca y yo barajamos, pero ni con esas logré un hilo del que tirar. Y en tanto el caso Verdugo aguardaba en la recámara de mi mente a que me viera con fuerzas para retomarlo, me centré en un caso, si cabe, más complejo.

Veinte minutos después

«Por fuerza ha de saber algo –medité mientras esperaba en mi Citroën C4–. Era su mejor amiga. Es su mejor amiga –me corregí–. Lo más probable es que los dos estén criando malvas, pero mientras no aparezcan los cuerpos... No me trago eso de que no advirtiera nada extraño en la conducta de Carolina. Algo oculta y voy a sacarlo a la luz. A mi luz. Los investigadores no profundizaron. Elena estaba de viaje cuando Carolina desapareció. Pero para eso estoy yo aquí, para eso me han contratado: para que husmee sin trabas, sin burocracias, sin órdenes de registro».

Había entrevistado a Elena en la casa que vigilaba desde el coche, pero mis preguntas no dieron resultado: por activa y por pasiva, aseguró que desconocía los motivos por los que su mejor amiga y su padre desaparecieron casi al mismo tiempo.

Pero una cosa es contestar preguntas sobre desapariciones y otra que un detective privado te ruegue acceso a tu ordenador portátil, móvil o tableta, para husmear en tu vida privada. Un «ni de coña» hubiera sido su indudable respuesta. Así que me ahorré la negativa y opté por lo improcedente.

El próximo en mi lista era Álex Ferrer, novio de Carolina, pero vivía en el ático de uno de los barrios más ricos de España y allí no sería fácil colarme. Por esa razón, esperaba encontrar algo aquella noche lo suficientemente potente como para no tener que proceder con Ferrer más allá de las preguntas de rigor.

No era la primera vez que vigilaba los movimientos de Elena y su madre. El viernes anterior, sobre las diez de la noche, abandonaron su domicilio, primero la chica –por cómo iba vestida, deduje que salía a tomar algo con sus amigas– y poco después su madre, que acabó metiéndose en otra de las casas gemelas que se extendían calle abajo, supuse que a visitar a unos amigos o, vete tú a saber, tal vez a que un vecino saciara sus deseos sexuales. Su marido había muerto de cáncer no hacía demasiado, pero a algunas no les iba eso de guardar luto. Lo cierto era que me importaba un bledo dónde fueran o con quién estuvieran. Pero me interesaban sus rutinas: si volvían a salir más o menos a la misma hora y de la misma guisa, lo tomaría como sus costumbres de los viernes.

«Es la hora», me dije en cuanto salió la madre, y conduje hacia la parte trasera de la vivienda.

Conocer las rutinas de los investigados es fundamental. Un detective privado sin paciencia es como un boxeador sin brazos. No obstante, tuve que asegurarme un poco más y esperar al siguiente viernes. «Una vez es coincidencia, dos es casualidad y tres es la acción del enemigo», escribió Ian Fleming.

Aparqué donde pude y caminé por la acera hasta el muro

del pequeño jardín trasero. Cargaba con lo indispensable en la riñonera negra, a juego con el chándal y las zapatillas de deporte. Las sombras llevaban siendo mis alidadas un buen tiempo, desde que una hoja afilada cayó sobre el cuello de mi compañera. La zona era tranquila, apartada del mundanal ruido del centro de Madrid, sin embargo, las farolas eran cuantiosas y dejaban poco espacio para la intimidad, lo que me exigía andar con pies de plomo.

Había investigado la alarma de la vivienda. Era de las baratas, sin detector de inhibidores. Así pues, conecté mi dispositivo inhibidor de señal –poco más grande que un paquete de tabaco– y la inutilicé con la tranquilidad de quien se enciende un pitillo. Eché un último vistazo a mi alrededor, me coloqué los guantes y el pasamontañas y superé el muro de un brinco.

Tanto tiempo sin meñiques y seguía sin acostumbrarme a ciertas cosas, como ponerme unos guantes y que solo cubrieran cuatro dedos.

Avancé agazapado por un césped bien cuidado. Dejé atrás un conjunto de mesa y cuatro sillas de jardín de plástico y me detuve ante la puerta trasera de la casa adosada. Me vino de perlas que soplara un aire frío: no parecía haber nadie en los jardines colindantes. Tampoco me vino mal que la luna llena iluminara mis pasos.

Forcé la cerradura con el método *bumping*.

«Una mierda de alarma y una mierda de cerradura –me dije antes de reptar por debajo de la persiana–. Sin rejas en puertas ni ventanas... Las persianas a media asta... Luego pasa lo que pasa».

Saqué una pequeña linterna de mi espaciosa riñonera e iluminé una habitación de muebles modernos. Buscaba objetos concretos: un ordenador portátil, una tableta..., ¿un diario?

«La habitación de Elena tiene todas las papeletas», imaginé. Subí unas escaleras adornadas con fotografías familiares. Me fijé en el aspecto de Elena. Pelirroja, de cintura fina y pechos turgentes, rostro de pómulos bien formados, ojos grandes, cejas altas enmarcando una mirada de ojos verdosos, labios de buen grosor...

«No le deben de faltar pretendientes».

Fui abriendo una a una las puertas de la primera planta, hasta dar con la habitación correcta. Al parecer, Elena había estado probándose ropa antes de salir: dos vaqueros, un vestido azul y tres jerséis estaban desparramados sobre la colcha blanca. Había una estantería llena de libros contra una de las paredes rosa pastel, un armario abierto de par en par rebosante de modelitos, dos mesitas –una con un flexo y la otra con un libro– y un escritorio con un ordenador portátil. «Premio para el caballero». A pesar de la ropa revuelta, la habitación estaba limpia. «Debía de ir con la hora pegada al culo», presumí.

Di un paso hacia el escritorio, pero el sonido de unas llaves girando en la cerradura de la puerta de entrada me detuvo en seco. Conocer las costumbres de los investigados resulta fundamental, sí, pero nuestras costumbres pueden verse afectadas por factores externos, y tampoco es que me hubiera deslomado estudiando las rutinas de madre e hija.

Me metí debajo de la cama con dificultad –la riñonera me presionaba el estómago– antes de percibir que el intruso cerraba la puerta. Mi posición le hubiera provocado claustrofobia a un contorsionista.

«Esperaré a que se duerma y saldré sin hacer ruido. Todo sigue como antes de que yo entrara. No tiene por qué darse cuenta de que alguien ha allanado su casa. ¿Y si me pilla aquí debajo? Apenas puedo moverme. Cuando lograra salir, ya habría llamado a la Policía o pedido ayuda a algún vecino».

Me di cuenta de que la visita sorpresa había encendido la televisión o la radio.

«No puedo esperar como una sardina en lata».

Culebreé bocarriba mientras las láminas del somier me rozaban la nariz. Por momentos, me sentí una esquirla atascada en la suela de un zapato. Una vez desencajado, me incorporé nervioso y me asomé al pasillo, que encontré en penumbra; si bien una luz tenue y titilante ascendía las escaleras acompañada de voces confusas.

«Está viendo la tele».

Bajé los peldaños con cuidado de no hacer ruido; menos mal que no eran de madera. Caminé de puntillas, dispuesto a asomarme medio segundo al salón: necesitaba comprobar quién había entrado y dónde estaba. Cuando me encontraba a un par de metros de la puerta, Inma Pérez salió mirando al suelo. Un bulto negro en medio del pasillo le hizo levantar la mirada y cruzarla con la de un hombre con el rostro oculto bajo un pasamontañas. Tardó medio segundo en reaccionar y medio más en ser presa del pánico. Corrió hacia la puerta al grito de «¡socorro!». Pero no llegó lejos. Me abalancé sobre ella y caímos al suelo mientras con una mano le tapaba la boca.

–Grita otra vez y te degüello aquí mismo –la amenacé. Lo cierto es que iba desarmado–. No quiero hacerte daño. Pero si me obligas...

Inma asintió con la cabeza mientras sus ojos reflejaban pánico extremo.

Aparté la mano de su boca.

–Llévese lo que quiera –suplicó en voz baja–. Pero no me haga daño.

–No te haré nada y me llevaré poca cosa.

Arrugó la frente. Me puse de pie; ella no se movió del suelo. «Buena chica», pensé, como si tratara con un chucho.

–Levántate.

La ayudé a incorporarse y después le retorcí el brazo por detrás de la espalda con cuidado de no lastimárselo. La empujé hasta el salón.

–¿Llevas el móvil encima?

–No.

–Bien. Túmbate bocabajo en el sofá.

–¿Vas a vio...?

–¡No! Te he dicho que no quiero hacerte daño. Túmbate en el sofá —insistí–, bocabajo.

Obedeció con calma, aunque por dentro ardiera en deseos de que todo acabara.

–Extiende las piernas y los brazos hacia atrás.

Le uní los tobillos y las muñecas con las fundas de un par de cojines y la amordacé con un trapo de cocina.

«Ni siquiera he traído unas cuerdas —me lamenté–. Parezco un principiante. Espero que esto no me pase factura».

–Tu hija llegará dentro de un rato, ¿verdad?

Asintió del único modo que pudo: con la cabeza.

–Ella te desatará. Siento tener que dejarte así, pero... —Me encogí de hombros–. *C'est la vie*. Podría haber sido mucho peor, te lo aseguro. Otro ladrón, al verse descubierto, tal vez hubiera optado por silenciarte para siempre. Así que puedes darte por contenta.

Inma no parecía sentirse una mujer con suerte.

Subí de nuevo a la habitación de Elena, metí el portátil en una bolsa de tela —al menos había pensado en coger algo donde llevar lo sustraído– y deshice mis pasos hasta pisar la acera. Caminé por una calle vacía a cara descubierta y con los nervios a flor de piel. Me crucé con un par de viandantes, pero en aquel momento yo no era más que un tipo cualquiera en chándal, con una riñonera de los años ochenta ceñida a la cintura y una bolsa de tela de propaganda colgando de una mano.

«La próxima vez me traigo una mochila —me prometí mientras dejaba la bolsa con el botín en los asientos traseros de mi Citroën–. Entrar y salir, ¿eh? Lo has clavado, chaval. Ahora mismo, Inma Pérez estará arrastrándose como una lombriz por el salón de su casa. Un trabajo limpio. Entrar y salir, los cojones. Menos mal que llevaba puesto el pasamontañas».

Fruto de la tensión, me entró un ataque de risa nerviosa.

Antes de arrancar, respiré hondo e intenté pensar en otra cosa. Entonces vi la cabeza de Rebeca reflejada en la luna del coche y sus ojos exánimes me arrancaron la risa de cuajo.

5

Elsa Bermejo

Siete meses después
12 de enero de 2019, 17:57 h
Comisaría General de Policía Judicial, Madrid

«El mundo es un lugar peligroso». El cuerpo torturado de Carolina Lago era un vivo –o más bien muerto– re-
trato de la frase que acababa de pasárseme por la cabeza.
Estaba estudiando la grabación que el asesino le había envia-
do a su madre con los cascos puestos mientras Álvaro y mi
novio trabajaban en sus respectivas mesas. Reflexioné sobre
la maldad que pavimentaba las calles de cualquier ciudad:
«Sin darnos cuenta, nos acostumbramos a la depravación.
Aparece el mal y solo en contadas ocasiones actuamos en
consecuencia. No luchamos con todas las armas de que
disponemos. La legislación protege al criminal, admitámoslo
de una maldita vez, y cambiemos las reglas».

Las imágenes movidas que mostraban la respiración agónica
de una mujer mientras de fondo sonaba música clásica me
infundieron desánimo. Muchos dudaban de la veracidad de
aquel vídeo –su rostro aparecía un instante–, pero Álvaro y
yo presentíamos que la joven martirizada era Carolina Lago.
Rodríguez se ocuparía de despejar nuestras dudas, compa-
rando los cortes que se apreciaban en un pie de la chica con
las cicatrices de la mujer que estaría en aquel momento sobre
una gélida mesa de autopsias.

–Eh. –Álvaro llamó mi atención. Su rostro plasmaba las consecuencias de haber estado antes frente al horror–. Es la hora.

–Sí, vamos.

Lozano y Pujalte se presentaron puntuales a la reunión. Ella con el pelo negro recogido en una cola de caballo, ataviada con uno de sus acostumbrados trajes de chaqueta, que por lo general oscilaban del negro al azul marino. Siempre diligente, seria cuando tenía que estarlo, bromista cuando se presentaba la ocasión. Era el tipo de inspectora con la que me gustaba trabajar. Pujalte, en cambio, apareció con cara de malas pulgas, con sus cuatro pelos mal peinados y su típica barba de una semana. Tenía aspecto de haber sido arrastrado por los suelos antes de entrar. Al contrario que su compañera, no siempre hacía gala de una conducta acertada. Tenía tendencia a pasarse de listo, a dar órdenes a los de su mismo rango, a reír cuando debía mantenerse formal, a gastar bromas pesadas y a enfadarse cuando se las devolvían. Era el tipo de inspector con el que no me gustaba trabajar.

Nos acomodamos en cuatro de las sillas que rodeaban la mesa de reuniones como virutas de chocolate sobre un dónut sin agujero. Tras una superficial puesta al día, llegaron las insoslayables especulaciones, las sospechas que no podían demostrarse, las preguntas sin respuesta.

–A su mejor amiga, Elena Encinas, le robaron el portátil hace unos siete meses –nos explicó Pujalte–. Un encapuchado entró en su casa cuando no estaba, maniató y amordazó a su madre y se largó con el dispositivo. Nosotros no tuvimos acceso a dicha información, dado que Elena quedó descartada al estar de vacaciones con sus padres durante los días que antecedieron y precedieron a los secuestros. Su padre murió de cáncer pocos meses después. Puede que se tratara de un viaje de despedida... ¿Sabéis lo que pienso del tema del ordenador?

–¿Que se lo birló un tipo con cuatro dedos en las manos? –contesté.

–Ni más ni menos. Puede que Echevarría fuera antaño

un reputado inspector de Homicidios, pero el Verdugo de Salamanca se encargó de convertirlo en un despojo humano. No le deseo a nadie lo que le pasó, y en el fondo lo considero una víctima, pero, joder, no puedes ir por ahí creyéndote Harry el Sucio.

–Es un majadero –secundó Lozano–. Y os advierto que se hace el sueco como nadie. Y es listo. ¿Sabéis cómo lo apodan sus antiguos compañeros de la comisaría de Salamanca?

–Talento –respondió Álvaro.

–Exacto. La cuestión es que no suelta prenda, pero estoy convencida de que sabe más de lo que asegura. Edurne le ofreció un millón de euros, ¿sabéis? ¡Un *millonaco*! Y no la culpo. De haber estado en su pellejo, habría hecho lo mismo. El cabrón estará desolado por la muerte de Carolina –presintió con sarcasmo–. La pasta se le escurre entre los dedos...

–Está todo en los informes –dijo Pujalte, repantingado en su silla; parecía deseoso de zanjar la reunión–. Cronologías, sospechosos, la geolocalización de los móviles, lo extraído de las entrevistas y los registros... También copias de la nota y el vídeo. Pero os hago un resumen rapidito. La madre salió temprano a tomar algo con una amiga. Cuando regresó, su hija ya no estaba en casa. Y no mintió. Las cámaras del chalé revelaron que Carolina salió poco después que su madre, a pie. No se llevó móvil ni bolso. Es chocante que una chica joven salga sin su teléfono y, además, a pata, pero sus padres nos contaron que le gustaba salir a caminar y que solía olvidarse el teléfono en cualquier parte. No era esclava de las redes sociales, como la mayor parte de los jóvenes de hoy en día. Y los no tan jóvenes. La geolocalización del aparato confirmó que, en efecto, no se movió del chalé desde que Carolina llegó la tarde anterior hasta que los informáticos se lo llevaron para su análisis. Sobra decir que no se encontró nada anómalo en su memoria.

»El día del secuestro de Carolina, su padre salió de madrugada, sobre las seis y media. Según sus declaraciones, se desplazó a una casa que tienen en una urbanización próxima a Toledo, comió en un restaurante del centro de la ciudad y regresó a Madrid cuando su esposa lo llamó preocupada por su hija. Y tampoco mintió. Reconstruimos sus pasos gracias a las imágenes tomadas por las cámaras de tráfico de la A-42 y de varias del centro de Toledo. La Científica examinó el citado chalé, tanto después de la desaparición de Carolina como después de que él se esfumara. Pero... –levantó los hombros– fue como si los hubiera fulminado un rayo. Tanto que no se realizaron registros más allá de las casas familiares. ¿Qué juez iba a autorizarlos?

»Nadie tenía motivos para desearle ningún daño a Carolina –prosiguió con un gesto de rabia contenida–. No al menos la burrada que hemos visto en la escena del crimen. El padre, en cambio, pisó muchas cabezas durante su escalada hacia el Olimpo de la psiquiatría. No obstante, por la vía de la venganza tampoco dimos con nada. Que la nota estuviera limpia de cualquier tipo de huella da a entender que no perseguimos a un pelagatos. Se puso guantes y la escribió a máquina para que no pudiéramos usar grafólogos. Y la lanzó, junto al *pendrive*, por encima del muro del jardín, bien protegido todo por un estuche de plástico.

–Entonces, el día que desapareció Carolina –medité en alto–, sus padres salieron de casa en coche, pero ella lo hizo a pie.

–Sospechamos que alguien la esperaba en un coche o una moto, y que ese alguien fue quien la secuestró. O, lo que es lo mismo, que la ha matado alguien de su entorno. El barrio de Valdemarín es tranquilo. No hay cámaras y fuimos incapaces de localizarla en ninguna del resto de Madrid. No descarto que haya intervenido más de una persona. Después de ver su cuerpo, tampoco que la usaran para grabar vídeos *snuff* o que los captara una secta satánica para hacer un ritual relacionado con la familia o vete tú a saber qué locura. Ahora mismo no descarto ni a Chucky. —Pujalte hizo un aspaviento que reflejó su angustia—. Algunos crímenes no se resuelven mirando hacia motivos corrientes.

—Y Tomás Lago salió a caminar dos días después y desapareció sin dejar rastro. ¿Así, sin más? —consultó Álvaro.

—Sin más. O eso asegura su esposa. Sus palabras fueron: «Se fue a tomar el aire y no volvió».

—A «serenarse», dijo —lo corrigió su compañera.

—A serenarse, a desestresarse, a estirar las piernas, a cagar al puto bosque... ¿Qué coño importa? —protestó Pujalte con la mirada de un león famélico.

—No me toques los ovarios, ¿eh? —contraatacó Lozano—. Que no tengo el chichi para farolillos. Los detalles importan, imbécil.

Los dientes le rechinaron de rabia y las miradas de los inspectores se cruzaron como las de dos perros peligrosos.

—Relajaos. Las discusiones no van a llevarnos a ninguna parte. —Álvaro puso paz con su estilo directo—. Centrémonos en lo que importa, que es encontrar a un psicópata. Puede que el hecho de que ambos salieran a pie sea un indicio que hemos pasado por alto.

—¿Indicio de qué? —espetó Lozano con evidente malestar—. ¿De que trataban de evitar coger el coche? ¿De que les gustaba salir a caminar, dar paseos? Investigamos todas y cada una de las posibilidades. —Nunca había visto a Lozano tan afectada por un caso—. Algunos familiares, amigos..., tanto de Carolina como de sus padres, no pudieron darnos una coartada. Pero eso es normal. Estar solo en casa no constituye un delito. Lo único que le pido a Dios es que, una vez hecho el daño, la escena arroje indicios que os conduzcan a quien la torturó y, con un poco de suerte, al padre, sano y salvo, si es que cayó en la red del mismo animal. —A Lozano se le torció de pronto el semblante—. ¿Y si reincide? Tenemos que evitar que vuelva a matar, a toda costa.

—Esa es la intención —exhalé afligida.

Lozano negó con la cabeza mientras su mirada se extraviaba por las vetas del tablero donde apoyaba los brazos.

—Disculpad. No tengo derecho a pediros nada cuando nosotros únicamente hemos dado palos de ciego.

—No te disculpes —la excusó Álvaro—. Entendemos vuestros miedos y frustraciones. Por cierto, Carolina estudiaba Contabilidad y Finanzas, ¿no?

—En la Universidad Rey Juan Carlos, sí —confirmó Pujalte.

—¿Y no sacasteis nada en claro de sus compañeros y maestros?

—Que era una chica a la que no le gustaba demasiado socializar. Lo cierto es que las respuestas de alumnos y profesores no difirieron demasiado: una chica normal y corriente que entraba en el aula, atendía al profesor y se largaba cuando terminaban las clases. Como os hemos dicho antes, todos los señalados tuvieron una bonita coartada, y a los que no la tenían no pudimos incriminarlos de ninguna manera.

Lozano nos preguntó si teníamos alguna pregunta más. Ambos negamos con la cabeza, pensativos. Nos incorporamos cariacontecidos; ellos con la cabeza gacha, como si sintieran vergüenza por no haber podido salvarla.

—El asesino de Carolina pagará por lo que ha hecho —prometió Álvaro antes de abandonar la sala.

Dimos por finalizada la jornada cuando pasaban diez minutos de las nueve, tras habernos empapado de informes policiales. Acostumbraba a volver a casa con Iván, pero había ido al dentista a que le quitaran una muela que le estaba haciendo la vida imposible.

«Ojalá pudiéramos quitarnos de la cabeza los crímenes que nos hacen la vida imposible», pensé, absorta en su mesa vacía.

6

Álvaro de la Torre

12 de enero de 2019, 20:57 h
Lavapiés, Madrid

Entré abatido física y mentalmente. Tras cerrar el caso Miranda, pensé que el karma, Dios o quienquiera que mueva los hilos de nuestro destino me concedería un plazo más amplio hasta el siguiente crimen perturbador. No pensé que, tan poco tiempo después, me encontraría ante un cadáver que escondiera tantas incógnitas como el de Irene Miranda. El hombre es el único animal que tropieza dos veces con la misma piedra, pero Álvaro de la Torre no volvería a confiar en su suerte.

Caminé mientras prestaba atención a los ruidos que salían de la cocina. «Menos mal que ya no vuelvo a un piso vacío». El pasillo de paredes blancas que se extendía ante mi sombra me hacía los servicios de túnel de lavado, arrancándome la suciedad que se adhería a mi piel durante el transcurso de mi trabajo. Sin embargo, cuando aquella noche me acerqué a Teresa y la abracé por la espalda, no sentí que me hubiera limpiado a fondo.

«Demasiada roña acumulada», sospeché.

—Hola, amor —me saludó mientras ponía una sartén sobre la vitrocerámica.

—Hola, cielo —correspondí tras darle un beso en el cuello.

«Besos, no torturas», pensé fugazmente.

—Iba a hacerme una tortilla francesa. ¿Quieres que te prepare una o...?

—Claro. Sí.

—La tuya con atún, ¿no?

—Si no es molestia...

—Tú nunca molestas.

—Lo mismo digo.

—¿Por qué no vas a ponerte cómodo mientras las preparo?

Observé algo extraño en su tono de voz, menos alegre que de costumbre. Teresa solía subirme el ánimo con su desparpajo, pero aquella noche parecía apagada, con la mente en otra parte.

—¿Va todo bien? —le pregunté—. Te noto...

—¿Dispersa?

—Gris, más bien.

—Ya. Es que... Ve a ponerte cómodo —insistió—. Te lo cuento mientras cenamos.

Consiguió que se me arrugara la frente.

—Sabes que te quiero, ¿verdad?

Por un momento pensé que iba a dejarme. Sin embargo, su rápida contestación, su «y yo a ti más», logró apaciguar mis miedos.

Cambié los vaqueros y el jersey de cuello alto por el pijama de Los Simpson que ella misma me regaló por mi último cumpleaños, y mis botines, hartos de patear los extensos distritos de Madrid, por mis pantuflas de mi querido Sevilla. Llevábamos saliendo poco más de un año y apenas seis meses viviendo juntos, pero tenía la sensación de conocer a Teresa desde hacía un milenio: jamás había sentido una complicidad tan fuerte con nadie, ni siquiera con mi hermana Azucena.

Entré en el comedor, donde me esperaba ante su tortilla y una ensalada.

Me senté a la mesa con poca hambre.

—Por cierto —le vino a la cabeza—, tu madre nos ha invitado a comer el miércoles. Dice que preparará platos típicos sevillanos.

—Mira tú qué bien. Pero ¿tú no trabajabas el miércoles?

—Sí, pero le he pedido a Nacho que me sustituya a la hora de la comida. Me debía un favor, y no me perdería los manjares de tu madre por nada del mundo.

—Te entiendo perfectamente.

—Nadie cocina mejor que ella.

—Ni que lo digas.

—Buen provecho —me deseó con su mejor sonrisa.

No obstante, seguía notándola mustia.

—Que aproveche. —Como era nuestra costumbre, nos dimos un beso en los labios antes de hincarle el diente a las tortillas—. Y, bueno, cuéntame que es eso que te inquieta.

—No es nada. Solo que me he enterado de lo de Carolina Lago.

—¿Y temes que me hunda en la miseria como cuando descubrí la cicatriz en el cadáver de Irene Miranda?

—Exacto.

—Eso no va a pasar.

—¿Me lo prometes?

—Te lo prometo.

Nos terminamos la cena y, como era nuestra costumbre, nos fuimos a la habitación a ver la tele.

Azucena me dio un telefonazo mientras estábamos viendo un episodio de la serie *The Office*; para compensar las miserias de nuestros trabajos, nos decantábamos por las comedias.

—¿Qué pasa, *chirigüila*? —dije nada más descolgar.

—Pues eso digo yo, ¿qué pasa contigo, *chirigüili*?

Me relajaba el simple hecho de escuchar su voz.

—Nada grave. Aparte de que estoy de trabajo hasta las cejas.

—¿Por eso no llamas a tu hermana, porque tienes cosas más importantes que hacer?

—Lo que hago es importante, pero no es el motivo. Y fui a veros hace un par de días. No exageres, que te va mucho el drama. Y para que lo sepas: hay la misma distancia de mi casa a la tuya que al contrario.

–No te pongas chulito, que te parto la cara.

–¿Tú y quién más?

–Yo y tu madre.

–Entonces me callo.

Soltó una risotada.

–Se nota que eres negociador y sabes cuándo hay que recular, ¿eh?... –bromeó entre risas–. En fin. ¿Te ha dicho Teresa lo de pasado mañana?

–Sí.

–Ni se te ocurra dejarnos plantadas, ¿eh?, que nos conocemos.

–Estaré allí a la una en punto.

–Bien. Porque tengo una noticia que daros.

–Miedo me das.

–Es buena, así que tranquilo. Hasta el miércoles, hermanito. Te quiero.

–Y yo a ti, hermanita.

En ocasiones, cuando hablaba con Azucena sentía estar haciéndolo con Carmen. Lo que amamos se convierte en parte de nosotros. Carmen vivía en mí y en Azucena y en mis padres. ¿Podemos perdurar en los corazones de quienes nos echan en falta? Yo creo que sí. El amor puede transmitirse de padres a hijos, de abuelos a nietos... Y, cuando eso sucede, nos convertimos en una especie de inmortales.

7

Elsa Bermejo

12 de enero de 2019, 21:15 h
Lavapiés, Madrid

Aparqué los malos rollos en la puerta –o al menos lo intenté– y metí la llave en la cerradura de nuestro piso de alquiler.

Encontré a Iván absorto en la pantalla de su tableta. Tenía el moflete inflamado. Lo saludé mientras colgaba mi abrigo en una de las sillas que rodeaban la mesa del comedor. Me correspondió con un «hola, amor», mientras dejaba el dispositivo sobre la mesa.

–¿Qué estudiabas tan ensimismado?

–El informe de la Científica.

–¿Y cómo va ese dolor de muelas?

–Ese boquete, dirás. Nunca pensé que pudiera salir tanta sangre de un agujero tan pequeño.

–Espera a recibir un balazo.

–No seas pájaro de mal agüero. La cuestión es tener hoy una cosa menos de la que preocuparse. Ayer apenas pegué ojo.

–Me lo cuentas o me lo explicas. Parecías una albóndiga dando vueltas en una sartén.

–La próxima vez me iré a dormir al sofá.

–Eso nunca.

Iván se levantó y me dio un largo beso con lengua.

–¿Sigues llevando la pistola o es que te alegras de verme?

–Más bien lo segundo.

Ronroneé como una gata feliz.

–Por cierto: la boca te sabe a sangre.

–*Porrque* soy un *vampirro* –confesó con un ridículo acento.

Y abrió sus fauces y me mordió suavemente en el cuello.

–¡Tonto, que me haces cosquillas!

Reí como una quinceañera.

–Es que estoy sediento de Elsa... –insistió con voz de ultratumba.

–Ataca, Nosferatu de pacotilla.

–Ya *verrás* tú si soy de pacotilla...

Me quitó los pantalones y las bragas en lo que dura un corte de mangas y me aupó a la mesa con la firmeza de un trípode. Se desprendió de su ropa mientras me miraba como un lobo a una cierva arrinconada y se adentró por entre mis piernas con el miembro erecto. Siempre que lo hacíamos fuera de la cama recordaba nuestro primer encuentro en los servicios de un bar de mala muerte.

«La de vueltas que da la vida», pensé mientras me hacía gemir de placer.

Nadie tiene una vida perfecta. Es un hecho. Pero si lanzaba la vista atrás me daba cuenta de que nunca había tenido una tan a mi medida.

–¿Y qué tal vas con el caso Orozco? –le pregunté mientras nos aseábamos en el cuarto de baño.

Su caso no tenía nombre oficial, pero de algún modo teníamos que llamarlo.

–Listo para sentencia.

–¿Y eso?

–Hoy ha dado un vuelco importante: la grabación de la cámara de una gasolinera ha echado por tierra la coartada del principal sospechoso.

–¿La del tal Baeza?

–En efecto. Eso, unido a las huellas dactilares y la gota de sangre.

–Todos los asesinos deberían ser tan chapuceros como Bae-

za. Parar a poner gasolina antes de cometer un asesinato...
Hay que ser gilipollas.

–Puestos a matar, pues, sí, que la estupidez nos conduzca a
ellos. Pero intuyo que no hablamos de un asesinato. Puede
que lo viera entrar en su casa y se colara detrás para robarle.
Orozco se revolvió y... En fin. Mañana saldremos de dudas.
Le dejaré claro que no le queda otra que ayudarnos a esclarecer los hechos.

–Me alegro de que hayas cerrado tan rápido tu primer caso
en solitario. Cuando menos te lo esperes, te endosarán a un
subinspector como compañero.

–O a una subinspectora.

–Mejor que no.

Iván llevaba demasiado tiempo ayudando a unos y a otros.
Era un fenómeno echando cables, pero resultaba arriesgado
que trabajara en solitario. No obstante, por el bien de nuestra
relación, lo idóneo sería que le pusieran a un hombre como
compañero. No era la mujer más celosa del mundo, pero
tampoco la más confiada.

–Con lo bien que estoy yendo a mi aire... –confesó con
resignación–. Pero lo que tenga que ser, será. Y a ti mejor
no te pregunto por el caso Lago, ¿no? Eso sí es un asunto
peliagudo.

–Tampoco podría contarte demasiado. Si te lees los informes, sabrás lo mismo que yo. Y ni siquiera haría falta:
los medios de comunicación han publicado casi todos los
detalles de la investigación. Esos sí que saben informarse...

–No me extrañaría que, una vez cerrado mi caso, Valcárcel
me pida que os ayude.

–Nos vendrías de perlas. A pesar de que el hallazgo del
cuerpo de Carolina abrirá nuevas vías de investigación,
tendremos que volver a entrevistar a todos sus parientes y
amigos. Probablemente, para que nos digan lo mismo que
consta en los informes.

–Para Neveira la morralla, ¿no? Las entrevistas aburridas y los informes tediosos.

–No, hombre.

–Era broma, mujer, sé que no me haríais eso.

–Pues claro que no.

–En vuestro lugar, yo empezaría por los nuevos caminos; si no conducen a ninguna parte, tomad los que recorrieron Lozano y Pujalte.

–Anota eso. Ni Hércules Poirot lo hubiera dicho mejor.

–Ya. Oye, tengo entendido que la madre contrató los servicios de Víctor Echevarría. ¿Es cierto?

–Sí. La pobre no vio otra salida.

–El mundo es un pañuelo. ¿Sabes que conocí a Echevarría? Bueno, coincidí con él en Salamanca, antes de que me trasladara a Valencia. Cruzamos cuatro palabras, pero me pareció la cúspide del éxito policial.

–Ahora es un borracho de mierda.

–Vio cómo un asesino decapitaba a su compañera. Y antes tuvo que cortarse los meñiques...

–No digo que no tenga motivos para empinar el codo, solo te he puesto al día de quién es ahora tu ídolo.

–No es mi ídolo.

–Ya lo sé, tontín; solo estaba tomándote un poco el pelo.

Iván me sonrió: su sonrisa era para mí lo que un chute de heroína para un toxicómano.

–Me encantaría hincarle el diente al caso Verdugo. Ya sabes que me fascinan los casos sin resolver.

–Los mediáticos sin resolver –maticé provocadora–. Lo que te gustaría es ser el inspector que detuvo al Verdugo de Salamanca.

–Que sea mediático es una consecuencia, no la causa de mi fascinación.

–¡Por Dios, hoy estás que te sales! Deberías apuntar eso también. En serio. ¿Te traigo tu bloc de notas?

—¡Deja de vacilarme!

Solté una risotada mientras él me miraba con cara de guasa.

—Anda, vamos a preparar la cena, Poirot.

—Usted primero, señorita tocapelotas.

Iván preparó dos sándwiches marca de la casa, con cuatro rebanadas de pan tostado en vez de dos. Él los llamaba torres. «¿Un par de mis torres para cenar?». Les echaba lo primero que encontraba por la nevera. En aquella ocasión, carne de pavo, lechuga, queso, tomate, beicon y cebolla. Su instinto para combinar sabores —que en principio no parecían casar— superaba incluso a su instinto para desenmascarar asesinos.

8

Víctor Echevarría

Siete meses antes
9 de junio de 2018, 23:54 h
Usera, Madrid

Ardía en deseos de investigar lo sustraído de la habitación de Elena Encinas. Mientras aparcaba en mi pequeña plaza de garaje y abría con cuidado la puerta para no abollarla con una de las columnas de hormigón que encerraban a los vehículos como barrotes de una celda, recordé la cláusula que constaba en el contrato por mis servicios: «Vivos o muertos».

«Puede que mañana se presente en casa una pareja de inspectores –presentí mientras pulsaba el botón con el número cinco del ascensor–. Ya puestos, debería haberle preguntado a la madre si sabía la contraseña del ordenador de su hija –pensé mientras iba subiendo–. Aunque... ¿una hija compartiendo contraseñas con su madre? Me conformo con que no haya notado que tengo solo cuatro dedos. Los guantes eran gruesos. Pero... ¿y si lo ha notado cuando le he tapado la boca? Pues que vengan. Ya ves tú qué miedo. Yo estaba en mi piso. Y de ahí no me saca nadie. Las pistas circunstanciales no me preocupan. Esta noche no he podido hacerlo peor, cada vez me quedan menos neuronas. –Mientras se abría la puerta del ascensor, miré la bolsa que colgaba de mi mano derecha–. Pero bien está lo que bien acaba».

No me crucé con nadie en el descansillo de azulejos pasados de moda, que siempre daba la sensación de estar sucio. Las paredes tenían huellas de zapatos en sus bajos y de manos

74

más arriba. «El ser humano es cerdo por naturaleza», pensé antes de meter la llave en la cerradura de mi lúgubre piso. No tenía intención de cambiar un solo mueble o electrodoméstico a pesar de tener veinte mil euros en el banco; no me apetecía arreglar el piso de otros. Si conseguía el millón –harto improbable, pero no imposible–, me compraría uno de obra nueva.

«Invertiré el adelanto en alcohol y bocatas de jamón –me dije en cuanto vi los veinte mil en mi cuenta–. Puede que en algún momento cambie de piso de alquiler, pero por ahora estoy bien: un piso de mierda para un hombre hecho una mierda».

Observé mi rostro en el espejo del recibidor: «En vez de cincuenta y cuatro años parece que tienes sesenta y cinco».

Me puse manos a la obra tras prepararme un *whisky* cuádruple o quíntuple, no sabría decir. Llené un vaso de tubo hasta los topes y caminé hacia el comedor con el generoso lingotazo en una mano y la bolsa de tela en la otra. Dejé el portátil y el vaso sobre la mesa, algunas gotas se derramaron sobre la madera oscura. A continuación, me senté donde solía cenar las pocas veces que llegaba a casa antes de las diez.

Me froté el mentón con la mirada fija en el dispositivo que había robado.

«Si esconde algo turbio, no lo va a tener a simple vista. Tampoco creo que se haya atrevido a subirlo a la nube. De estar relacionada con la desaparición, se habrá deshecho de cualquier huella. O al menos lo habrá intentado. Lo mejor será que empiece pasando el recuperador de archivos. Luego echaré un vistazo a lo demás, pero me temo que solo encontraré vídeos y fotos de Elena posando con sus amigos y familiares. Pero antes tengo que desbloquear el maldito aparato».

No iba a engañarme a mí mismo: yo era un *cracker* de mierda.

Tener el ordenador en mis manos me hacía sentir como un hombre con una diana en la espalda. Necesitaba revisar su contenido y deshacerme de él cuanto antes. ¿El problema? Lo mío no era adivinar contraseñas.

«Seguro que me toca llamar al fumeta de Román», presentí.

Empecé por las contraseñas que usan los tontos del culo: «1234», «12345», «123456»...

«La contraseña es incorrecta», escupió el ordenador tras cada tentativa. Luego probé con el año de nacimiento de Elena: 1993. Tecleé su nombre e introduje variantes: «Elena1993», «Elena1234»...

Nada.

Veinte minutos después, estaba desesperado.

—¡Su puta madre!

Fui a la habitación a por el teléfono móvil de prepago, el que usaba para hacer llamadas que violaban la ley, y marqué uno de los pocos números que me sabía de memoria.

—¿Quién es? —contestó Román con música de *reggae* de fondo.

—Echevarría. Necesito que vengas a mi casa.

—¿Ahora?

—Sí.

—¿Para qué?

—Para que nos hagamos unas pajillas. —El alcohol empezaba a sacar mi peor lado—. ¿¡Para qué crees que necesito yo a un puto friki!?

—Tranqui, tío. Es que me pillas liadísimo.

—Fumando porros, ¿no? —Román se mantuvo en silencio—. ¿Y si te pago quinientos pavos?

—Llego en quince minutos.

Colgó sin despedirse.

«Eso me parecía a mí», pensé satisfecho. Y di un generoso trago de *whisky*. Empezaba a notarme más contentillo de lo aconsejable.

Conocí a Román Segura cuando a mi portátil le dio por ir lento. Me metí en una tienda cualquiera de electrónica a ver si podían espabilármelo y enseguida vi en los ojos del dependiente que no era trigo limpio; también ayudó que me propusiera instalarme todo tipo de programas pirata –Photoshop, Word, Norton Security...– a cambio de «cincuenta euros de nada».

Mientras esperaba a mi *cracker* particular, volví a llenar el vaso hasta los topes. No tardé en oír el fastidioso ruido del tubo de escape modificado de la Rieju de Román, aun estando en un quinto piso con las ventanas cerradas y las persianas bajadas.

«Alguien tendría que hacerle un favor al mundo y quemar esa moto».

Llegó cargando con su mochila naranja y su habitual sonrisilla de fumeta, en vaqueros, sudadera y chanclas, pese al aire invernal que corría por las calles de Madrid.

–Borra esa sonrisa de la puta cara –le sugerí nada más abrir la puerta.

–¿Dónde está el portátil? –preguntó arisco.

Mi recibimiento no merecía menos desprecio. Por momentos me veía incapaz de controlar mi antipatía, sobre todo yendo hasta arriba de *whisky*. Era consciente de que no le caía bien. Sin embargo, nunca dijo no a un trabajo que le aportara un extra para vicios.

Se sentó ante el ordenador, al que tenía que quitarle el candado. Sacó un pequeño juego de destornilladores de la mochila que acababa de apoyar en las patas de la silla y puso el portátil bocabajo.

–¿Puede explicarme lo que va a hacer, *éminence*? –rogué con cierta sorna–. Me gustaría saber qué coño estoy pagando.

–Por supuesto, *monsieur* Echevarría –dijo con tono regio, siguiéndome la broma–. A ver por dónde empiezo. Pues...

Una cuenta de usuario protegida con contraseña no protege tu información —explicó mientras desatornillaba los bajos del ordenador—. Aunque la contraseña evite que alguien más pueda acceder a tu portátil, yo conozco métodos para copiar los archivos e incluso recuperar archivos borrados sin necesidad de conocerla. Pero me va a llevar un rato. Si extraigo el disco duro y lo conecto a mi bestia parda tendré acceso a cualquier archivo almacenado. En algunos casos, hasta puedo restaurar la contraseña y obtener acceso a su correo electrónico, otras contraseñas y más datos personales. Puedes proteger tu información de este tipo de ataques con una encriptación, pero me temo que el propietario de esta mierda no habrá activado ni la función de Windows que permite rastrear un portátil. Si los archivos importantes estuvieran cifrados, no habría forma de entenderlos sin la clave. O lo que es lo mismo: si los ladrones intentan acceder a tu información, se encuentran con un desorden, a menos que tengan la contraseña, y no pueden simplemente restaurar el dispositivo. Pero dudo que el dueño de esta porquería sepa lo más mínimo de informática.

—Cuidado con lo que dices, que el ordenador es de mi madre.

—¿En serio?

—No.

Román suspiro resignado.

—Ahora voy a...

—Es suficiente —lo corté tras meterme otro lingotazo—. Has conseguido que tenga dolor de cabeza.

—Tú me has pedido que...

—Lo sé. Pero no pensaba que me entrarían ganas de suicidarme.

—No se perdería mucho... —masculló entre dientes.

Le di una colleja que por poco le hace tragar el portátil y acto seguido lo agarré del cogote y se lo presioné como si fuera una pelota antiestrés. Román agachó las orejas y aguantó el chaparrón como hacen los buenos perros.

—No me toques las narices —le susurré mientras derramaba *whisky* por la mesa—. Y haz tu maldito trabajo.

Solté de un empujón a Román, que continuó *crackeando* como si no hubiera pasado nada. Replicarle a Víctor Echevarría cuando entraba en barrena no era buena idea, y él lo sabía mejor que nadie.

Me arrepentí al instante de haberle pegado. El alcohol me convertía en un hombre violento. Y, aun tomando conciencia, no podía dejar de empinar el codo hasta caer dormido o inconsciente, pues el alcohol, además de arranques de ira, me procuraba espacios de olvido.

Una hora después —el pirateo se alargó más de la cuenta—, Román dijo:

—Esto ya está. Lo tienes todo en tu disco duro, en las carpetas «Portátil» y «Archivos recuperados». Suerte con la búsqueda.

—Gracias.

—De nada.

Trató a todas luces de no cruzar su mirada con la mía. Se incorporó, se colgó la mochila de un hombro y dobló el cuello como quien tiene tortícolis.

Saqué la cartera y le pagué por sus servicios. Ni corto ni perezoso, se puso a contar los billetes delante de mí.

—¿Es que no te fías? —le pregunté con una sobreactuada cara de incredulidad.

Román hizo un gesto del tipo «¿tú te fiarías de ti mismo?», y habló con el tono de quien confabula, como si temiera que alguien estuviera escuchándonos a través de las paredes:

—Aquí hay seiscientos euros.

—Cien de propina, por las molestias extra —dije, en referencia a la colleja y al apretón de cuello.

—Ya sabes que no pienso darte las gracias.

—Ni falta que hace. Cómprate un patinete eléctrico y deja

la mierda esa de Rieju en un desguace. Hazle un favor al medio ambiente.

–¿Solo medio? –bromeó sonriente.

Le devolví la sonrisa antes de que me diera la espalda y enfilara el pasillo que conducía a la puerta de salida. Esperaba que aquel amable gesto de despedida, sumado a los cien euros de más, le hicieran olvidar mis salidas de tono; no me apetecía tener que buscar a otro pirata informático. Podría haberle pedido perdón, pero eso no iba conmigo.

Antes de salir, Román pronunció su habitual «nos vemos», que me dio a entender que podía seguir contando con sus servicios.

El éxito o el fracaso de mi búsqueda dependía de un factor: que Elena hubiera comprado el portátil hacía tiempo. Afortunadamente, su carcasa mostraba evidentes signos de desgaste.

Di un largo trago de *whisky*.

«A este paso mañana no recordaré lo que averigüe hoy», me dije, en mi salsa.

Busqué archivos DOC, DOCX, PDF, TXT, ODT... y, en particular, vídeos y fotografías que revelaran una conexión oculta. Me gustaba indagar en busca de un «*voilà!*», de un «te pillé». Hacerlo sin rumbo fijo, al acecho de cualquier detalle, de una extraña mirada captada por una lente, de una persona que no cuadra en un lugar concreto.

Encontré cantidad de fotografías de Elena y Carolina en actitud cariñosa, como buenas amigas que eran, también con chicos cuyo nombre desconocía o posando junto a otras mujeres que no había visto en mi vida. Revisé decenas de vídeos cortos: cumpleaños, comidas con amigos y familiares, días de playa, viajes... Empezaba a darme por vencido –no siempre es llegar y besar el santo–, cuando me llamó la atención un vídeo nombrado «RyC», registrado dos meses antes de la desaparición de Carolina. Lo abrí y al instante supe que había dado con algo importante.

La cámara, enfocada hacia la cama bajo la que me había escondido horas antes, parecía fijada con un trípode. Carolina entró en escena a los pocos segundos. Mi asombro fue mayúsculo al ver que estaba desnuda. Se tumbó y miró con lascivia hacia más allá de sus pies, hacia alguien que yo no podía ver, e hizo el gesto con el dedo índice de «ven aquí conmigo». Un segundo después, Elena subió a gatas a la cama, asimismo desnuda, y metió la cabeza entre las piernas abiertas de su mejor amiga. «Me da que eran más que amigas». Los gemidos de Carolina mientras apretaba la cabeza de Elena contra sus genitales me provocaron una erección. La voz de Edurne Palaciego se coló en esa escena: «Su novio se llama Álex Ferrer. El pobre se quedó destrozado cuando desapareció».

«¿Y si el tal Álex descubrió la infidelidad de Carolina y decidió vengarse? –reflexioné sin poder despegar la mirada de la pantalla, de los pechos turgentes de Carolina, de las firmes nalgas de su amiga y amante...–. Puedo entender que Elena tratara de deshacerse de este vídeo porno, pero... Y si...».

9

Víctor Echevarría

Domé la resaca con un vaso de *whisky* y salí de casa rumbo a El Cuco, donde tenía intención de tomarme el segundo lingotazo de la mañana. Tras mi regreso a Madrid no consentí intimar con nadie. Me horrorizaba el hecho de formar una familia: «La muerte no puede quitarme lo que no tengo», concluí tras la decapitación de Rebeca. En el bar solo encontraba sujetos con los que conversar de temas triviales, por lo general con dos copas de más en el cuerpo.

Los hallazgos de la noche anterior me acercaban al millón de euros; no obstante, estaba lejos de encontrar a Carolina y a su padre. Empezaba a no fiarme ni de mi propia sombra, mucho menos de Edurne Palaciego. Me costaba creer que desconociera la relación que su hija mantenía con su mejor amiga. Asimismo, me extrañaba que la prensa no se hubiera hecho eco. «Esos destapan hasta lo más enterrado». Por mi mente solo pasaban conjeturas, era demasiado pronto para tener las ideas ni medianamente claras.

Durante aquella jornada de investigación tenía previsto pedirle explicaciones a Edurne y que, de paso, me allanara el camino con el novio de su hija. Averiguaría, por las buenas o por las malas, si Álex Ferrer estaba al tanto de los escarceos amorosos de su novia y si había tomado cartas en el asunto. Pero, antes de todo eso, debía zanjar un tema pendiente con la agencia de detectives para la que aún trabajaba: fotografiar a una mujer en actitud cariñosa con su amante, lo que no me llevaría demasiado tiempo: sabía, gracias a un localizador instalado en su coche, dónde quedaba con el hombre con el que tenía una aventura. No me gustaba dejar trabajos a medias, y de aquel solo me restaba echarles unas cuantas fotos entrando y saliendo del hotel. No se trataba de un trabajo de los que yo etiquetaba como destapar el pastel, sino de confirmación. El marido se lo olía desde hacía tiempo: solo necesitaba verlo con sus propios ojos.

«¿Y si su novio la enterró en cualquier parte? –pensé mientras conducía hacia El Cuco–. Pero, entonces, ¿qué papel tienen el vídeo y la nota que recibió Palaciego? ¿Lo hizo para despistar a la Policía? –Resoplé–. Si fue él, debió de tener ayuda. Una artimaña demasiado inteligente para un niñato, me parece a mí. No obstante, he abierto una vía de investigación y debo seguirla hasta el final. Si me lleva a un callejón sin salida, tendré que abrir otra». Así funcionaba eso de buscar a personas desaparecidas: un constante prueba y error.

Saludé al Cuco y le pedí lo de siempre: una copa de coñac y un café largo. Cogí el periódico del revistero de la barra –tuve suerte, no siempre estaba disponible– y me senté a la mesa más alejada de la puerta. El dueño no tardó en servirme la copa y la taza mientras yo le echaba un vistazo a la portada de *El País*.

–Gracias, Cuco.

Ni siquiera conocía su nombre. Ni me importaba.

–No hay de qué.

Volqué el contenido de la taza en la copa y di un generoso trago. Me gustaba aquella combinación de alcohol y café de buena mañana.

–¿Qué pasa, Echevarría? –me saludó un conocido antes de sentarse en uno de los taburetes de la barra.

Nadie solía llamarme Sinmeñiques, por lo menos a la cara. No es que me molestara, pero entendía que creyeran que iba a enfadarme.

–Hola, Ramiro. Pues aquí, leyendo el periódico.

–¿Vendrás esta noche a ver el fútbol?

–No tengo nada mejor que hacer.

Ramiro alzó su copa a modo de aprobación.

Me tomé otros seis cafés con coñac.

Notaba cómo el alcohol se apoderaba de mi cuerpo y, sin embargo, no podía hacer nada por remediarlo. La cara de Rebeca apareció entre las noticias del periódico. Absorto en sus letras negras, como la noche de noviembre en la que caímos en la red de un asesino, recordé el momento en que le comuniqué su muerte a Emilio, su marido, y le dije que tendría que velarla en un ataúd cerrado. Sus gemelos de cuatro años correteaban por la habitación, desconocedores del terrible final que había corrido su madre, mientras yo hundía a su padre –a mi amigo– en la más absoluta miseria. ¿Cómo borrar semejante momento si no con la ayuda del alcohol?

«Me da a mí que hoy no voy a visitar a la madre de ninguna desaparecida y menos aún a cerrar el caso de ningún cornudo». Intuí que me pasaría el día yendo de bar en bar. Sin embargo, aquel día me deparaba un punto de inflexión.

Unas repentinas náuseas provocaron que me vomitara encima. De un segundo para otro, me vi convertido en una fuente de aguas oscuras. Los clientes del bar me observaron con miradas que oscilaban entre la sorpresa y la pena. «Pobre hombre», se lamentó una mujer. «Es alcohólico», dijo otro habitual. Sus voces me llegaron distorsionadas y sus rostros, hechos borrones. Todo me dio vueltas. Mi ropa, la mesa, el periódico y el café con coñac quedaron regados por mi vomitona.

El Cuco se acercó y me habló con la calma de un trabajador social.

–Anda, vamos al baño a limpiarte.

Me sentí como un viejo raquítico ante la bañera de un

geriátrico. Aparté de un manotazo al Cuco. Salí del bar dando tumbos y tiré una silla por el camino. Nadie trató de detenerme. Les importaba un bledo dónde acabara el desgraciado de Sinmeñiques.

No fui capaz de encontrar el coche –por suerte para los transeúntes–, así que puse rumbo a casa por unas calles que había recorrido mil veces pero que el alcohol convirtió en desconocidas.

Me di de bruces contra el suelo al doblar una esquina.

Durante un buen rato anduve perdido.

Los edificios eran calcos los unos de los otros.

Me puse a discutir con un hombre que no existía...

Con esfuerzo logré localizar mi bloque, pero no atiné con la llave en la cerradura. Pulsé un puñado de botones del portero automático. «¡Abridme, hijos de puta!», me desgañité alienado. Contestaron tres vecinos y uno de ellos tuvo la bondad de abrirme. Subí las escaleras como un alpinista de camino a la cima del Everest –del ascensor colgaba un cartel en el que ponía AVERIADO, que arranqué iracundo– y, al quinto intento, logré meter la llave en la cerradura de casa.

–¡Hijos de puta! –grité antes de entrar, a nadie y a todo el mundo.

Caminé apoyándome en las paredes y me dejé caer sobre el sofá, como un fusilado.

Me desperté seis horas más tarde, apestando a vómito.

La vergüenza recorrió cada centímetro de mi cuerpo.

«Tengo que volver a ser el hombre que fui», me impuse, con un dolor de cabeza tremendo.

Enseguida sentí el deseo de paliar los pinchazos con un lingotazo, pero me contuve. Las botellas de licor que guardaba en los armarios de la cocina me llamaban a gritos, como si su existencia dependiera de que me las bebiera a morro.

Aquella noche no pegué ojo.

Por la mañana, las ganas de empinar el codo quemaban

como un atizador al rojo vivo. La ansiedad no tardó en sumarse a un intenso dolor corporal que no logró aplacar ni el paracetamol. Por la tarde aparecieron los temblores. Al día siguiente las náuseas y los vómitos y, tras el anochecer, la confusión, la fiebre y las alucinaciones.

Por suerte, Rebeca me dio ánimos:

«Tú no eres Sinmeñiques: eres Talento —me susurró al oído—. Y siempre serás mi compañero. El mejor del mundo. Te cortaste los dedos por mí, ¿recuerdas? Sé que es duro, pero no pretendas borrarme con alcohol. Fue mi decisión, tú no tuviste la culpa».

Mi cuerpo luchó a brazo partido contra el síndrome de abstinencia. Hasta que aparecieron los primeros ratos de calma.

10

Álvaro de la Torre

Siete meses después
13 de enero de 2019, 09:47 h
Usera, Madrid

Desde el asiento del copiloto, Elsa observaba el ir y venir de los viandantes sobre las sombrías aceras de Usera. Densas nubes poblaban un cielo descolorido, como si viviéramos en tierras del sol de medianoche.

No hubo manera de localizar a Echevarría, así que nos acercamos al bloque de pisos que usaba poco más que para pernoctar; teníamos entendido que llevaba una vida bastante bohemia.

Madrid, como toda ciudad, tenía sus barrios conflictivos. Usera adolecía de una creciente afluencia de bandas latinas juveniles. Arganzuela, Carabanchel, Centro, Latina y Villaverde formaban parte de la lista de distritos conocidos por sus repetidos incidentes con armas de fuego.

«AD3» no era una pintada cualquiera en una pared y, mientras conducía en busca de Sinmeñiques, detecté varias. Significa «Amor de Tres», pero no es un grafiti de índole romántico ni sexual. Significa: «La banda de los Dominican Don't Play está establecida en este barrio y lo considera su territorio». Los integrantes de las bandas latinas forman una subcultura: tienen su propio lenguaje, tatuajes, ropas, colores, símbolos, gestos con los dedos o las manos... Nuestros compañeros de la secreta se sumergían en esas subculturas para luchar contra la violencia y evitar crímenes.

Los Trinitarios eran la banda rival de los Dominican Don't Play –conocidos como DDP–. Su guerra en las calles madrileñas había causado asesinatos y decenas de incidentes violentos. La pintada más preocupante que puede encontrarse un policía que lucha contra las bandas latinas no dice nada a ojos desinformados: «3030» significa que se acerca una guerra de bandas. «Ir a 3030» es un llamamiento formal para sacar los machetes.

No vi ningún «3030» en ninguna pared.

Las manchas parecían descolgarse de las ventanas como vómitos corrosivos que anunciaban que en el interior del edificio no encontraríamos gente acomodada. Sabíamos de antemano que Echevarría no era un tipo refinado; el aspecto del bloque de pisos donde pernoctaba se ajustaba como un guante a su reputación. Nos pusimos el abrigo y nos apeamos del coche. Elsa se echó vaho sobre las manos nada más pisar la acera. El frío que doblaba las esquinas de Usera golpeaba como un puño de hielo.

Pulsamos el botón en el portero automático y esperamos una respuesta que no llegó.

–¡Eh, tú, chaval! –dijo Elsa, sin demasiado tacto, a un joven que caminaba por la acera de enfrente.

Su enorme collar con los colores de la bandera dominicana hizo que tuviera tragar saliva. Mi compañera cruzó la calle a paso ligero sin que me diera tiempo de disuadirla. El chico, de piel morena y pelo negro, se detuvo y la miró como si se le estuviera acercando un zurullo rodante.

–¿A quién llamas chaval, zorra comemierda?

Hubiera gritado «¡vámonos de aquí!», pero no preguntarle a alguien por pertenecer a una banda latina resultaba una contradicción para dos policías judiciales: ellos basaban su poder en el miedo y no podíamos sucumbir a él.

Aparté a Elsa de un empujón.

–¿¡Qué haces!? –me increpó.

–Déjame a mí, joder –rogué con autoridad.

El chico nos deleitó con una sonrisilla al tiempo que Elsa consentía con la mandíbula apretada.

–¿Conoces a un tal Sinmeñiques? –le pregunté, afable.

–Mantén a raya a tu puta –amenazó mientras señalaba a Elsa con la barbilla–. ¿Sois de la pasma o qué?

–¡Sí! –gritó Elsa con el gesto desencajado.

–¡Por Dios, Elsa, contrólate!

El chaval, que no pasaba ni por asomo de los veinte años, se desternilló ante nuestras narices.

–Me la sudan los maderos. Este es nuestro territorio. Si chasqueo los dedos, mañana te encuentras a tus hijos muertos, comemierda. ¿Entiendes?

–Qué valiente nos ha salido el morenito –se burló Elsa cuando el dominicano echaba una mirada más allá de nuestras espaldas y sonreía de medio lado.

–Ahí están mis hermanos. ¡Nene, Panda, venid, que estos dos creen que pueden venir aquí a darnos órdenes!

Me di la vuelta para ver cómo dos jóvenes latinos, de una guisa similar a la del pandillero que Elsa había ofendido con su «espontaneidad», se nos acercaban. Se levantaron un segundo la sudadera para que pudiéramos ver la culata de un revólver que cada uno llevaba en la cinturilla del pantalón.

«De esta no salimos enteros».

–¡Al coche, vamos! –exigió Elsa antes de cruzar la calle a paso ligero.

«¿Ahora le entran prisas?», me dije anonadado.

Como un *sheriff* del lejano Oeste que hace frente a dos forajidos recién llegados a su pueblo, atravesé la calle con pasos tranquilos y los ojos puestos en quienes se nos acercaban con aires de superioridad. Desabroché la funda de la pistola y la cubrí con la mano, dispuesto a desenfundar si percibía un peligro inminente.

«Son unos críos», reflexioné, tenso como una cuerda de piano.

–Tranquilitos, ¿eh? –Los calmé con aire chulesco.

Mostrar seguridad se me antojó nuestra mejor opción: demasiado tarde para tratar de conciliar a las dos partes. Aun considerando improbable que se atrevieran a abrir fuego, temí que el pandillero que tenía detrás me dejara la espalda como un colador.

Elsa entró en el coche en primer lugar. Miré por el retrovisor nada más apoyar la espalda en el respaldo: los delincuentes se habían agrupado en medio de la calle y nos observaban mientras hacían gestos con las manos. No parecían tener intención de pasar de las intimidaciones. Habían logrado echarnos de su territorio con el rabo entre las piernas y con eso les bastaba.

Me alejé con las pulsaciones desatadas, al tiempo que estrangulaba el volante como si fuera el gaznate del peor asesino del mundo.

–¡Eres una inconsciente! –grité furioso–. ¡Actúas sin pensar y luego los demás tenemos que pagar por tus gilipolleces! ¿¡Tanto te cuesta pararte a pensar dos segundos antes de actuar!? –Notaba cómo el cuero chirriaba bajo mis manos–. Somos policías judiciales, ¿entiendes eso? ¡No una panda de maleantes!

–No vuelvas a empujarme delante de nadie.

–¿¡En serio!? ¿¡Tienes los santos ovarios de recriminarme que te haya salvado de una paliza!? Pero ¿¡tú sabes cómo se las gastan los DDP!? Miguel de Cárdenas Campoy, ¿te suena? No, ¿verdad? Pues murió apuñalado cuando tenía dieciocho años. Acudió a las fiestas de San Agustín de Alberche y recibió una cuchillada en el abdomen. Y además por una chorrada. Falleció camino del hospital de San Sebastián de los Reyes. ¡A esos tíos solo les importa demostrar su autoridad!

–Baja el tono.

Respiré hondo y me esforcé en tranquilizarme.

–Primero aprietan el gatillo y luego se preocupan de lidiar con las consecuencias. Que seas policía no va a achantarlos. Menuda necia estás hecha si crees que puedes esconderte detrás de una placa. Y no me vengas con que no podemos achantarnos delante de unos delincuentes. Esto es la vida real y se rige por unas normas, no por un manual. No hubiera servido de nada detenerlos. ¿A santo de qué? ¿Posesión de armas? ¡Ja! ¿Por insultarte? Esos niñatos tienen mejores abogados que tú. Si los arrestamos por una minucia, entran por una puerta y salen por la otra. ¿Se te ha olvidado cómo funciona esto? Esos tipos son problema de la secreta. Zapatero, a tus zapatos, ¿me sigues? ¿Crees que los de la secreta no saben que van armados? Pensar con el culo, como has hecho hace un momento, solo trae problemas. ¡Y ya tenemos bastantes, joder!

Tras el descomunal rapapolvo, aparqué en una zona tranquila no demasiado alejada del piso de Sinmeñiques. Me apeé sin mediar palabra y me acerqué a un hombre que daba tumbos por la acera. Su rostro demacrado y enrojecido, donde destacaba su nariz, de punta gruesa, junto a sus andares doblados, me hicieron pensar que había madrugado para entrar el primero en su bar de confianza. «Hoy solo vamos a encontrarnos con gentuza, ¿o qué?». Cuando me acerqué, pude observar los finos vasos sanguíneos que enrojecían sus ojos y percibí el olor a vino rancio que desprendía su boca.

–Buenos días, caballero.

–Hola. ¿Qué quiere?

–Soy policía. –Le mostré la placa, que miró con desprecio–. ¿Le suena el nombre de Víctor Echevarría? Vive por la zona y ejerce como detective privado.

Un portazo me advirtió de que Elsa acababa de salir del coche.

–No –contestó adusto–. Y tengo cosas mejores que hacer que hablar con la policía.

–¿Qué cosas son esas tan importantes que tienes que hacer, eh, cierrabares? –soltó Elsa nada más ponerse a mi lado. No parecía haber aprendido nada de nuestro encontronazo con los Dominican Don't Play. O eso, o me estaba retando. Si algo caracterizaba a mi compañera era su intransigencia–. Déjate de chorradas y dirígete a nosotros con respeto. ¿O prefieres venir a dar una vuelta en nuestro coche?

–No, señora –contestó con patente sorna–. Les hablaré con el respeto que merecen.

–¿Y te suena un tal Sinmeñiques? –Probé suerte con su mote.

–Haber empezado por ahí. Ese fantoche frecuenta el bar El Cuco.

«¿Fantoche? –pensé con la frente arrugada–. Mira quién fue a hablar».

–Gracias –dije con mi mejor sonrisa.

Elsa le dio la espalda y caminó hacia el coche, haciendo gala de un civismo lamentable.

–Te estás pasando de la raya –le advertí en cuanto me puse al volante. Ella hizo como que se miraba las uñas–. Así que vamos con esas, ¿eh? Yo también sé jugar al juego de ignorar. A ver quién gana.

–A ver.

Sonreí de medio lado y giré la llave en el contacto.

El GPS nos condujo hasta el bar El Cuco. Uno tradicional, de los que sirven alcohol y tapas y un bocadillo si se tercia. Parecido a Los Divinos. Me acerqué al camarero, le pedí un café y le pregunté si conocía a un tal Echevarría. No le pregunté a Elsa si le apetecía tomar algo: el juego de ignorar había empezado.

–¿Sinmeñiques? –me preguntó cejijunto.

–El mismo.

–El barbudo de la esquina.

El camarero nos señaló a un tipo sentado a una pequeña mesa circular encajada en un rincón. Leía de un bloc de notas. La última vez que vi su rostro en la pantalla de mi ordenador no lo afeaba una frondosa barba en la que podían anidar cuervos. Sobre el lastimado tablero de madera donde apoyaba los codos había una taza de café.

«¿Café?». Me extrañó no encontrarlo con un botellín de cerveza, un chato de vino o una copa de *whisky*.

Le di las gracias a quien supuse que era el dueño del bar y nos dirigimos hacia Sinmeñiques, que no parecía haberse percatado de nuestra presencia.

–Buenos días.

Echevarría despegó la mirada de sus apuntes.

–Ya tardaban en aparecer los inspectores de Homicidios.

–¿Sabes quiénes somos? –preguntó Elsa.

–Se os huele a la legua.

–Ya. ¿Podemos sentarnos?

–¿Puedo negarme?

–Claro que no –dije con chulería–. ¿Se te ha olvidado cómo va esto?

«Puede que hoy encuentres la horma de tu zapato», pensé, más iracundo de lo normal; Elsa había conseguido alterarme el ánimo.

Sonrió de medio lado.

–Entonces tomad asiento. Y dejadme adivinar: estáis aquí para preguntarme sobre la recién hallada muerta, Carolina Lago.

Echevarría no decepcionaba: su famoso carisma no era un rumor.

–Por qué íbamos a pisar este antro, si no –confirmó Elsa.

Tuve la sensación de haber empezado una tensa partida de póker.

–No vamos a aceptar un «no sé nada» –le advertí–. Las

cosas han cambiado desde la última vez que hablaste con nuestros compañeros.

—Hace bastante de aquella charla. Y, sí, lo admito, los traté como a dos novatos. Pero entonces buscaba a una mujer y a un hombre desaparecidos, y ahora al asesino de una joven que no logré encontrar a tiempo. La tesitura es distinta, en efecto. Entonces no estaba dispuesto a colaborar, pero ahora sí. Siempre y cuando aceptéis mis condiciones.

—¿Y cuáles son esas condiciones? —pregunté tras sorber el café más fuerte que había probado en toda mi vida: una sola taza de aquel mejunje podía rebosar tus límites diarios de cafeína.

—Si os ayudo a encontrar al asesino de Carolina Lago, seré yo quien le dé la noticia a la señora Palaciego. Entrar y darle su nombre. Nada más. Y vosotros seréis tan amables de ir detrás de mí a contarle que mis averiguaciones han sido de vital importancia. Y, además, haréis la vista gorda sobre cómo conseguí la información. ¿Lo cogéis o lo dejáis?

Le eché una fugaz mirada a Elsa; con un inapreciable movimiento de cabeza, me transmitió «adelante». Por el bien de la investigación, tuvimos que dejar para otro rato nuestro estúpido juego de ignorar.

—De acuerdo.

—¿Tenemos trato, entonces?

Asentimos con la cabeza.

—Carolina Lago era bisexual. Ella y su amiga Elena se comían el... —Se nos arquearon las cejas—. Vamos, que hacían la tijereta y esas cosas que hacen las lesbianas, y además se grababan en vídeo.

—Tú robaste el portátil de Elena —entendió Elsa.

—Son solo rumores.

Nos guiñó un ojo. Mi compañera esbozó una sonrisa que borró de su cara en cuanto la reprendí con la mirada: no me parecía apropiado reírle las gracias a un tipo como Echevarría.

–No os daré detalles sobre los cómo, pero esta misma tarde os haré llegar por mensajero un *pendrive* con el vídeo.

–Sigue –lo alenté, serio como un reo que avanza hacia la soga–. Supongo que habrá más.

–En efecto. Llamé a la señora Palaciego y le pedí que me allanara el camino con el novio de su hija. Edurne llamó a Álex Ferrer delante de mí y el chico no se opuso a verse conmigo. «Solo quiero que la encuentren», repitió como veinte veces durante la entrevista. Era como un puto disco rayado. Para mí que se había metido algo.

»Pero a lo que íbamos: creo que ni él ni Elena tuvieron nada que ver con la desaparición de Carolina. Ambos tenían coartada y al pobre chaval casi se le salen los ojos cuando le conté que su novia se la pegaba con su mejor amiga. Elena se calló su relación con Carolina, sí, pero supongo que por miedo al qué dirán. No voy jactándome de ser un hacha descubriendo la mentira en los ojos ajenos, pero lo soy. –«Menudo ego gasta el gilipollas este», pensé con el entrecejo fruncido–. Álex Ferrer no me mintió. Elena sí, pero no porque tuviera nada que ver con la desaparición y posterior asesinato de su amiga. Intuyo que intuyó, valga la redundancia, que, de salir a la luz que se acostaba con Carolina, los medios de comunicación no la dejarían en paz. Y los tres sabemos que es precisamente lo que hubiera pasado. Luego, decidí hablar con el psiquiatra Óscar Revilla. Según Edurne, era de los pocos amigos que le quedaban a su marido. Estoy convencido de que las desapariciones guardan relación, así que viré hacia Tomás Lago, a ver si por ahí descubría algo interesante.

»El tema es que ese pichafloja de Revilla no quiso recibirme, ni siquiera tras pedírselo Edurne como favor personal. Puso como excusa que yo era un borracho de mierda que solo buscaba llenarse los bolsillos. No obstante, aun teniendo motivos lícitos, su comportamiento me puso la mosca detrás de la oreja.

–¿No estarás insinuando que después de entrevistarse con nuestros compañeros de Homicidios y Desaparecidos, dos profesionales como la copa de un pino, a Óscar Revilla le entró miedo por tener que hablar con un borracho de mierda?

Su prepotencia había logrado sacarme de mis casillas. Tampoco ayudó la mala baba que arrastraba por culpa de Elsa. Durante unos tensos segundos, nuestras miradas se cruzaron como dos filos de espada.

«Si se levanta, lo siento de una hostia», me prometí.

–Llevo siete meses sobrio –aclaró con evidente orgullo. Y señaló su taza con la barbilla–. De ahí mi café. No puedo borrar el daño que hice, pero puedo ayudaros a atrapar a un asesino. Disculpad mis modales, si es que os han ofendido. Pero haz el favor, inspector De la Torre, de matizar tu anterior comentario. Te lo pido. –Sus ojos no se desprendían de los míos y llegaron, por un momento, a intimidarme–. Te entró miedo por tener que hablar con un exborracho de mierda.

–Exborracho de mierda, entonces –me detracté, pícaro–. En ese caso, nuestro siguiente paso será hablar con Óscar Revilla.

–Y haréis bien. Y, no sé a vosotros, pero a mí me cuesta creer que Edurne desconociera la relación de su hija con su mejor amiga. Os daré un consejo, si me lo permitís: por la senda de la lógica no siempre se llega a buen puerto. Y poco más os puedo contar. Caí en una espiral de alcohol y dejadez y... No me centré en mis obligaciones de detective por el bien de mi salud y ahora esa chica está muerta. Nunca me lo perdonaré. Pero si me dais permiso, reemprenderé, bajo vuestra supervisión, la búsqueda de Tomás Lago. –Me sorprendió que de pronto se mostrara tan cooperativo–. Estoy convencido de que el padre ha pasado a mejor vida, pero también sé que encontrar su cadáver conducirá al asesino de su hija. Lo presiento. –Olfateó el aire, como un perro de presa que acaba de encontrar un rastro perdido en el suelo–. Se percibe en el ambiente. ¿No lo notáis? Se avecina el cierre del caso, inspectores. Y será de los que dejan huella.

«A este tío se le han fundido los plomos», pensé.

11

Álvaro de la Torre

13 de enero de 2019, 13:07 h
Madrid

Regresamos a la comisaría sin dirigirnos la palabra.

Comía sentado en mi silla unos macarrones a la boloñesa calentados en el microondas cuando sonó el móvil de Elsa. Tras mirar su pantalla, mi compañera se me acercó sobre su silla con ruedas y descolgó con el altavoz encendido.

—Dime, Rodríguez. Álvaro está escuchando.

—Estupendo. He encontrado algo anómalo en el estómago de Carolina Lago.

No se anduvo con rodeos. Elsa y yo nos miramos con las cejas arqueadas.

—¿Y se puede saber qué es? —pregunté, obligado a tirar de la lengua del forense; Rodríguez no parecía tener ganas de dar explicaciones por teléfono.

—Cuatro pedazos de gres.

—¿Gres?

—Al unirlos forman una floritura azul. Es probable que pertenezcan a una cenefa o...

—¿Sabes qué? —preguntó Elsa retórica y juguetona—. Me apetece lanzarte unas pullitas. A ver si saltas y la liamos un poco, que hace tiempo que no nos enzarzamos tú y yo.

—Y ya viene apeteciendo, ¿verdad? —bromeó asimismo el forense—. Aquí os espero.

Rodríguez colgó un segundo antes de que lo hiciera mi compañera.

–Últimamente todos se dirigen a ti, ¿no te parece? –Decidí dejarla ganar al juego de ignorar; a mí se me daba mejor bajar del burro–. Valcárcel, Rodríguez... No sé. Me llama la atención. ¿Crees que debería poner una queja por feminismo? ¿O yo no tengo derecho a quejarme cuando percibo conductas feministas?

–El feminismo no es lo contrario que el machismo. El machismo es un modo de actuar y el feminismo un movimiento que busca la igualdad entre hombres y mujeres. ¿Vas a quejarte por que tu compañera busque igualdad? ¿No te parece un pelín machista?

–Solo te estaba vacilando. Sé lo que significa feminismo. Me considero feminista. Y creo que te lo he demostrado muchas veces.

–Ya.

Aquel «ya», formulado con un tono rencoroso e hiriente, me molestó. Pero el cariño pudo más que un día de perros. Presentí que el cuerpo destrozado de Carolina Lago seguía haciendo estragos en su mente. El gesto de Elsa cambió en cuanto se detuvo ante su piel llena de cortes. Por tanto, decidí hacer lo que mejor se me da: tender la mano.

–Eres como una hermana para mí –dije con naturalidad.

A Elsa se le empañaron los ojos mientras llenaba los pulmones con una larga bocanada de aire. Dejó a un lado su rechazo al contacto físico, del que tantas veces le había visto hacer gala. Le importó un bledo estar al alcance de las miradas de otros policías. Se vino abajo, o se vino arriba, según se mire. Y me envolvió entre sus brazos con tanto entusiasmo que por un momento se me cortó la respiración.

«¿Qué sería de nosotros sin un compañero que nos ayude a superar los días que se nos hacen cuesta arriba?», me pregunté, mientras le frotaba la espalda con las manos.

–Bueno, ya vale –dijo al tiempo que me soltaba–. Hasta dentro de un año no toca el siguiente abrazo.

–Como quieras. Yo siempre estoy disponible.

–Lo sé. –Me guiñó un ojo–. ¿Nos vamos?

–Vamos.

Partimos hacia el Anatómico Forense.

El plato de macarrones se quedó encima de mi mesa, a medio comer.

La morgue había visto pasar por sus cámaras frigoríficas a todo tipo cadáveres –viejos, jóvenes, rechonchos, flacos, de piel clara, de piel oscura, recientes o con grandes signos de descomposición...– y a nosotros por delante hacia una sala de autopsias, donde aguardaba un forense con información vital sobre las causas de una muerte. Recordé una explicación de Rodríguez, a quien de vez en cuando le gustaba tratarnos como a estudiantes: «La técnica quirúrgica de la autopsia no ha avanzado prácticamente nada en los últimos cien años, lo que sí ha avanzado es la técnica de investigación: análisis, rayos X, microscopios...».

Lo encontramos ante el cadáver. La herida en forma de i griega que empezaba en los hombros y acababa en el monte de Venus indicaba que había sido abierta en canal y cerrada tras el pertinente estudio de sus vísceras. Esa herida descomunal se entremezclaba con los cortes y cicatrices que la marcaban de arriba abajo. Me impactó ver su cuerpo limpio como papel cristal y quebrantado como una tabla de cortar.

«Demasiado dolor para una sola persona».

–Murió sobre la medianoche –explicó el forense–, unas nueve horas antes de que se descubriera su cadáver. Su organismo estaba sumamente deshidratado. Digamos que su corazón no aguantó más. No he encontrado restos de semen. Tampoco muestras de ADN. No obstante, presenta signos de haber sido violada.

–No hay restos de semen, pero sabes que la violó. ¿Eso significa que usó preservativo? –preguntó Elsa.

–No necesariamente. Los espermatozoides tienen un tiempo de supervivencia en función de la región anatómica donde se hayan depositado. En el fondo del saco vaginal es posible hallar espermatozoides de cinco a siete días posteriores al acto sexual. Sin embargo, el tiempo que pueden tardar en cicatrizar las lesiones en el área genital son unos diez días. No haber encontrado restos de semen, pero sí lesiones en la zona genital, me da a entender que su asesino conoce el procedimiento forense. No creo que se deba a un mero golpe de suerte.

–De puta madre –dijo Elsa bruscamente.

–Tiene ciento veintitrés cortes distribuidos por todo el cuerpo y de diferentes longitudes, que oscilan entre uno y siete centímetros, y que han sido provocados por un objeto afilado: un cúter o una hoja de afeitar. Por la configuración de las heridas, diría que siempre usó el mismo utensilio. Como podéis ver, algunas han cicatrizado y otras no. Las incisiones fueron poco profundas; no necesitaron puntos de sutura para cerrarse. Intuyo que el asesino buscaba causarle dolor durante el mayor tiempo posible. Le arrancó los dientes y le amputó los dedos... En resumidas cuentas, la torturó y violó hasta que su cuerpo dijo basta. Perdió doce kilos y su musculatura estaba atrofiada, pero nada que no cuadre con un cautiverio prolongado.

–¿Has podido cotejar sus heridas con las que aparecen en la grabación?

–Por supuesto. Y no hay duda: la mujer del vídeo es Carolina Lago.

–¿Has comprobado si las cicatrices siguen algún patrón?

–En principio no forman ninguna letra, que es lo primero que se me ha pasado por la cabeza. Dudo que el asesino quisiera mandarnos un mensaje, más allá del que envía el cuerpo en sí mismo.

–Hay algo que no me encaja –dije con la frente arrugada–.

Si murió a causa de las torturas, ¿cómo supo cuándo dejar de violarla para evitar que obtuviéramos su ADN?

—Entendió que estaba en las últimas y dejó de penetrarla —razonó el forense—. Así de sencillo, así de siniestro y así de desalentador: su *modus operandi* sugiere que andamos tras la pista de un sádico astuto. Pero esto acaba de empezar. Se cree muy listo, aunque nosotros lo somos todavía más.

El optimismo del forense me insufló ánimos.

—¿Y los pedazos de gres? —le recordó Elsa.

—Ah, sí. —Se dio la vuelta y cogió un frasco de cristal que estaba sobre la encimera en forma de U que rodeaba la mesa de autopsias—. Aquí los tenéis. —Nos mostró cuatro pedazos que contenían trazos de una floritura azulada—. La habitación donde estuvo retenida debía de tener una cenefa con un dibujo así.

—¿Crees que se los tragó a propósito? —interrogó Elsa.

—Es lo único que se me ocurre. Tengo entendido que Carolina Lago tenía un alto coeficiente intelectual. De tal palo tal astilla, supongo. Y, sí, creo que se los tragó para dejarnos una pista. Sabía que un forense acabaría encontrándolos y que este le comunicaría el hallazgo a una pareja de inspectores. Predijo este preciso momento. Tuvo tiempo de sobra para pensar en modos de delatar a su asesino. Presintió que iba a morir y tomó medidas al respecto. Estoy convencido de que el tipo limpió a fondo el cadáver antes de arrojarlo dentro de la fábrica y que dejó reluciente el zulo donde la mantuvo cautiva. Hablamos de un asesino organizado. Pero si te metes un objeto en el estómago cuando tu futuro asesino no está mirando...

«Chica lista», pensé consternado.

—Debió de hacerlo justo antes de morir —entendió Elsa.

—Claro —asintió Rodríguez—. Si no, lo hubiera defecado. De tratarse de algún extraño tipo de tortura, habría encontrado la tráquea dañada. No obstante, no sé si Carolina Lago estaba en su sano juicio cuando se tragó estos pedazos de cerámica. Demasiado tiempo encerrada. El dolor que tuvo que soportar... No puedo más que aplaudir su entereza. En fin...

La voz del forense se quebró por un instante. Pensé que derramaría una lágrima por primera vez ante nuestra presencia, pero enseguida corrió a su rescate la entereza que le habían otorgado sus largos años de experiencia y que le devolvió su habitual voz firme:

—Mañana por la tarde tendré listo el informe.

—Es imprescindible que el tema de la cerámica no salga a la luz —dije con gesto serio—. El asesino desconoce que tenemos una parte importante del puzle. Si logramos encajar ese pedazo, sabremos dónde estuvo retenida y, por consiguiente, quién la torturó y la mató. Pero, si se filtra a los medios, el asesino se encargará de cambiar todo el rodapié de la maldita habitación.

—Hablad con Ibáñez y tomad medidas. Cuantas menos personas lean mi informe, menos posibilidades habrá de que haya filtraciones.

—De acuerdo.

—Oye. —Elsa llamó la atención del forense—. Cada vez haces los cortes más torcidos. —Señaló la herida en forma de i griega de la finada. Me sorprendió que mi compañera encontrara un hueco para bromear—. Me da a mí que estás perdiendo facultades. Igual deberías ir pensando en la jubilación.

—Y tú deberías ir pensando en volver a la academia: solo empezando de cero pueden corregirse ciertas ineptitudes. Doy gracias a Dios de que Álvaro sea tu compañero; por tu cuenta no atraparías ni a un asesino ciego.

—Lo dicho —dijo Elsa a modo de despedida—: por el bien de todos, ve pensando en el retiro.

—Que te den —correspondió Rodríguez.

—Que os den a los dos —dije yo en último lugar.

–¿Nos pasamos a hacerle una visita al amigo de Tomás Lago, el tal Óscar Revilla? –sugirió Elsa en cuanto pisamos la calle.

–Vayamos –accedí–. Un rápido vis a vis.

–No va a gustarle que nos presentemos en su consulta sin avisar.

–¿Y eso debería preocuparnos?

–Por supuesto que no –afirmó con una sonrisa maliciosa.

–Me mosquea que no quisiera hablar con Echevarría –reflexioné cejijunto–. Lo mires como lo mires, se negó a colaborar en la búsqueda de su mejor amigo.

–Los detalles importan. Aunque se tratara de un mero investigador privado... Menudo amigo de mierda, ¿no?

–Puede que no fueran tan amigos como cree la señora Palaciego.

–Eso mismo he pensado yo hace un momento. Un detective privado puede investigar por ley una desaparición. Por muy incompetente que te parezca, ¿por qué negarle una simple entrevista?

–Estoy deseando preguntárselo.

12

Álvaro de la Torre

13 de enero de 2019, 16:07 h
Madrid

Su clínica se encontraba en pleno paseo de la Castellana.

Caminamos en torno a mansiones nobiliarias que en su día fueron las construcciones típicas de la zona y que ahora albergaban embajadas, ministerios y centros culturales. Bajo nuestros pies se extendía una de las arterias más largas de Madrid.

Llamamos al portero automático de un edificio afilado y acristalado que reflejaba un cielo mustio. «El día está como nosotros», pensé. Los hallazgos de Rodríguez habían conseguido deprimirme. Las nubes bloqueaban la luz del sol igual que el cuerpo torturado de Carolina interfería en mi optimismo. Un proverbio chino dice: «Quien predice el tiempo gana la guerra». No se refiere exclusivamente a las inclemencias meteorológicas. Habla de verlas venir antes de que sea demasiado tarde. Nuestra predicción debía ser el nombre de un asesino y nuestra victoria evitar más muertes de ese desalmado.

–Clínica del doctor Revilla –contestó una voz masculina.

–Policía judicial –anunció Elsa. Le encantaba pronunciar aquellas dos palabras a modo de presentación. A veces incluso acercaba la placa a la cámara del portero–. Necesitamos hablar con el doctor Revilla.

El recepcionista nos abrió desde el cuarto piso. Elsa tomó el ascensor; yo subí por unas escaleras estrechas y oscuras y con un pasamanos de hierro que crujió al apoyarme. Intuí, no obstante, que la clínica estaría más nueva que los escalones que pisaban mis botas. No era raro encontrarse consultas repletas de instrumental vanguardista en las entrañas de edificios antiguos –que no sucios– del centro de Madrid.

Elsa aguardaba en el descansillo. Nada más verme le dio unos golpecitos al cristal de su reloj de pulsera.

–Vamos, hombre, que es para hoy.

–Algún día te arrepentirás de no subir por las escaleras.

–Pero no será hoy.

Pulsó el timbre a la derecha de la puerta rotulada.

Nos abrió Revilla en persona. Vestía un traje gris carbón, una camisa blanca y unos deslumbrantes zapatos negros. El corte de su traje no era ajustado y le daba un aspecto serio y tradicional. Llevaba un pañuelo en la abertura del pecho de la chaqueta, donde yo nunca me había atrevido a poner nada. Incluso llevaba gemelos. Mi madre hubiera dicho que iba como un pincel. A mí me pareció un estirado.

–Acompáñenme a mi despacho –exigió, sin tener la decencia de darnos las buenas tardes.

–Faltaría más –accedió Elsa con sorna.

«Pues, no –pensé juguetón–, la visita no le ha hecho ni puñetera gracia».

En efecto, el interior de la clínica rebosaba pulcritud y modernidad, con paredes revestidas de madera y un suelo de lustroso parqué.

–Pasen.

Entramos a un despacho más grande que el comedor de mi piso, con paredes blancas salpicadas de diplomas.

–Siéntense.

«Este no es de pedir las cosas por favor».

Nos acomodamos en las sillas que precedían a su gran mesa de despacho.

Revilla era un hombre de aspecto distinguido, de eso no

cabía duda. Es probable que superara el metro noventa. De pelo canoso, peinado de lado, ligeramente hacia atrás, con una barba espesa y recortada, ojos azules penetrantes y expresivos y una mirada que reflejaba su profundo pensamiento, tuve la sensación de que empezó a psicoanalizarnos en cuanto pusimos un pie en su despacho.

–¿Les parece adecuado presentarse aquí sin avisar? –preguntó retórico mientras aclocaba el trasero en su cara silla de piel–. ¿No podrían haberme llamado antes? Los habría recibido encantado en mi casa. Este no es lugar ni momento.

–Pasábamos por la zona y hemos aprovechado –dijo Elsa.

Revilla nos miró con las cejas juntas y hacia abajo y los dientes apretados. Por un momento me hizo sentir como un niño travieso en el despacho del director. Sin embargo, que aceptara ser entrevistado en su propia casa por dos inspectores de Homicidios era, por así decirlo, un síntoma de inocencia.

–Bueno. ¿Y qué quieren? Supongo que están aquí por el asesinato de Carolina.

–No se equivoca. ¿Por qué se negó a hablar con Víctor Echevarría? –preguntó Elsa, tomando las riendas de la entrevista.

–¿Que por qué me negué a responder las preguntas de un borracho que vendería a su madre por una copa de vino? Ese tipo no busca la verdad, sino embolsarse un millón de euros. Edurne nunca debió contratarlo.

–¿Nos permitiría echarle un vistazo a su vivienda? –le pregunté, al tiempo que analizaba su reacción.

–Por supuesto. Siempre y cuando no me la pongan patas arriba. Si esperan a que cierre la consulta, pueden hacerlo hoy mismo.

«Ni siquiera ha vacilado. Y nos ofrece examinarla hoy mismo. No parece tener nada que limpiar antes de que entremos».

–¿Le viene bien que pasemos mañana, sobre las nueve? No revolveremos nada, se lo prometo.

–¿De la mañana?

–Sí.

–De acuerdo.

–Le agradecemos la colaboración.

–¿Dónde estuvo el 11 de enero, desde las diez de la noche a las dos de la madrugada? –prosiguió Elsa.

–En mi casa. –Torció el semblante–. ¿En serio creen que tengo algo que ver con la muerte de Carolina? La conocía desde que era una niña, por Dios.

–Entiéndalo, en estos momentos todo el mundo es sospechoso.

–Ya.

–¿Alguien puede confirmar su coartada?

–¿Coartada? –En lo que duró la palabra «coartada», pasó de tener cara de sorpresa y enojo a cara de espanto–. ¿Debería llamar a mi abogado?

–No será necesario –intervine–. Son preguntas rutinarias. Si es usted inocente, no debe preocuparse por nada. Tómeselo como una charla distendida. Nos está ayudando a descartar posibilidades, nada más.

–Una charla distendida, ya. Eh... Por desgracia, no, nadie puede corroborar mi coartada. Como supongo que ya sabrán, nunca me he casado. El 11 llegué a casa sobre las nueve y media, como acostumbro. Cené, leí un rato en la cama y sobre las once ya roncaba como un león. Tengo una vida rutinaria y triste, inspectores.

Me chocó su ramalazo de sinceridad.

–Entonces, no tiene coartada para el secuestro de Carolina y ahora resulta que tampoco para su asesinato. Admitirá que resulta sospechoso. No obstante, las grabaciones de las cámaras de seguridad de su chalé podrían sacarnos de dudas, ¿no cree?

–Ojalá. Pero las desinstalé hace cinco años.

–¿Y eso por qué?

–Cuando estaba pasando unos días de vacaciones en mi residencia de Ávila, unos enmascarados entraron, me golpearon, me maniataron y me amordazaron. Ni sonó la alarma ni se envió ningún aviso a la Policía, como prometía la «alarma inteligente». ¿Y de qué sirven unas cámaras de seguridad si quien aparece en ellas lleva puesto un pasamontañas? La cuestión es que en Madrid tenía contratada la misma empresa de seguridad. Así que anulé los contratos de las cámaras y ahora solo tengo alarma. No lo hice por dinero, sino porque me fastidia tener cosas que no sirven. ¿A ustedes no?

–Supongo que denunció el robo –se figuró Elsa.

–Por supuesto. Ha de constar en alguna parte. Nunca llegaron a pillar a los ladrones. Después de aquello solicité la licencia de armas tipo B en las Intervenciones de Armas de la Guardia Civil. Tras aportar los documentos pertinentes, me la concedieron. Necesito visarla cada dos años y coge polvo en mi caja fuerte, pero les garantizo que me aporta más seguridad que un inútil sistema de seguridad.

«Tipo B: licencia para pistolas y revólveres –me vino a la memoria–. Pero Carolina no recibió ningún disparo».

–¿Hay algo que quiera decirnos? Cualquier detalle podría ayudar a resolver el caso –rogué con gesto afable.

Revilla suspiró. Me dio la sensación de que había estado guardándose algo y que estaba a punto de contárnoslo.

–¿Saben lo de los vídeos?

«Los vídeos. Sin más detalles», pensé.

Revilla jugaba a revelar lo justo para ver qué sabíamos los demás. Lo que tal vez ignoraba era que se enfrentaba a dos jugadores expertos.

–Lo sabemos todo –contestó Elsa con rotundidad.

–¿El qué?

–El tema del sexo –dijo Elsa, apostando por la palabra clave.

—Ya veo. Cuando Tomás descubrió que su hija montaba orgías, se puso como un basilisco. En su casa se armó la marimorena.

«¿Orgías?».

No pude evitar que las cejas se me arquearan. El doctor se percató de mi gesto involuntario y, por tanto, de que acababa de recibir un jaque mate.

—No tenían ni idea, ¿verdad? —preguntó con cara de niño travieso.

—Del tema de las orgías, no —confesó Elsa.

—Ya veo que son ustedes un par de listillos —dijo con retintín—. En fin. La cuestión es que luego vino a mi casa a desahogarse. Sin embargo, días más tarde me rogó que no volviera a sacar el tema.

—¿Y por qué ocultó lo de las orgías a nuestros compañeros cuando lo entrevistaron tras la desaparición de Carolina? —le recriminé.

—Porque le prometí a Tomás que guardaría el secreto. Pero si se presentan en mi clínica acusándome de asesinato, tendré que defenderme, ¿no creen?

—Podemos imputarlo por entorpecer una investigación policial.

—Ustedes no pueden imputarme por nada. Si acaso lo hará un fiscal. —Revilla se puso a la defensiva—. Hagan lo que hacen siempre: cuando un caso se les resiste, acusan al primero que pasa. Igual les pongo yo a ustedes un pleito por presentarse aquí con acusaciones sin fundamento y sembrar la duda entre mis pacientes.

—Habla como si supiera más de lo que cuenta. —Traté de que se enfadara un poco más para ver si se iba de la lengua.

—Tomás padecía de un principio de demencia. La enfermedad aún no le impedía hacer su vida, pero tampoco estaba bien del todo. Se le iba un poco la cabeza, como dicen los no entendidos. Le partió el alma descubrir que su hija celebraba orgías. Lo mismo le pasó a Edurne. Su desaparición fue la gota que colmó el vaso, digamos que no le ayudó a centrarse. Alguna de las fiestecitas las celebraba en su propia casa, cuando ellos no estaban. ¿Se imaginan lo que supone para unos padres ver cómo su hija pasa de un tipo a otro? Lo único que puedo decirles es que actuaba de forma errática.

Negó con la cabeza, meditabundo, como si estuviera echando la vista atrás.

–¿Cree que Tomás tuvo algo que ver con el secuestro y posterior asesinato de su hija?

–¡No! –Tras negarlo rotundamente, inclinó la cabeza hacia los lados, lentamente, como el péndulo de un reloj antiguo–. Bueno, no lo creo. He visto a personas con demencia volverse bastante violentas, pero de ahí a matar a tu hija hay un abismo. Una disfunción cerebral severa puede llevar a cometer atrocidades, pero... No. Qué va. Él no la mató. Tomás era mi mejor amigo. –Me sorprendió que se refiriera a él en pasado, aunque enseguida rectificó–. Me refiero a que lo era antes de desaparecer.

Me levanté de la silla tras meditar un momento. Elsa procedió un segundo después. Le estrechamos la mano por encima de la mesa, ordenada hasta lo obsesivo-compulsivo. «Hablamos de un asesino organizado». La voz de Rodríguez volvió a mí, que estaba absorto en tres plumas alineadas a la perfección por altura.

–Y recuerde –dijo Elsa a modo de despedida–: mañana pasaremos a echarle un vistazo a su casa. Le agradecemos su colaboración.

–Soy el primer interesado en que resuelvan el crimen –dijo con tono condescendiente tras los últimos momentos de tensión–. Quiero a Tomás y quería a Carolina. Y ustedes no son dos vulgares borrachos a los que solo les mueve el dinero.

Abandonamos la clínica. Elsa, por una vez, bajó conmigo por las escaleras.

–No es lo mismo bajar que subir, ¿eh? –precisó antes de emprender el descenso–. ¿Qué opinas?

–No tiene coartada. Tenemos que revisar las cámaras de vigilancia y de tráfico cercanas a su vivienda y las instaladas en todas las posibles rutas que conducen desde su casa a la fábrica. Delegaremos esa tarea a la subinspectora Belicha, si te parece bien. Tal vez alguna de esas cámaras lo pillara trasladando el cadáver. No me fío de Revilla. Pero, después de lo que nos ha contado, tampoco de la señora Palaciego.

–Habrá que preguntarle por qué nos ocultó un suceso tan importante. ¿Estaría protegiendo a su marido y a su hija? En cuanto a Revilla, habrá que tomar nota de todas las matrículas que aparezcan en los accesos que dan a la fábrica, partiendo de que a lo mejor dio un rodeo para despistarnos. Era de madrugada cuando se deshizo del cuerpo, así que el tráfico debería ser fluido, lo que facilitará el proceso.

–Hablaré con los del Grupo Técnico Operativo, a ver si pueden echarnos un cable.

–Perfecto.

–Volvamos a la comisaría y redactemos los informes. Mañana hablaremos con la señora Palaciego y le preguntaremos por qué le ocultó a todo el mundo que su hija se acostaba con su mejor amiga y, al parecer, participaba en orgías. Ahora mismo es nuestra principal sospechosa. No me entra en la cabeza que eludiera un trance tan significativo.

–¿Y si se trata de un crimen pasional? –sugirió Elsa.

–O puede que solo intentara proteger la intimidad de su hija.

–Pero nosotros somos policías judiciales. No vamos por ahí contando chismes.

–La prensa siempre acaba enterándose de todo –dije, convencido.

–Eso es verdad.

–Cambiando de tema... Si un maestro de escuela da una mala lección, sus alumnos no aprenden. Y eso no es bueno, pero no conlleva muertes. Podría darte cien ejemplos de trabajos en los que un error garrafal no supone la pérdida de una vida. Pero si un cirujano mete la pata realizando un trasplante de corazón... Y lo mismo pasa con nosotros: si no conseguimos cerrar un caso como el de Carolina Lago, un asesino campará a sus anchas por Madrid y tal vez reincida.

Me temía lo peor.

—¿Lo dices por lo de esta mañana con los DDP?

—Hoy ha sido un pandillero; mañana puede ser una prueba que se nos escapa por ir a lo loco. Solo digo que pienses un poco antes de actuar —advertí a Elsa.

—Lo intentaré.

—Gracias.

Treinta y dos minutos después

Miré hacia el fondo de la comisaría al notar movimiento. No era habitual ver al comisario Ibáñez fuera de su hábitat: su despacho y la sala de reuniones.

Nos pusimos de pie para recibirlo. Llevaba puesto el abrigo: o llegaba o se iba a alguna parte.

—¿Algún avance en el caso Lago? —preguntó con autoridad—. ¿Algo que podamos poner en una nota de prensa?

—Que hemos abierto varias vías de investigación —dije yo—. Que el forense y la Científica siguen ultimando sus informes...

—¿Lo mismo de siempre, entonces?

—A estas alturas...

—No me malinterpretéis. Sé que no os dormís en los laureles, pero algunos de mis superiores llevan tanto de chupatintas que han perdido la puta noción del tiempo. No sé si me explico. —Nos guiñó un ojo—. Lo quieren todo bien y rapidito. Tengo que recordarles continuamente que las investigaciones se cuecen a fuego lento. Solo buscan el puto postureo, darle algo a la prensa y llevarse unas palmaditas en la espalda. Pero

113

vosotros no sois así, ¿verdad? Vosotros no andáis detrás de la medallita. Sois un par de hachas. Seguid así.

–Gracias, señor –pronunciamos al unísono.

–Hasta pronto.

Nos dio la espalda y se alejó erguido y con pasos largos. Antes de doblar a la izquierda por el pasillo de cubículos, los bajos de su elegante abrigo ondearon como la capa de un señor feudal. Los hombres de su posición son con frecuencia estirados. Él se dedicaba a cultivar respeto allá adonde iba. Se interesaba por sus subordinados y tenía la innata capacidad de pegarte una bronca que te hacía temblar las canillas sin menospreciarte. «Hombres de honor», los llaman en las películas. Soltaba tacos –mención especial a puto aquello y puto lo otro– y podía enviarte a la mierda si lo pillabas en mal momento. Pero tenía ese tipo de clase que solapa las malas formas. La fachada es una presentación y no siempre hace gala de lo que oculta. Teníamos suerte de estar a sus órdenes.

–Ibáñez se cree John Wayne –opinó Elsa.

21:57 h

Me sentía un rey destronado.

Entré en busca de Teresa, lo único que lograba subirme el ánimo cuando el desaliento se aferraba a mi cuerpo como una soga al cuello de un ahorcado. Me esforzaba por mantener una actitud positiva y combativa –un asesino andaba suelto y nuestra misión era atraparlo–, pero los sucesos recientes me lo estaban poniendo difícil: me era imposible entender que alguien pudiera disfrutar torturando a una mujer. Y lo más preocupante: ese alguien podía estar maquinando otro secuestro en ese mismo momento.

Almacenaba muertos en mi memoria. Heridas, ojos cadavéricos, moretones en pieles apergaminadas, labios pálidos, *rigor mortis*... Algunos añoran el pasado. Yo lo considero un tramo hacia el presente marcado con migas de pan, a las que no tenía intención de recurrir.

«El ayer no es mío –me dije–. Pero puedo vivir el ahora y cambiar el mañana».

Vi luz en nuestra habitación y pensé, agradecido, que me había esperado despierta.

–Hola, cielo –saludé, mostrándole un falso aspecto de lozanía.

–Hola, amor. ¿Qué tal el día?

–Dándolo todo, como siempre.

Me metí en la cama en calzoncillos y camiseta interior y le di un beso en los labios.

–Te noto tenso.

–¿Ah, sí?

–Si quieres, puedo relajarte un poquito... –sugirió juguetona mientras metía la mano por debajo de mis gayumbos.

Me los bajé a la velocidad de un tren bala mientras ella lanzaba sus bragas por los aires.

–Estarás cansado, así que yo tomaré el control –me avisó antes de sentarse sobre mí con las rodillas flexionadas.

–Y yo te lo agradezco.

Elsa Bermejo

06:37 h

Llevaba puesto un camisón apestoso.

Ya no creía en nada, ni en Dios, ni en el karma, ni en el universo. No deseaba seguir respirando, pero la maldita esperanza que nunca se pierde me impedía morir de inanición. Me había convertido en un receptáculo del salvajismo.

«Que no me lleve a la silla de torturar», supliqué en posición fetal sobre una cama con un colchón mugriento.

Tomé conciencia de que mi mente estaba hecha trizas. Sin

embargo, percibía lo que pasaba a mi alrededor con una claridad dolorosa. Me acaricié los cortes de la piernas y pensé «¿por qué a mí?».

Me estremecí cuando entró oculto bajo un pasamontañas. Dejó la bandeja con mi cena a los pies de la cama, como acostumbraba. Las cadenas que me apresaban corrían por un tubo asegurado al techo. Podía moverme a mis anchas, pero me pasaba los días hecha un ovillo.

–Come –me ordenó.

–No tengo hambre.

Se encogió de hombros.

–Así me ahorro que te cagues cuando te mate.

Mi captor cerró la puerta de mi agujero.

«Al fin dejaré de sufrir –intuí esperanzada–. Pero no me marcharé sin antes conducirlos hasta ti».

Me bajé de la cama y golpeé el rodapié con los grilletes. Logré desprender un pedazo con gran parte de la floritura que se repetía por los bajos de aquella prisión. Pensé que con eso sería suficiente. Era demasiado grande para engullirlo, así que lo golpeé de nuevo con los grilletes y lo partí en cuatro trozos.

Me los tragué sin pensarlo. Noté que desgarraban el esófago como pastillas afiladas.

«Encontradlas en mi estómago. Álvaro, Valcárcel, Rodríguez... Iván, mi amor... ¡Encontradlas y hacedle pagar!».

Cuando volvió a abrir la chirriante puerta del calabozo, me encontró donde me había dejado antes de marcharse a por la cuerda, que sujetaba en una mano. La convirtió en una soga ante mis ojos y pude ver los suyos a través de los agujeros de su pasamontañas: rojos como dos cerezas.

«Esto es cosa del demonio», recordé, de boca de uno de los futuros descubridores de mi cadáver.

–Voy a colgarte como a una cerda.

–Después de todo lo que me has hecho...

Suspiré con la mirada fija en la pared mientras él me ceñía la

116

*soga al cuello y lanzaba el otro extremo por encima del tubo
donde estaban atadas las cadenas.*

*Tiró con fuerza, provocando que mis pies sin dedos volaran
a un centímetro del colchón manchado de sangre seca. No
me entraba aire en los pulmones. Mi cuerpo convulsionaba
descontrolado... Mi cuello no era más que un pedazo de carne
prensada. Y, por primera vez, mi secuestrador vio unos labios
curvados en mi rostro salpicado de cicatrices.*

Antes de despertar jadeante sobre la cama, recibí un fogo-
nazo de impotencia. «Encontradlas en mi estómago. Álvaro,
Valcárcel, Rodríguez... Iván, mi amor... ¡Encontradlas y
hacedle pagar!», pensé, a medio camino entre la pesadilla
y la conciencia.

El cuerpo de Iván a mi lado logró devolverme al mundo real.

«Solo ha sido un mal sueño», me conforté.

Un puñado de casos habían logrado provocarme pesadillas. Únicamente los peores tenían el cuestionable honor de
torturarme en sueños.

Miré la hora en el reloj de la mesilla. Solo eran las siete
menos cuarto. La luz del amanecer se colaba tímidamente
por los agujeritos de las persianas. Me abstraje en la sucesión
de hilos que destacaban sobre la penumbra como haces de
pequeñas linternas.

«El mundo está lleno de líneas rectas. Las escaleras son
líneas rectas –me dije–, con la mente colapsada de ideas. El
camino recto son dos líneas en paralelo. La línea que nunca
debe cruzarse es recta, como la trayectoria más corta. Hasta se
puede leer entre líneas... Una línea es un punto que no quiso
quedarse quieto, que no consintió formar parte de un final».

Las líneas rectas aparecían allá adonde mirara.

«Pero nuestros caminos están llenos de curvas».

Y presentí que el caso Lago avanzaría como la vida misma.

13

Álvaro de la Torre

14 de enero de 2019, 09:42 h
Moncloa-Aravaca

Llamé al portero automático sin esperanza de descubrir nada sustancial en el chalé de Óscar Revilla. «No nos habría invitado a inspeccionar su casa si ocultara algo turbio –consideré. Pero un nuevo pensamiento me hizo recular–: Es médico. Y ellos saben limpiar mejor que un simple mortal. Puede que purgara el lugar donde la mantuvo encerrada y nos invite a pasar porque está convencido de que su limpieza pasará la prueba y que hoy se sacudirá todas nuestras sospechas de un plumazo».

–¿Sí?

–Inspectores De la Torre y Bermejo.

–Pasen.

Tras declinar su ofrecimiento de tomar un refrigerio, empezamos el *tour*. Pasamos de una sala a otra como si Elsa y yo fuésemos parientes que lo visitaban por primera vez. Cada rincón estaba cuidadosamente diseñado para evocar una sensación de sofisticación y opulencia. Las sillas del comedor, tapizadas en terciopelo rosa, contrastaban con los aparadores gemelos en acabado de plata. Los candelabros de cristal y las lámparas de techo de lágrimas del salón me transportaron a la aristocracia de principios del siglo XX y los cabeceros forrados en telas lujosas y las mesillas con detalles en pan de oro de los dormitorios, a *Las mil y una noches*. La casa disponía de un enorme y sobrio despacho en la planta baja con muebles en marrones profundos, que conjuntaban con lámparas de mesa y adornos en tonos verde oliva. Podría haber sido fácilmente el despacho de Sherlock Holmes o, partiendo de la profesión del sospechoso, de Sigmund Freud. Allí donde posaras la vista descubrías espejos ornamentados, cuadros enmarcados y alfombras de calidad.

La inspección visual nos dejó claro que Revilla no era amante del minimalismo y de que en ninguna habitación había señales de que se hubiera cometido crimen y, lo más importante, tampoco había una cenefa o rodapié que coincidiera con los pedazos de cerámica extraídos del estómago de Carolina Lago. Tenía la esperanza de encontrar algún indicio en el sótano, que Revilla dejó para el final, como si pretendiera imprimirle misterio al recorrido, pero en el subsuelo encontramos un envidiable gimnasio de paredes lisas que ni siquiera parecía haberse pintado recientemente.

Le agradecimos la visita guiada y poco después conducía rumbo a la segunda reunión programada del día. Sin embargo, en la siguiente vivienda no nos esperaba nadie. Habíamos preferido no darle tiempo a Edurne Palaciego de intuir el motivo de nuestra visita y que pudiera preparar sus respuestas. Lidiábamos con una mujer sagaz y empezaba a tener serias dudas sobre su implicación en el crimen. Pretendíamos, con mano firme, poner fin a sus mentiras. Presentarse sin cita, no obstante, conllevaba riesgos: el guardia nos dijo que había salido a hacer unos recados. Pero dados nuestros galones, tuvo la bondad de llamarla por teléfono y comunicarle que nos habíamos acercado a hablar con ella.

—Dice que no tardará en volver —nos explicó—. Y que pueden esperarla en el jardín.

Abrió la puerta y aparqué en paralelo a las escaleras de mármol que caían ante las cristaleras de la fachada como una catarata de aguas tostadas. A pesar de la pulcritud de los escalones, me recordaron a las ruinas de una civilización antigua.

–Al final tendrá tiempo de sopesar la situación –reparé decepcionado.

–Todo apunta a que hoy va a ser uno de esos días en que todo sale de pena.

–Espero que no.

La madre de Carolina no tardó en aparecer con su flamante Porsche Cayenne. Aparcó detrás de nuestro modesto vehículo y se apeó; cargaba con una bolsa de plástico llena de lo que intuí que eran verduras. Cumplimos con los protocolarios saludos y nos invitó a entrar. Empezamos la entrevista, acomodados en los mismos asientos desde los que le formulamos preguntas el día que dos hombres encontraron el cuerpo sin vida de su única hija.

«Que empiece el juego de averiguar», me dije.

–¿Qué relación tenían su hija y su marido? –preguntó Elsa.

–Cordial.

–¿Cordial? Eso me suena a relación entre vecinos.

–No se odiaban, ni tampoco estaban todo el día dándose besos.

–¿Diría que su marido pasaba de Carolina?

–No entiendo la pregunta.

–Me refiero a que por alguna razón mostrara desinterés por su hija.

–En esta casa no han abundado las muestras de cariño, si es a lo que se refiere. Pero eso no significa que Tomás no quisiera a nuestra hija, y Carolina a su padre. ¿Adónde quieren llegar?

–A que nos mintió el día que se descubrió el cuerpo de Carolina. O, cuando menos, que se guardó hechos importantes. ¿No quiere que averigüemos quién mató a su hija?

–No deseo otra cosa.

–No lo parece –intervine áspero.

Edurne me lanzó una mirada intensa y al mismo tiempo parsimoniosa, como la que te dispara una pantera con la tripa llena desde la rama de un árbol. Un gesto que sin duda incluía un «cuidado conmigo». Pero yo estaba versado en lenguas y miradas.

—Usted tuvo que identificar el cadáver de su hija, ¿cierto? —continuó Elsa en tono reprensor.

—Así es.

—El forense le mostró su rostro, ¿verdad?

—Sí.

—Y vio las cicatrices que tenía en la cara y el cuello. —Edurne dijo sí con la mirada—. Pues debajo de la sábana había muchas más. No entiendo cómo, después de contemplar lo que le hicieron, tuvo la sangre fría de seguir ocultándonos que usted y su marido descubrieron vídeos sexuales, porno, de orgías, o como quiera llamarlos, en los que aparecía su hija.

La reacción de Edurne me dejó helado. Sus cejas no se alzaron un solo milímetro y sus ojos y su boca no se abrieron más de lo que ya estaban.

—No pensaba decírselo nunca a nadie.

—¿¡Por qué!? —preguntó Elsa sin poder evitar levantar la voz.

—No iba a tirar por tierra el prestigio de mi marido. Ni a poner a mi hija de libertina ante el mundo entero. ¿Cree que no soy capaz de prever lo que supondría que sus juergas sexuales salieran a la luz?

—La prensa no tiene por qué enterarse.

—No sea ingenua, inspectora. Mi marido no mató a Carolina. ¡Era su padre, por el amor de Dios! El tema de las orgías solo consiguió distanciarnos. Necesitábamos tiempo para asimilarlo. Eso es todo. Ojos que no ven, corazón que no siente. Pero para nosotros era demasiado tarde: allá adonde fuéramos oíamos sus gemidos de placer. No tiene hijos, ¿verdad?

—No.

—Si algún día los tiene, quizá me entienda. Ver a un grupo de hombres eyacul...

Bajó la mirada.

–¿Cómo lo descubrieron? ¿Aún conserva las grabaciones?

–Tomás estaba empecinado en que Carolina estaba metida en algún asunto turbio. No le gustaban sus compañías, en especial su novio Álex y su amiga Elena. Así que colocó una cámara espía en su habitación y descubrió la contraseña de su portátil.

–¿Invadieron su intimidad?

–Júzguennos todo lo que quieran. La cuestión es que mi marido entró en cólera y destruyó el portátil. Salió al jardín y lo machacó con un mazo que guardaba en el garaje. Luego echó los pedazos en una bolsa y la tiró a un contenedor de basura. Solo quería que desaparecieran los vídeos y todo aquello que se los recordara.

–¿Todo aquello que se los recordara? –preguntó Elsa con estupor.

–Sé lo que parece, pero Tomás no mató a nuestra hija.

–Usted no puede saberlo –intervine, de nuevo de forma ácida–. A no ser que...

–¿Que yo sepa quién la mató?

–Ahora mismo es lo único que tiene sentido –dije.

–No consiento que nadie me acuse de estar relacionada con la muerte de mi hija. Hoy no contestaré a ninguna más de sus preguntas. Y la próxima vez lo haré ante mi abogada.

–Y en una sala de interrogatorios –añadió Elsa.

–Donde ustedes prefieran. Ya conocen el camino hasta la puerta.

Nos echó con la misma tranquilidad de quien toma el sol en la playa.

Me causó remordimientos tratar con dureza a una mujer que acababa de perder a su única hija a manos de un sádico. Pero, dado su sospechoso modo de actuar, no nos quedó otra que apretarle las tuercas.

14

Carolina Lago

Un año y cinco meses antes
13 de agosto de 2017, 09:52 h
Moncloa-Aravaca, Madrid

No le gustaba hacer *footing*. Enseguida aparecía el flato y no estaba dispuesta a sufrirlo hasta ganar fondo. Sin embargo, le encantaba salir a caminar a paso ligero en zapatillas de deporte, pantalón corto y camiseta de tirantes en tanto prestaba atención al canto de los pájaros, a las flores de los arriates, a las nubes flotando con su habitual pachorra.

«Todos los pensamientos verdaderamente grandes se conciben mientras caminamos», aseguró Friedrich Nietzsche. Pero ella buscaba justo lo contrario: alejarse de los pensamientos que le causaban ansiedad.

Una cuadrilla de albañiles la observaron con cara de bobalicones mientras arreglaban una acera. «Madre del amor hermoso», pronunció el más joven con los ojos fijos en el trasero de Carolina, que sonrió con picardía pensando «Ya te gustaría metérmela, ¿eh, baboso?» antes de doblar la esquina y ver su casa al final de la calle.

Apretó el paso. El arreón final, lo llamaba ella. No se había cruzado con sus padres antes de salir. «Lo bueno de tener una habitación enorme –pensó taciturna– es verlos solo de higos a brevas».

–Hacen su vida y yo la mía –le confesó a su amiga y amante, Elena, hacía ya mucho–. Incluso suelo cenar en mi habitación. Así me ahorro su estrechez de miras.

Entró en el jardín y tomó el camino delimitado con flores plantadas en la tierra. A su madre no le gustaba verlas encerradas en jardineras y a su padre le importaba un bledo cómo las sembrara su mujer. Dejó las llaves en la caja-llavero de pared del recibidor y se dispuso a darse una ducha en su cuarto de baño, pero la voz de su padre la detuvo antes de que pusiera un pie en la escalinata que conducía a la primera planta:

—Sabemos lo que haces —aseguró con su habitual aspereza.

Carolina se volvió.

—¿A qué te refieres?

—Me refiero a las orgías.

—¿Qué?

Carolina, en lo que dura una pulsación, entendió que su única salida era negar cualquier acusación sobre ella.

—No te hagas la tonta. Hemos visto los vídeos. ¿Crees que tus padres no pueden reconocerte con una máscara? ¿Y puede saberse por qué guardas esas depravaciones? Sabía que pasaba algo malo contigo, pero... ¿sexo en grupo? Hubiera preferido que te drogases. Esto es inconcebible. Ojalá nunca hubiera visto tu lado sucio.

—¡No teníais derecho a invadir mi intimidad! —dijo, desgañitándose.

—Ahora no te hagas la víctima.

—Esto es increíble. ¡Soy la única víctima! ¡Quién lo es, si no!? ¿¡Tú!?

—La promiscuidad es un problema muy serio, hija.

—¡No me llames hija!

—Suele traer una destrucción de la imagen de la persona que la ejerce —dijo Tomás, utilizando sus conocimientos para tratar de llevar a su hija por el buen camino—. En algunos casos basta con ofrecer información acerca de los peligros que implica, pero en otros, como en el tuyo, lo recomendable es acudir a un profesional. ¿Asistir a esas fiestas, donde grupos de hombres hacen lo que quieren con tu cuerpo, no te causa remordimientos? Estás enferma.

–Tú sí que estás enfermo. Una persona incapaz de entender que los demás pueden hacer lo que quieran con su cuerpo no tiene la mente sana. ¡Soy yo quien utiliza a esos hombres! Nunca se te ha dado bien transigir, ¿verdad? Piensas que tus creencias son las únicas. ¿Por qué crees que todo el mundo te ha dado la espalda? Te hacían la pelota cuando eras su jefe, pero cuando te jubilaste dijeron «anda y que le den a ese inhumano de mierda».

Tomás escuchaba despotricar a su única hija con la mandíbula apretada; Edurne estaba al borde de las lágrimas.

–¿Acaso le hago daño a alguien? Te aseguro que es más bien lo contrario. ¿Tú notas algo cuando me la meten? Entonces, ¿por qué te molesta tanto? No sé para qué pregunto: tu maldito pánico al qué dirán. Pero puedes estar tranquilo. Como habrás comprobado, nos ponemos máscaras. Somos conscientes de que el mundo está lleno de hipócritas incapaces de comprender que las personas pueden hacer lo que quieran con sus vidas, siempre y cuando no invadan la libertad de los demás. Por culpa de personas como tú, hay hombres y mujeres cargando con estigmas sociales que, en casos extremos, acaban en suicidio. Tú deberías saberlo mejor que nadie. Pero no te enteras de nada. Eres un bicho malo y raro, y cínico. ¿Te vanaglorias de haber ayudado a miles de personas a superar sus traumas y no eres capaz de aceptar a tu hija tal y como es? Nunca te he entendido y nunca te entenderé.

–Eres una golfa deslenguada.

–Y tú un padre penoso y un psiquiatra mediocre.

Carolina era consciente de que solo la primera parte de su ofensa era cierta, pero también qué caminos tomar para herir a su progenitor.

–Mira quién fue a hablar: la hija del año.

–Y lo dice la sabandija. ¡Ja! Siempre te ha gustado martirizar, ¿verdad? –Carolina clavó la mirada en los ojos de su madre–. Mírala, ahí, guardando silencio, sin tomar partido... En el fondo le tienes miedo, ¿eh, mamá? Con lo echada para adelante que eres cuando quieres y ahora no tienes ovarios de abrir la boca. –Edurne no fue capaz de sostenerle la mirada a su hija–. ¿O también crees que debería ir al loquero por tirarme a quien me dé la gana?

–Deja en paz a tu madre o...

–¿O qué?

–Lo que hagamos con nuestra vida no es asunto tuyo.

–¿Y lo que hago yo con la mía sí es de vuestra incumbencia?

–Mientras vivas en esta casa y paguemos tus caprichos, sí.

–Vamos con esas, ¿eh? ¿Pues sabes qué? ¡No pienso irme a ninguna puta parte! ¡Seguiré chupando de la teta hasta que me canse o me echéis, desgraciados!

Carolina dio la espalda a sus padres y subió las escaleras con apremio, entró en su cuarto mientras contenía el llanto y se lanzó sobre la cama con violencia. Y en soledad, dejó que la frustración abandonara su cuerpo en forma de lágrimas. Su padre tenía más razón de lo que estaba dispuesta a admitir: se encontraba llena de tristeza, culpa, vergüenza... Le gustaba servirse de su libertad de estimular su apetito sexual, ya fuera con su novio, con su mejor amiga o con una pandilla de desconocidos. Pero, mientras tanto, no podía evitar que su promiscuidad le provocara una pérdida de respeto hacia sí misma.

15

Álvaro de la Torre

15 de enero de 2019, 10:37 h
Comisaría General de Policía Judicial, Madrid

–Han llegado los informes periciales –me avisó Elsa.

–Genial.

La negatividad, fruto de la ausencia de pruebas sobre los secuestros, me hizo temer que la Científica no hubiera descubierto gran cosa sobre el asesinato. Y mis presagios se cumplieron. El informe constaba de interminables muestras numeradas que en principio no guardaban relación con el crimen. Basura, literalmente. Me abstraje en la fotografía de la madera donde el asesino había hecho a punta de cuchillo los mismos cortes que le infligió a su víctima. Al tratarse de una cruz, algunos tajos no estaban, digamos, en el sitio exacto, pero resultaba evidente que eran obra de quien torturó a Carolina Lago.

«¿Nos manda un mensaje?».

El indicio carecía de huellas dactilares o restos biológicos.

«Es astuto».

Elsa se acercó a mi mesa y apoyó el trasero en una de las esquinas.

–El informe es intrascendente –dijo con un gesto de decepción.

–Esperemos a ver qué arrojan las cámaras de tráfico y de seguridad. Belicha está en ello, pero es un proceso largo. La Científica sigue buscando el cuerpo de Tomás por las inmediaciones de la fábrica y mañana habrá que empezar con las entrevistas. Me huelo que nos harán perder el tiempo, pero tenemos que hacerlas.

–Un poco de optimismo no nos vendría mal.

–Si las entrevistas no aportaron nada durante la investigación de los secuestros y vamos a hablar con las mismas personas...

–Insisto: un poco de optimismo no nos vendría mal.

Elsa se levantó y volvió a su mesa.

–Voy a echarle otro vistazo al informe, que me estás amargando la mañana.

Sonreí desanimado.

Una vez a solas, medité sobre el asesinato de Carolina Lago. «Llegaste a la parte trasera de la fábrica por el camino de cemento que conduce al pequeño muelle de carga –imaginé, como si hablara mentalmente con el asesino–. No era la primera vez que ibas allí, ¿verdad? Sabías que por detrás no dejarías huellas de neumático. Pegaste el maletero al muro semiderruido, lo abriste, cogiste en brazos el cadáver de Carolina y caminaste hacia el centro de la nave sin sentir el más mínimo remordimiento».

Miré por encima de la pantalla del portátil al percibir que alguien se acercaba a nuestras mesas. Conocía aquellos andares desganados, aquella mirada fija en ninguna parte: Valcárcel traía malas noticias.

–Parece ser que la Científica ha descubierto el cadáver de Tomás Lago –anunció, de pie entre nuestras mesas.

«Mierda».

–¿Parece ser? –dije con la frente arrugada.

–El cuerpo está irreconocible.

16

Álvaro de la Torre

15 de enero de 2019, 11:33 h
Cerca de la estación Menéndez Pelayo
(zona sur de Madrid)

Me abstraje en el balasto colocado entre las traviesas y a los lados de las vías. Las piedras frenaban el crecimiento de la vegetación, evitando desalineaciones causadas por raíces o plantas.

«Cuando pillemos al asesino –me dije taciturno–, deberíamos llenar su cabeza de balasto y así frenar la desalineación de su cerebro».

Las hierbas de los arcenes rozaron la carrocería como uñas chiquititas. Tomé una curva a la derecha, que nos alejó de las vías del tren.

–Le voy a acabar cogiendo manía a este camino –confesó Elsa.

–¿Es que aún no se la habías cogido?

Pasamos de largo la fábrica abandonada, que ya formaba parte de la historia negra de España. Mi mente viajó a su interior; miró a través de las ventanas rotas, olió el óxido de los restos de maquinaria, recorrió los pasillos silenciosos...

A un centenar de metros encontramos la primera valla de balizamiento y los primeros agentes y, cómo no, los primeros reporteros, que se movían por la maleza como liebres huidizas. Los de Seguridad Ciudadana nos abrieron el paso tras anotar nuestros nombres y en un santiamén perdimos de vista a los paparazi. No tardamos en ver las cintas policiales alrededor del pozo, enclavado en una explanada de cemento donde intuí que en algún momento hubo una pista de baloncesto o de fútbol sala.

Nos apeamos y saludamos. Las malas hierbas se abrían paso a través de las grietas del cemento como brochazos verde pálido sobre un lienzo grisáceo. La furgoneta del equipo forense estaba aparcada cerca del agujero del que habían sacado a Tomás Lago; a unos metros destacaba una carpa.

Tres criminalistas tomaban fotografías y mediciones por los alrededores.

Me asomé al pozo cuando Elsa cruzaba el mar de cemento: un agujero seco terminado en piedras y maderos. Me invadió una atmósfera decadente cuando inicié la marcha hacia la carpa que el forense había montado para trabajar sin tener que preocuparse por los potentes objetivos de los fotógrafos. Miré a mi alrededor e inspiré largo y profundo un aroma a paja recién cortada. Los berridos de los periodistas me llegaron desde el otro lado de las cintas amarillas, fastidiándome aquellos instantes de calma antes de la tormenta.

«No se callan ni debajo del agua».

Caminé hacia Elsa, que me esperaba en la entrada de la carpa.

–Habéis tardado –dijo el forense sin desviar la mirada del cadáver–. Hace diez minutos que se han largado el juez y el fiscal.

La carpa estaba invadida por una nauseabunda mezcla de olor a carne podrida y químicos.

–Pues buen viaje –soltó Elsa, con una mano ante la boca.

–Hemos venido en cuanto nos han avisado –nos excusé.

–Y corriendo, además –añadió mi compañera con sarcasmo–. Dime un lugar mejor para pasar la tarde.

Aunque su pregunta no buscara respuesta, el forense se la dio:

—Cualquier parte. Tomad.

Rodríguez nos dio un par de mascarillas, que nos pusimos presurosos. Enseguida formulé la primera pregunta seria:

—¿Es Tomás Lago?

—Ha aparecido cerca del cadáver de su hija y ningún hombre con estas medidas ha desaparecido de Madrid en los últimos seis meses. Debería ser él, pero hasta proceder con la identificación por ADN no puedo asegurarlo.

—¿Cuánto tiempo estimas que lleva muerto?

El cadáver putrefacto yacía sobre una mesa móvil de acero inoxidable. Rodríguez, embutido en un mono blanco, examinaba el cuerpo, que estaba junto a una pequeña mesa de metal con ruedas sobre la que había dejado el maletín con instrumental.

—Es difícil saberlo. El proceso de descomposición es extremadamente variable, ya lo sabéis: humedad, temperatura, causa de la muerte, ropa, complexión, la presencia de microorganismos... El cuerpo estaba cubierto por una lona de plástico que custodia la Científica y el pozo estaba tapado con una madera para evitar que entrara agua de lluvia y, al mismo tiempo, que el cadáver pudiera verse desde fuera. Pero calculo que murió aproximadamente dos meses después de que lo secuestraran. Puede que uno. Trataré de ajustar los tiempos, pero es imposible saberlo con exactitud.

—Que los cuerpos hayan aparecido separados por poca distancia podría indicar que los secuestró el mismo hombre —deduje.

—Sería lo lógico —dijo Rodríguez—. Lo que sí puedo aseguraros es que si confirmamos que este hombre es Tomás, él no mató a su hija.

—¿Estás completamente seguro de eso? —preguntó Elsa con sarcasmo.

El forense la miró con desprecio.

La ropa del cadáver estaba arrugada, terrosa y sucia, como

un trapo al que han pisoteado sobre tierra húmeda. Su rostro se había vuelto irreconocible, una calavera que mostraba el dolor de sus últimos momentos. La piel, músculos, tendones y ligamentos, deteriorados hasta acariciar la esqueletización. Parecía moverse con sigilo a causa de los gusanos que se retorcían en las cavidades abiertas.

–He querido hacerle aquí mismo la primera inspección externa y la toma de muestras para un análisis inicial. Así evitamos pérdidas durante el traslado. Aunque ya sabéis que yo nunca pierdo nada.

–Primera noticia –dijo Elsa.

–Cuando llegue al salón de necropsias, haré un examen médico del vestuario –prosiguió Rodríguez tras lanzarle una mirada asesina a mi compañera–. Además, haré un estudio de las larvas. Buscaré alteraciones de la ropa y su relación con la causa de la muerte. Revisaré los bolsillos aunque en principio están vacíos, dobleces, costuras... No obstante, dudo que encuentre nada.

–Los asesinatos deben formar parte de un juego macabro –conjeturó Elsa.

–Es probable que compartieran zulo –sospechó Rodríguez.

–Esto se pone siniestro –susurré.

–Y aún no sabéis cómo murió –profirió Rodríguez.

–¿Y tú sí? –le pregunté con las cejas arqueadas.

–El cuerpo tiene fracturada la segunda vértebra cervical, llamada axis. La muerte se produjo por la sección de la médula.

–¿Muerte por ahorcamiento?

–Todo apunta a que sí.

–El padre aparece dentro de un pozo, ahorcado. La hija llena de cortes y mutilaciones. El asesino le envía una nota de rescate y una grabación a la madre, donde Carolina aparece encadenada a una cama. Por su estado, fue antes de ponerse en serio con las torturas. Y en la fábrica abandonada donde arroja su cadáver nos deja una cruz marcada con el mismo número de heridas que le produjo. ¿Le encontráis algún sentido?

–Yo sí –contestó Elsa–. Es un sádico, disfruta mareándonos.

–Cuando tenga datos más concretos, os daré un toque –dijo Rodríguez tras echarle un vistazo a su reloj de pulsera–. Pero hasta entonces...

Con un ademán nada elegante, nos invitó a conjeturar a otra parte. Así pues, abandonamos la apestosa carpa y nos dirigimos hacia el agujero del que habían sacado a Tomás Lago.

Un criminalista tomaba muestras a los pies del pozo.

Lo observé trabajar mientras Elsa caminaba hacia el coche. Pero pronto despegué la mirada de sus manos enguantadas para lanzarla al otro lado de las vías del tren, hacia Madrid, que se extendían como un inmenso escondrijo.

«Tarde o temprano llamaremos a tu puerta con una orden de detención», le prometí al asesino de los Lago.

Víctor Echevarría

20:37 h
Usera, Madrid

«Hallado el cadáver de Tomás Lago en las inmediaciones de la fábrica abandonada donde se encontró el de su hija Carolina», escupió mi televisor.

Si la reportera hubiera lanzado una flema verde desde el otro lado de la pantalla y atinado en mi boca entreabierta, no me habría causado tanto asco como sus palabras.

–Se veía venir –me dije resignado–. El mismo tarado los secuestró a los dos.

En momentos como aquel, me costaba controlar mi sed de alcohol.

«Vivos o muertos –pensé entre la penumbra del salón–. Va a ser que muertos».

El rostro de Edurne Palaciego pasó por delante de mis ojos como un espectro que se desliza a ras de suelo.

No podía, mejor dicho, no quería saltarme las normas. El nuevo y sobrio Víctor Echevarría había llegado para quedarse. Y por la vía de la legalidad poco podía hacer ante un caso de doble asesinato. Así que me olvidé del millón de euros y reculé hasta mis antiguas obligaciones.

Pensé que no volvería a cruzar mis pasos con los de Elsa Bermejo y Álvaro de la Torre. Pero, una vez más, me equivoqué. Mi participación en el caso Lago estaba lejos de haber terminado.

17

Iván Neveira

15 de enero de 2019, 09:28 h
Comisaría General de Policía Judicial, Madrid

Llamé con los nudillos.

–Adelante.

Abrí la puerta del despacho del inspector jefe Valcárcel y, tras el apropiado saludo, fui al grano:

–Quería pedirle acceso a los expedientes del caso Verdugo.

–¿Por qué? –preguntó desde su silla giratoria.

–Creo que puedo darle un enfoque diferente.

–¿Por qué? –insistió.

–No entiendo.

–Que por qué quieres investigar un caso sin resolver.

–Elsa me comentó la relación de Echevarría con el caso Lago y me trajo a la memoria el caso Verdugo.

–¿De caso a caso y tiro porque me toca?

–Puedo echarles un vistazo desde mi casa en mis ratos libres, si no...

–Tenemos otros casos en marcha.

–Ya. Pero a esos no puedo darles un enfoque diferente.

–Entiendo.

–El caso que me encargó está resuelto y me gustaría estudiar los expedientes del caso Verdugo, hacer algunas llamadas... No me robará demasiado tiempo. Cualquier día de estos ese desalmado vuelve a decapitar. Yo soy de Salamanca y...

–De acuerdo. Pero si das con algo interesante ponme al corriente.

–Si no consigo nada en un par de semanas, vuelvo para que me asigne un caso.

–Hala, venga, corre a resolver el caso –me azuzó con tono humorístico–. No, en serio, estás más que capacitado.

–Gracias, jefe.

Volví a mi mesa y me froté las manos. Yo, a solas con un teléfono, un ordenador y un considerable número de informes: el paraíso para un resucitador de casos. Tenía por delante largas horas de estudio. Aquel asesino me atraía como a un mosquito una lámpara matainsectos. Digamos que me dejé seducir por su *modus operandi*. Secuestró a sus víctimas cuando trataban de entrar en el coche y más tarde las decapitó con una guillotina casera. No recordaba nada comparable en la penosa historia criminal de España. Me fascinaban las cuantiosas incógnitas y las escasas respuestas que giraban en torno al caso Verdugo.

«Es el inspector que atrapó al Verdugo de Salamanca», oía entre vítores en mi cabeza.

A nadie le amarga un dulce, pero, por encima de cualquier gratificación personal, me empujaba el deseo de apartar a un infame de la sociedad.

Tenía claro lo que debía hacer: obviar los caminos recorridos por otros y centrarme en los hilos inapreciables que unen los ingredientes de todo crimen pendiente de resolución. Necesitaba ponerlos todos sobre la mesa y preparar un plato único aderezado con un vínculo desconocido.

Siete horas más tarde

Una vez que hube repasado gran parte de los informes principales, recopilé los aspectos que más me llamaron la atención. Las fotografías de los cuerpos decapitados, la mesa camilla ensangrentada y la guillotina casera sobre un charco de sangre consiguieron turbarme, pero también insuflarme ganas de atrapar. Algunos de esos factores ya despertaron el interés de los primeros investigadores –Rebeca Baños y Víctor Echevarría–, pero o bien los habían dado por ineficientes, o bien, como verdaderamente creía, no habían profundizado lo suficiente en ellos.

Escribí en mi bloc de notas, a la vieja usanza:

En su informe, Víctor Echevarría afirma que, tras matar a su compañera, el Verdugo se le acerca "con pasos lentos, achacosos". ¿Posible enfermedad del asesino? ¿Cojera? Echevarría estaba al borde del desmayo, así que no debió de verlo demasiado bien. La dismetría es un trastorno común. Puedo tratar de cotejar los informes médicos de los principales sospechosos. ¿Cáncer? Un cáncer terminal cuadraría, de ahí que no haya vuelto a actuar. Puede que se le acabara el tiempo y se forzara a cometer un último asesinato que le valiera la etiqueta de asesino en serie.

El asesino dejó la guillotina en la escena. Y el aparato era una virguería. Seguro que tardó lo suyo en construirla. ¿Y la abandona sin más?

Basándome en la que montó en la sala donde decapitó a Rebeca Baños, entiende, como poco, de electricidad, carpintería y metalurgia: la hoja que acopló a la guillotina no la venden en una ferretería. ¿La mandaría construir en una herrería? El tema se investigó y, en principio, no fue en una de Salamanca. Pero ancha es Castilla. De lo que no cabe duda es de que el asesino oculta un pequeño taller en alguna parte.

Víctimas (excepto Rebeca Baños): Sonia Cifuentes, 27 años, dependienta en una tienda de ropa unisex de la calle Arco; Alberto Gómez, 48 años, cajero de un banco ubicado en la calle Wences Moreno. En principio, las víctimas no se conocían de nada. La única relación clara es que trabajaban relativamente cerca (centro de Salamanca) y de cara al público.

Dejé de anotar.

«¿Y si no eligió a sus víctimas al azar? ¿Y si las conocía de antes? ¿Y si guardaba rencillas con ellas? Puestos a matar, que sea a personas que te han fastidiado. Mató a Rebeca Baños y martirizó a Víctor Echevarría porque trataban de encerrarlo. Para su tercer asesinato, no salió en plena noche a buscar a una presa indefensa. Debió espiarlos durante semanas, anotar sus costumbres, trazar un plan... Es un asesino organizado, pero eso ya lo sabíamos.

»Puede que Sonia Cifuentes y Alberto Gómez no se conocieran de nada, pero tal vez sí habían cruzado alguna palabra con quien a la postre les cortó la cabeza. Ambos trabajaban en el centro de Salamanca, y el ser humano busca cercanía, comodidad. Si era cliente del banco donde Alberto Gómez trabajaba de cajero y compró alguna vez en la tienda de ropa donde Sonia Cifuentes era dependienta, es viable que residiera en el centro.

»Debo hablar con los familiares y amigos de las dos primeras víctimas. Puede que pierda el tiempo, pero... –me encogí de hombros– así funciona esto de perseguir asesinos en serie».

Busqué las fichas de los amigos y familiares de Sonia Cifuentes y Alberto Gómez. A todos se les entrevistó en su momento. No obstante, necesitaba escarbar a fondo en su memoria con el propósito de desenterrar algún factor que nos quitara la venda de los ojos.

Invertí las siguientes jornadas en hacer entrevistas por teléfono. Aborrecí presentarme como inspector de Homicidios de Madrid y explicar los motivos de mi llamada, pero no desistí hasta haber hablado con todos y cada uno de los familiares y amigos que constaban en los expedientes. A la pregunta «¿Recuerda si mantuvo alguna discusión con alguien, si alguien la o lo molestó de alguna manera?», todos contestaron con una negativa. Me despedí siempre igual: «Llámeme si recuerda algo».

Dos días después de colgar a la última entrevistada, recibí la llamada de una buena amiga de Sonia Cifuentes. Nieves Callejo había recordado algo que consideraba importante.

—Un hombre entró en la tienda donde trabajaba cuando había pocos clientes —me explicó—. Le preguntó por unos vaqueros, creo recordar. Pero la ropa era solo una excusa para flirtear con ella. El tipo se puso pesado. «Solo quiero que seamos amigos», le dijo, o algo así. Sonia le dijo por activa y por pasiva que no estaba interesada. Era un bombón, así que estaba acostumbrada a tratar con babosos. Le pidió que se marchara o, si no, llamaría a la Policía. Antes de salir, el tipo le gritó «¡puta de mierda!» a la cara.

—¿Se lo contaste a los inspectores de Salamanca?

—Sí. Pero cuando usted me llamó hace dos días, se me fue el santo al cielo. Trato de no pensar en aquello, ¿entiende?, de olvidar. No he superado la muerte de Sonia. En fin. Como me dijo que lo llamara si recordaba algo...

—Y yo te lo agradezco de corazón. ¿Te dijo su nombre? ¿Te dio una descripción, tal vez?

—No, qué va. Ella no le dio importancia. Una anécdota que contar y nada más. No se tomaba las cosas a pecho. A Sonia le gustaba vivir a tope. Y un malnacido la decapitó por puro placer. Bueno, espere un momento. Ahora que lo pienso, creo que lo llamó «tartamudo». O a lo mejor se refirió a que estaba nervioso y se le trabó la lengua. No lo recuerdo bien. Sonia imponía bastante. Y si al chico le gustaba...

—¿Y dices que era un hombre joven?

—Creo que era mayor que ella. Pero entienda que no le presté demasiada atención. Me lo contó de pasada, en plan «¿sabes qué me ha pasado hoy?».

—Entonces tienes buena memoria.

—Gracias a Dios.

—¿No recuerdas nada más?

—Ahora mismo no. Pero le llamaré si me viene algo más a la cabeza.

—Muchísimas gracias.

—A usted. Espero que consiga atrapar a ese malnacido.

Nada más colgar, me puse a revisar la lista de sospechosos. Descarté a los menores de treinta y me centré en sujetos que residieran cerca de la tienda de ropa unisex en la que trabajaba Sonia Cifuentes.

Leí un centenar de veces los doce nombres que subrayé en rojo mientras mordisqueaba la tapa del bolígrafo.

«Esto se merece un cafecito. Luego llamaré al director del banco donde trabajaba Alberto Gómez».

Horas después, uno de los doce nombres pasó a estar rodeado por un círculo rojo.

18

Álvaro de la Torre

16 de enero de 2019, 12:19 h
Comisaría General de Policía Judicial, Madrid

Tras una infructuosa mañana de investigación, salí de la comisaría con tiempo suficiente para pasar a buscar a Teresa por Los Divinos y llegar a casa de mi madre para poner la mesa. Siempre que se celebraba una comida especial en nuestra antigua casa de Triana –cumpleaños, días festivos o cuando teníamos invitados, como la noche en que todo cambió para siempre–, Carmen y yo poníamos la mesa: una especie de ritual que abandoné cuando murió. Pero después de acabar con su asesino con el mismo rifle que usó para matarla, reemprendí el ritual con Azucena.

Estaban en la cocina cuando llegamos. Mi hermana y mis padres –que seguían divorciados y no tenían intención de cambiar de estado civil– dejaron de conversar para besarnos en las mejillas.

Azucena y yo empezamos a poner la mesa.

Mi madre preparó *pescaíto* frito, cazón en adobo, soldaditos de Pavía, huevos a la flamenca, chipirones a la plancha y papas *aliñás*, que yo mismo distribuí mientras mi hermana colocaba los cubiertos. Mi madre se había pasado la mañana en la cocina. No podía imaginar una madre mejor que Lucía Navío. Dados los problemas con el alcohol que tuvo mi padre y el dolor que le causaron a mi familia, en la mesa solo podían verse botellas de agua y latas de refrescos. Aquellas comidas caseras me causaban sentimientos encontrados: la satisfacción de sentirme parte de una familia bien avenida y la hiriente nostalgia de no poder sentarme entre mis dos hermanas.

Caí en la cuenta cuando nos tomábamos el postre, almojábanas y cagajones de puños:

–¿Tú no ibas a darnos una sorpresa? –le pregunté a Azucena.

–Estaba buscando el momento.

–Si se trata de un viaje...

–Estoy embarazada.

–¡Lo sabía! –exclamó Teresa.

Me quedé mudo. Mi padre estaba con la boca abierta. Mi madre rompió a llorar, aun siendo cómplice del engaño. Luego llegaron los abrazos y las enhorabuenas: primero estrechó a mi padre entre sus brazos, después a mi madre y por último a Teresa. Me sorprendió que nadie le preguntara quién era el padre. Yo me quedé sentado, más en Babia que a la mesa, mientras decenas de cadáveres de jovencitas desfilaban por mi mente.

–¿De cuánto estás? –pregunté atónito.

–De veinte semanas.

–¿Por eso llevabas jerséis tan anchos? Y yo pensando que te estabas haciendo rapera. ¿Y el padre?

–Arriba.

–¿Arriba?

Señaló el techo con el dedo índice.

–Se mudó al piso de arriba hace cosa de un año.

–No se puede negar que lo tienes a mano –bromeó Teresa.

–A mano y atado en corto –bromeó asimismo mi hermana–. Quería venir a comer, pero he preferido soltaros antes la bomba. Si os portáis bien, después le digo que se pase a tomar el café. Se llama Juan José, pero todos lo llaman Juanjo. Se divorció hace un año. No tenían hijos. Regenta una zapatería en el centro. En fin. La cuestión es que un día nos cruzamos cuando bajábamos a tirar la basura. –«A tirar la basura», pensé–. Se presentó y charlamos de temas triviales. Y así, como quien no quiere la cosa, empezamos a bajar a tirar la basura siempre a la misma hora. Y de tanto cruzarnos... Un día me invitó a tomar una copa en su piso y...

–De la copa a la cama –soltó Teresa.

–Tal cual. A mis cuarenta y cuatro años lo veía poco probable, pero...

–Todo irá bien –dijo mi padre.

–Claro que sí –añadió mi madre.

–¿Soy el único que se ha cagado encima? –solté a destiempo. Esperé una respuesta, que no llegó–. No me malinterpretéis. Sé que es algo bonito y positivo, pero al mismo tiempo me ha entrado un canguelo que ni puedo explicar. Dejando de lado tu edad y quién sea el padre, no puedo evitar temer que cuando esa criatura crezca... ¿Y si un día no vuelve? ¿Y si sale con sus amigas y...? ¿Y si tarda y tarda y aparecen los malos presentimientos? ¿Y si...?

–¿Crees que no lo he pensado? –Azucena clavó su mirada en la mía, llena de reflejos–. Pero no podemos ceder al miedo. No podemos permitir que Pablo Tejero nos prive de disfrutar de la vida. Nos arrebató a Carmen, eso ya no tiene remedio; pero no podemos consentirle que nos arrebate ni un minuto más de felicidad.

–Tienes razón.

–Necesito traer una vida a este mundo, a veces cruel, a veces hermoso. No había pensado en ello hasta que una mañana vomité y lo supe. Más tarde, una prueba de embarazo me lo confirmó. ¿Y sabes? No sentí miedo. Supongo que ya no me queda. Y es gracias a ti, hermanito: me diste lo que necesitaba para seguir cuando apretaste el gatillo.

–Lo único que puedo asegurarte es que lo querré como si fuera hijo mío, o hija mía.

–Hija.

Nos incorporamos y bordeamos la mesa para acabar fundidos en un abrazo fraternal.

—¡Vamos a ser padres! —exclamó Teresa.

—Ahora te noto la tripa —bromeé al notar su tripa en mis abdominales—. Y yo preocupado porque mi hermana ya no me daba abrazos.

Hicimos la sobremesa, como era nuestra costumbre. Nos tomamos el café en la mesa de centro del comedor. Mi padre, Teresa y yo sentados en el sofá; mi madre y mi hermana en dos sillas. El tema de conversación, cómo no, fue la vida que crecía en Azucena.

El padre de la criatura pasó a presentarse antes de marcharse a abrir la zapatería. El surrealismo de aquella comida solo lo superó la fatídica cena de 1982 en la que mi hermana Carmen y yo desaparecimos. Hubo un momento en el que instintivamente deslicé los dedos por la cicatriz en forma de M que escondía detrás de una oreja. Mi madre advirtió el gesto y me regaló una de esas sonrisas que solo una madre puede entregarle a un hijo. Juan José Linares era un hombre alto y esbelto de cuarenta y ocho años, de pelo canoso y abundante, nariz chata y ojos verdes. Se me hizo extraño ver a mi hermana besar a un hombre en los labios. Sin embargo, las sonrisas que percibí en ambos me hicieron comprender que ella, como yo y como Elsa, había encontrado el amor cuando menos lo esperaba.

Mi hermana, Teresa y mi madre hablaban de ropa premamá cuando mi padre me susurró, con el hombro pegado al mío, en un tono a medio camino entre el humor negro y el arrepentimiento:

—Espero ser mejor abuelo que padre.

Interpreté aquellas palabras como una invitación a reflexionar.

—Fuiste un buen padre hasta que Carmen murió, luego un padre pésimo y ahora eres un padre aceptable. —Sonrió mientras miraba al suelo con las manos entrelazàdas entre las rodillas–. No repitas los errores que te hicieron merecer mi desprecio. Tú juegas con ventaja: sabes cómo hay que hacerlo. Te equivocaste, pero luchaste por dejar el alcohol y reconducir tu vida. Yo me paso el día viendo desastres. A menudo llego a casa tan quemado que solo me apetece dormir. Menos mal que os tengo a vosotros y a Teresa. Pero no creo que tenga madera de padre, o en este caso de tío. No obstante, haré lo que pueda. No debe de ser fácil educar sin que se te escape un mal gesto o una mala palabra.

–No lo es. Pero solo hay que oírte para saber que serías un padre estupendo.

19

Álvaro de la Torre

16 de enero de 2019, 15:39 h
Comisaría General de Policía Judicial, Madrid

Volví a la comisaría con un pensamiento rondándome la cabeza: «Voy a ser tío». Era consciente de que me costaría hacerme a la idea, pero también de que, a pesar de mis inherentes miedos, la criatura sería una bendición.

—¿Sabes qué? —le dije a Elsa al pasar por su lado—. Voy a ser tío.

—¿En serio? ¡Enhorabuena!

Me dio un beso en la mejilla.

El subinspector León, siempre con la oreja puesta, me felicitó también.

Me senté a mi mesa y, poco después, Elsa me sumergió en los entresijos del caso Lago:

—Ha llamado Rodríguez hace un momento para confirmar que Tomás murió por ahorcamiento.

—De acuerdo.

«A Tomás lo ahorca y a Carolina la viola y la tortura hasta la muerte». Me encrespaba no encontrarle sentido al *modus operandi* del asesino.

—¿Empezamos con las entrevistas de rigor? —propuso Elsa.

—Demasiado las hemos aplazado.

—Pues al lío.

Invertimos lo que restaba de tarde y las dos jornadas siguientes en entrevistar a quienes creímos que tenían potencial para allanarnos el camino:

Paola San Martín
Subordinada de Tomás Lago en el
Hospital Universitario Fundación Jiménez Díaz

Tras asegurarle que su declaración era confidencial, la psiquiatra San Martín empezó a echar pestes de quien fue su superior. El tiempo que había transcurrido desde que dejó de estar a sus órdenes no había afectado a sus sentimientos; ni siquiera pareció importarle que su cadáver descansara en el cuarto frío de una morgue. Hasta tal punto alcanzaba su odio hacia Tomás Lago que manifestó abiertamente que estaba bien donde estaba. Nos habló de un hombre obsesionado con su trabajo, prepotente,ególatra, soberbio, inclemente, mentiroso, manipulador, hipócrita... No escatimó en adjetivos. «Más malo que un cáncer de páncreas», sentenció antes de que abandonáramos su despacho.

Entrevistamos a tres subordinados más y, a pesar de que fueron menos efusivos que San Martín, no hablaron bien del asesinado. Nos citamos asimismo con cuatro psiquiatras con los que Lago había colaborado como investigador en diversos ensayos clínicos, artículos científicos, congresos o con los que había dado conferencias conjuntas. Ellos fueron los más comedidos. No obstante, escuchamos frases como «no se andaba con miramientos a la hora de alcanzar sus metas» o «si te interponías en su camino, te pasaba por encima».

Éramos conscientes de que sus antiguos compañeros y subordinados no daban el perfil de asesino sádico, sin mencionar que todos tenían coartada. No obstante, a pesar de que teníamos la esperanza de que sus declaraciones aportaran un rastro que poder seguir, solo consiguieron ponernos al corriente de que el doctor Lago no le caía bien a casi nadie.

Mario Nadal
Recepcionista de Óscar Revilla

Accedió a que lo entrevistáramos en su casa.

Consideraba a Revilla un buen jefe. Poco dado al esparcimiento, pero amable con sus empleados. Nos dejó un dato interesante: meses antes de la desaparición de Carolina, Revilla se quedaba hasta tarde en su despacho; un modo de actuar que a Mario Nadal le resultó extraño. No obstante, matizó que durante aquellos días su comportamiento no varió y que incluso lo percibió más alegre de lo normal.

«Renovó el mobiliario de su consulta –nos explicó–: el diván, su silla, su mesa de despacho... y parte del instrumental. Por eso puede que estuviera más receptivo. Al doctor Revilla le apasiona su trabajo. Para él, cambiar de instrumental es como cambiar de coche para un amante del automovilismo».

Elena Encinas
Amiga y amante de Carolina Lago

Elena nos recibió con los ojos hinchados. Parecía evidente que había estado usando las lágrimas como válvula de escape. «Lloramos al nacer porque venimos a este inmenso escenario de dementes», escribió William Shakespeare. Lo entendíamos muy bien, y Elena, tras ser consciente del final que había tenido su más que amiga, empezaba a comprenderlo también.

Admitió haber mantenido relaciones sexuales con Carolina, así como haber acudido a fiestas sexuales en su compañía, convocadas en *apps* específicas para dichos eventos. Cuando le pedimos nombres, aseguró que un requisito de esas fiestas, al menos en las que ellas participaban, era desconocer la identidad de los demás invitados: se cubrían el rostro con un antifaz, al más puro estilo *Eyes Wide Shut*. Por esa razón, en ocasiones llegaban incluso a grabar los encuentros a modo de *souvenir*.

Nos dio el nombre de la aplicación de citas.

Como Edurne, usó su miedo al qué dirán para defenderse de las acusaciones de mentir por omisión.

–Tengo derecho a defender mi intimidad –nos recriminó–. No estoy dispuesta a entrar en una espiral de discriminación que me arruine la vida.

Cuando su mejor amiga cayó en la red de un sádico asesino, Elena estaba lejos de Madrid, lo que la apartaba de nuestros radares. No obstante, nos dio un dato curioso cuando nos acercábamos a la puerta de salida, supuse que fruto de los remordimientos:

–Una vez hice un trío con ella y su novio, pero a él no le entusiasmó verme con Carolina. Aunque Álex es incapaz de matar a una mosca. Por otra parte, un fin de semana, hará unos tres años, quedamos con una pareja de chicas en un hotel. Aunque empezamos con la máscara puesta, nos la acabamos quitando y charlamos de temas triviales. Eran muy majas, la verdad. Sé que Carolina siguió quedando con una de ellas. Chateaban y esas cosas. Carolina era bastante reservada, pero sé que la pelirroja le sirvió de apoyo moral los meses que siguieron a nuestro primer encuentro. Tal vez le contara algo que a mí no se atrevió a confesarme. No sé. Los meses previos a su desaparición estuvo muy rara. O puede que solo quedaran para follar. La cuestión es que no quiero cargar con más remordimientos. Pueden contactar con ellas en el correo electrónico sexodual@xxx.com. Díganles que un miembro del grupo Sexoatope les ha facilitado el *email*. No recuerdo sus nombres: yo solo estuve con ellas una vez. Bueno, no es cierto: la pelirroja con la que siguió quedando Carolina se llama Lydia.

Nada más abandonar la casa de Elena Encinas, telefoneé a Echevarría:

—Dime, De la Torre.

—¿Recuerdas lo que me dijiste en el *barucho* ese de mierda sobre el novio de Carolina?

—Refréscame la memoria, haz el favor.

—Comentaste que al chaval casi se le salen los ojos de las cuencas cuando le dijiste que su novia se la pegaba con su mejor amiga. Que tú no ibas por ahí jactándote de ser un fenómeno descubriendo la mentira en los ojos de los demás, pero que sin embargo lo eras. Que Álex Ferrer no pudo mentirte.

—¿Y qué pasa con eso?

—Que ese mequetrefe te mintió a la cara. Se lo montó con las dos al mismo tiempo. Tal vez deberías calibrar tu talento.

—¿Te has quedado a gusto, inspector?

—La verdad es que sí.

—Entonces, te deseo que sigas teniendo una buena tarde.

Echevarría colgó sin darme tiempo a despedirme.

Elsa me miró con una expresión a caballo entre la burla y el cariño.

—No tragas a Sinmeñiques, ¿eh? ¿Sabes? Nunca había visto tan de cerca tu lado barriobajero. ¿De verdad te afecta lo que diga un hombre como Echevarría? Tú no eres rencoroso.

—Ese tipo me saca de mis casillas.

Aquel día nos reunimos también con la amiga de Edurne, con quien tomó café la mañana de la desaparición de su hija. Nos habló de una Edurne relajada. «Relativamente, es una mujer poco dada a bajar la guardia», matizó.

Horas después, fuimos a hablar con Álex Ferrer y le pedimos explicaciones sobre por qué les omitió detalles a Lozano y Pujalte y al detective privado Echevarría.

—¿Por qué fingiste sorpresa cuando el detective privado

te contó que Carolina se acostaba con Elena? –le preguntó Elsa, dando muestras de su temperamento–. Tú sabías que se acostaba con su mejor amiga y te importaba una mierda. ¡Si hasta hicisteis un trío, no me jodas, hombre!

¿Su excusa? La misma que Edurne y Elena: el miedo al qué dirán. «Me asusté tanto cuando Carolina desapareció que formateé mi ordenador y lo tiré a un contenedor», juró entre lágrimas. Las averiguaciones de Lozano y Pujalte lo eximían del secuestro de su novia: el día que ella se esfumó, Álex estuvo fuera de Madrid desde las nueve de la mañana hasta las doce de la noche, y varias personas lo confirmaron. De hecho, sus amigos nos sacaron de dudas cuando la subinspectora Belicha uso los números de teléfono que él mismo nos facilitó. Tampoco podía ser el autor material de la muerte de Carolina.

El caso se había convertido en una maraña de sucesos que concebían sospechas y a la vez no parecían guardar relación. Temí que un mal desempeño por nuestra parte convirtiera los crímenes en perfectos. Le rogué a Dios, al karma, al universo y hasta a la Virgen María que nadie pudiera leer nunca en un periódico lo siguiente: «Hoy en día, los asesinatos de los Lago siguen sin resolverse».

Pero, a pesar de la falta de evidencias, un nexo unía las piezas del puzle. El desencadenante de los asesinatos aguardaba en las sombras el momento idóneo para manifestarse y ninguno de nosotros pudo escapar a las tinieblas que trajo consigo *La sinfonía del miedo*.

20

Elsa Bermejo

19 de enero de 2019, 10:32 h
Comisaría General de Policía Judicial, Madrid

Decidimos delegar la tarea de investigar la potencial relación de los crímenes con satanistas o sectas adoradoras del diablo a la inspectora Ruth Macías.

--Hablaré con un amigo que ha estudiado las sectas satánicas en España –me adelantó–. Ha conocido a sus líderes, sacerdotes y sacerdotisas; entre ellos políticos, diplomáticos e incluso policías. –Arrugué la frente y Macías me miró con un gesto que traduje como «¿qué te pensabas, monina, que eran unos tarados que no tienen dónde caerse muertos?»–. Hace mucho que no indago por esos terrenos, pero mantengo los contactos.

Me parecía poco probable que el cuerpo de Carolina Lago hubiese sido pasto de un ritual satánico, pero la cruz que hallamos en el lugar de los hechos apuntaba hacia un asesino o grupo de asesinos de naturaleza diabólica. Las vías debían agotarse. Y nosotros teníamos la potestad –siempre con el beneplácito del inspector jefe– de delegar las menos probables o, como fue el caso, de cedérselas a una compañera más cualificada para exprimirla. Ruth Macías, de cincuenta y seis años, trabajó en sus comienzos en la Unidad de Medio Ambiente de la Policía Municipal e investigó ritos satánicos y sacrificios en cementerios y santerías de Madrid. Durante nuestra charla, me contó que una vez hallaron una trampilla en un local de santería. Al levantarla, descubrieron una escalera empinada que bajaba a un sótano. Descendieron los peldaños de madera y se encontraron con el dueño y un cliente. El primero acababa de sacrificar a un animal y había vertido su sangre en platos. En ese cuchitril lleno de grandes velas e imágenes de santos extraños, se estaba realizando lo que se conoce como un amarre, un conjuro para ser correspondido por la persona amada. Así pues, consideramos que no había nadie mejor que Macías para descartar la vía demoniaca.

Antes de volver a mi mesa y ponerme a trabajar en un camino más prometedor, no pude evitar soltar una de mis paridas:

—Si encuentras a alguien que haga amarres de esos, házmelo saber, que no quiero que Iván se me escape.

Macías exhaló una risa ahogada y me hizo una recomendación:

—Cuídalo y no se irá a ninguna parte.

Regresé a mi mesa y me puse manos a la obra con una vía de investigación, en principio, más plausible.

Mientras Álvaro rastreaba hombres con antecedentes de índole sexual, mandé un mensaje al correo electrónico que nos había facilitado la mejor amiga de Carolina Lago (sexodual@xxx.com) desde un *email* falso recién salido del horno: parejahot@xxx.com:

Hola, chicas. Me han dado vuestro correo en el grupo Sexoatope. Somos una pareja que busca un encuentro sexual con chicas agradables, y nos han dicho que vosotras lo sois. Yo tengo 25 años y mi novio 28, y estamos de buen ver 😊. De momento preferimos mantener en secreto nuestras identidades y el de la persona que nos ha facilitado vuestro *email*, pero, si sois tan majas como dice, no tendremos ningún problema en daros nuestros nombres durante el encuentro, si este se produce. Por cierto, nosotros nos encargaríamos de pagar la habitación, por si os supone un problema. Hemos pensado que os daría tranquilidad que el encuentro fuera en un hotel. No vayáis a pensar que somos dos psicópatas 😊. ¿Qué me decís? ¿Os apetece follar con nosotros?

Dudé si dejar la última pregunta, pero supuse que quienes accedían a ese tipo de encuentros no se andaban con mojigaterías.

Envié el mensaje con cara de acojone. «No sé yo si va a colar». Un par de minutos después, mi gesto cambio a uno de sorpresa: acababa de recibir un correo de sexodual@ xxx.com:

Hola. Estamos interesadas, pero necesitamos echar una ojeada esos cuerpos de buen ver.

–Mierda.

Me dirigí a Álvaro, que miraba absorto la pantalla de su ordenador.

–Oye, hazte una fotopolla y mándamela.

Me miró con cara de no haber entendido una sola palabra.

–¿Qué?

–Nada. Que las tiparracas estas me piden una foto de los dos en pelotas.

–Busca una por internet, pero no pongas una de catálogo. Una pareja cualquiera en ropa interior y que no se les vea la cara. Y pon: «Si queréis ver más, tendréis que aceptar nuestra invitación».

Asentí e hice lo que, con buen criterio, me había sugerido.

Tras buscar por webs eróticas, di con una aceptable. Necesitaba una imagen, por así decirlo, hogareña, donde apareciera un chico y una chica potentes, pero sin pasarse. Recorté la instantánea para que no se les pudiera ver la cara, crucé los dedos y la envié. «Esta foto nos la hicimos hace un año», escribí en el cuerpo del mensaje.

Me acerqué a la mesa de Álvaro.

–Está hecho.

–¿El qué?

–Que esta tarde follamos.

–Mira tú qué bien. ¿Hora y lugar?

–A las siete y media en un hotel de la calle de la Encomienda. Tenemos que pagar la habitación.

–Pues se paga.

–Eh, y no te lo pierdas: tenemos que llamar a la puerta y cuando pregunten «¿quién es?» contestaremos «Pedro y Vilma». Verás tú cuando vean las placas...

–Tenemos que tratarlas con amabilidad, no han hecho nada malo. Queremos que se abran, no que se cierren en banda.

–Por cierto, he hablado con el jefe de la Brigada Central de Investigación Tecnológica y le he pedido su colaboración en el caso. Le he dado la dirección de Elena Encinas. Creo que es mejor que vaya a hablar con ella directamente y que con su ayuda traten de identificar las IP de quienes usaban la aplicación de citas. A lo mejor dan con alguna conexión.

19:20 h

La calle de la Encomienda unía el Rastro y la calle de Embajadores con el barrio de Lavapiés. En el año 1908, en el número 16 estuvo el Teatro Nuevo, dedicado a espectáculos de varietés; en 1911 se convirtió en el cine de la Encomienda y en los años cincuenta pasó a ser el cine Odeón. Ahora era un hotel.

Un señor alto y delgado nos recibió con un «buenos días» desde detrás del mostrador de la recepción. Le correspondimos del mismo modo sin dejar de caminar. Nos adentramos en un pasillo de paredes azules con puertas grises, hasta detenernos ante la habitación 33.

Elsa buscó mi aprobación con una mirada.

Asentí con la cabeza y ella golpeó la madera con los nudillos.

–¿Quién es?

–Pedro y Vilma.

La puerta dejó paso a una joven pelirroja de ojos azules que llevaba el pelo más corto que yo, vestida con un albornoz violeta.

–Tú debes de ser Lydia –deduje a partir de la concisa descripción que nos había facilitado Elena Encinas.

Iba descalza y no parecía llevar nada debajo de la bata de tonos violáceos. Tras ella aguardaba su compañera de eventos sexuales, de pelo largo y moreno y ojos castaños. Ambas nos observaron con mala cara: no tenía uno que ser muy observador para darse cuenta de que ni Elsa tenía veinticinco años ni yo veintiocho. La pelirroja trató de cerrarnos la puerta, pero yo puse el pie en el quicio y la empujé con firmeza, pero sin arrojo: no quería empezar tirando a una por los suelos.

–Inspector de Homicidios Álvaro de la Torre. Ella es la inspectora Elsa Bermejo.

Nada mejor que pronunciar nuestros rangos en alto para quitar las ganas de hacer tonterías.

–Sentaos –rogó Elsa tras cerrar la puerta y sacar su placa a pasear, como tanto le gustaba hacer. Las jóvenes se acomodaron en las sillas arrimadas a la única ventana de la habitación, que tenía las cortinas echadas. Sus caras eran de estupor–. Como ha señalado mi compañero, somos policías. Pero tranquilas, en principio no estamos aquí por nada que hayáis hecho.

Ese «en principio» no me gustó. No nos interesaba que se sintieran señaladas de ninguna manera. Así que intervine:

–Estamos investigando la muerte de Carolina Lago y de su padre, Tomás Lago, y hemos averiguado que vosotras tuvisteis un encuentro sexual con ella y su amiga Elena. Y que, después de dicho encuentro, tú, Lydia, seguiste relacionándote con Carolina. ¿Es eso cierto?

Las dos se lanzaban miradas furtivas mientras hundían las manos entre los muslos. Sus cortos albornoces dejaban al descubierto unas piernas jóvenes. Supuse que les gustaba ir al grano, de ahí el escaso vestuario con el que nos habían recibido. Lo cierto era que, tal vez inducido por la índole del encuentro, había esperado encontrar a dos mujeres propensas a la desobediencia. Sin embargo, descubrimos a dos chicas asustadas que parecían querer cooperar.

—Quedábamos de vez en cuando —contestó Lydia—. Hablábamos por teléfono. Bueno, no sé, nos caímos bien y nos hicimos amigas.

—¿Tú no quedabas con ella? —le preguntó Elsa a la otra—. Por cierto, ¿cómo te llamas?

—Amaia. Y, no, a mí no me cayó tan bien como a Lydia.

Me asombró su sinceridad.

—¿Amaia qué?

—Amaia Arias.

Mi compañera se dirigió a Lydia con gesto adusto:

—¿Y tu apellido es...?

—Ribera.

Volvió a hablarle a Amaia:

—¿Y puede saberse por qué a ti no te cayó bien?

—Era una pija que no se había esforzado en su vida. No me gustan las lloricas, ¿saben? ¿Tus papaítos te lo dan todo masticado y te quejas porque no aprueban que folles con todo lo que se menea? Si no te gusta cómo te tratan, vete de casa. Pero, claro, se está mejor chupando del bote, ¿verdad?

—¿Qué quieren saber? —nos preguntó Lydia en un tono menos tirante que el de Amaia—. ¿De lo que hablábamos? ¿O qué opino sobre quién la...?

El miedo a meterse en problemas provocó que dejara la

frase a medias. Estaba acostumbrado a ese tipo de *paradinhas*.

—¿Quién la mató? —terminé la frase por ella y pregunté, inquieto—: ¿Qué crees que pasó con Carolina?

Resultaba curioso que aquella joven tuviera su propia opinión al respecto. Confiaba en que, por el motivo que fuese, tal vez por el miedo que todos parecían tenerle a la opinión de los demás, Lydia Ribera se hubiera guardado hasta ese momento información relevante sobre el asesinato de su amiga. ¿Tal vez un intrigante secreto confesado en el fragor del acto sexual?

—Cuando se sinceraba conmigo, siempre se quejaba de lo mismo. Supongo que estarán al corriente de que sus padres se enteraron de que quedaba con otras personas para...

—Sí —la cortó Elsa.

«No interrumpas a los entrevistados», la abronqué en mis pensamientos y un poco con la mirada.

—Pues en su casa se lio parda. Carolina me dijo que sus padres la odiaban, sobre todo su padre. Yo le dije: «No exageres» y ella me contestó: «No exagero ni una pizca». Un día nos pillamos un pedo en mi casa cuando mis padres no estaban y me contó un secretillo que, según ella, nunca le había confesado a nadie. Cuando tenía..., no lo recuerdo bien, pero creo que dijo quince años. La cuestión es que sus padres habían invitado a un amigo soltero a cenar. Carolina estaba en su habitación y le entró sed. Bajó las escaleras y sorprendió a su madre con el invitado en la cocina y con una copa de vino en la mano. Él agarraba el trasero de su madre mientras ella lo miraba con ganas de tirárselo allí mismo.

—Espera —rogué sorprendido—. Repite eso.

—Que su madre le ponía los cuernos a su padre con un amigo —dijo con una naturalidad extraordinaria; Lydia no era consciente de lo que significaban sus palabras.

«¿El móvil de los asesinatos?», me pregunté mientras la

boca de Elsa se abría y mis ojos alcanzaban su máximo diámetro.

–¿Recuerdas el nombre de ese amigo? –pregunté, al tiempo que rezaba por que hiciera memoria.

–No. Pero me dijo que era psiquiatra, como su padre.

–¿Óscar? –dejó caer Elsa.

–Ahora que lo dice…, sí. «Su amiguito Óscar», dijo.

Resultó que mis ojos podían abrirse un poco más.

–¿Y qué pasó después de que los pillara con las manos en la masa?

–La madre dio un respingo y regó la cocina con vino. Carolina hizo como que no se había percatado del tocamiento y de la cara de salida de su madre. Esta le dijo que el invitado había llegado antes de tiempo y bla, bla, bla. Ellos creyeron que se habían salvado por los pelos. Y Carolina nunca se lo contó a nadie. Excepto a mí. Y no creo que lo hubiera hecho de no haberse pillado un pedo con el tequila de mis padres. Creo que su madre y su padre tienen algo que ver con su muerte. No sé si uno, los dos o… Que su padre desapareciera poco después que ella, que su cadáver haya aparecido tan cerca del suyo… ¿No les parece que todo apunta a que fue alguien de su entorno? Pero, claro, no puedo demostrarlo.

Tomé su última frase como una gracia. No obstante, ninguna de las dos mostró la más mínima señal de estar de broma. Sus caras parecían dos máscaras mortuorias.

–No sabes de la misa la mitad. Su padre murió antes de que la mataran –explicó Elsa, para hacerle comprender que sus acusaciones carecían de fundamento– y su madre tiene coartada, tanto para el secuestro como para el asesinato.

–La gente con dinero puede matar sin ensuciarse las manos. Puede que el padre contratara a alguien para que secuestrara a Carolina y que dos días después fingiera su desaparición. No sé. Incluso puede que la madre esté en el ajo. Una vez me explicó que su madre, a ojos de los demás, era una mujer encantadora, educada y con estudios, pero que tenía un lado retorcido e hipócrita, que era traicionera y más lista que el hambre.

«Tomás murió antes de que asesinaran a su hija –medité mientras Elsa le hacía preguntas que, en mi opinión, carecían de interés–. Y Edurne tenía coartada. Ahora bien, los autores intelectuales de los asesinatos tratan de guardarse las espaldas y casi siempre lo hacen fabricándose una coartada».

Aquella pelirroja de pelo corto había conseguido añadir un interrogante al caso Lago, una pregunta que tal vez debimos hacernos desde el principio: ¿puede matar una madre a su hija por despecho?

–Entonces, ¿nunca te contó que recibiera amenazas de alguien o le tuviera miedo a...? –le preguntó Elsa a Lydia.

–Nada –contestó concisa–. Dejando a un lado las movidas con sus padres, no le inquietaba nada o por lo menos a mí no me dijo que tuviera problemas con nadie.

–Creo que es todo –dije a modo de cierre.

–Sí –sostuvo Elsa–. No habléis con nadie de lo que acaba de pasar aquí o nos veremos obligados a meteros en una sala de interrogatorios.

–No diremos nada –prometió Amaia.

–Gracias –dijo Elsa en concepto de despedida–. Ah, se me olvidaba: mandadme un número de cuenta al *email* con el que os he contactado, adjuntad una copia de la factura de la habitación y os haré una transferencia. Lo prometido es deuda. –Elsa les guiño el ojo.

–Vale, gracias –dijo Lydia, con un gesto tan lúgubre como un velatorio.

Al salir, miramos a un lado y a otro del pasillo, como dos camellos que acaban de realizar un intercambio de farlopa por pasta.

–Hoy no creo que les queden ganas de folleteos –dijo Elsa antes de entrar en el ascensor.

Caminamos por la calle de la Encomienda rumbo al *parking* subterráneo en el que habíamos dejado el coche.

–Tenemos un posible móvil –dijo Elsa–. Puede que sea o puede que no, pero es más de lo que teníamos esta mañana.

–No me esperaba este giro de los acontecimientos. Sin embargo, que la señora Palaciego y Revilla tuvieran una aventura no es necesariamente un indicio. Un montón de gente es infiel a su pareja. –Exhalé un rotundo suspiro–. No sé qué pensar. Cualquier posibilidad me parece un disparate. Lo único que me cuadra es que el asesino no conociera de nada a Carolina y a Tomás y que todos los indicios que apuntan hacia Revilla y Palaciego sean despistes sembrados por el asesino. No parece que las muertes estén relacionadas con sus fiestas sexuales ni tampoco con ninguna secta satánica. Me temo que el asesino está jugando con nosotros. Teatralizó la escena y mató a sus víctimas de modos diferentes para despistarnos. No sé a ti, pero a mí está a punto de estallarme la cabeza.

–Si Revilla no está en el ajo, habremos perdido un tiempo valiosísimo. Pero hay una cosa que nadie puede negar: los dos ocultaron muchas cosas. –Elsa hizo una mueca de perversidad mientras se frotaba las manos con saña–. Te voy a dar tres intentos para que adivines qué vamos a hacer mañana.

–Creo que me sobran dos: ¿meter a Edurne Palaciego en la sala de interrogatorios número 1 y a Óscar Revilla en la número 2?

–Si es que somos tal para cual...

–Ya te digo.

–En un par de semanas, nos veo organizando las pruebas para la Fiscalía –presintió Elsa con optimismo–. Te lo digo yo, *carajaula*.

–¿*Carajaula*?

–Perdona, me he venido arriba.

Logró pintarme una sonrisa en la cara. El prisma con el

que Elsa miró el caso me hizo ver el lado positivo de las cosas. Teníamos un potencial móvil. Sin embargo, faltaba mucho por pulir. Demasiadas piezas seguían sin encajar. No obstante, tuve la corazonada de que cada paso en falso nos estaba acercando al asesino.

«No podemos controlar lo que sucede a nuestro alrededor –me dije temperamental–. No podemos caminar siempre en línea recta. No podemos ser infalibles. Pero, qué diablos, podemos intentarlo».

Eran casi las nueve cuando entraba en casa. Teresa no llegaría hasta pasadas las diez. No me gustaba el silencio de su ausencia. El mismo día que aceptó venir a vivir conmigo, empezó mi rechazo a la soledad. Antaño no evitaba el tiempo a solas, sino que lo abrazaba y hacía que formara parte de mi vida. No tenía miedo a estar conmigo mismo y con nadie más. Pero supongo que encontrar el amor tiene sus consecuencias.

Cogí una cerveza 0,0 de la nevera –en casa me negaba a beber alcohol– y me senté a la mesa de la cocina enfrascado en los entresijos del caso Lago.

«Ha pasado antes. Son casos aislados, pero ahí están. El amor de una madre no es siempre incondicional».

Recordé la carita de un niño de siete años asesinado por su madre. Un caso en el que colaboré hacía más de diez años, que ni mil décadas lograrían quitarme de la cabeza.

«Los filicidas pasan por personas corrientes», medité mientras me bebía la cerveza.

21

Álvaro de la Torre

20 de enero de 2019, 11:12 h
Comisaría General de Policía Judicial, Madrid

Dos sospechosos.

Dos inspectores.

Dos salas de interrogatorios.

Un hilo conductor.

¿Quién mató a Tomás y a Carolina Lago?

Preparamos los interrogatorios antes de que llegaran a la hora citada.

¿Nuestro desafío? Hacerles incurrir en contradicciones. Que uno de los dos se desmoronara y confesara, o que acusara al otro, presa de un ataque de ansiedad.

En la sala 1, Palaciego esperaba junto a su abogada a que yo entrara a hacerle preguntas; en la 2, Revilla, tan impávido como su amante, a que Elsa accediera con el fin de sonsacarle información.

Decidimos cambiar nuestros roles acostumbrados: ella interrogaría al hombre y yo a la mujer; consideramos adecuado que se enfrentaran al sexo opuesto.

Se saludaron y se dieron un beso en la mejilla en el pasillo que conducía a las salas.

—Esto es bochornoso —se quejó ella.

—Solo buscan un cabeza de turco —añadió él.

—*Enga*, mentirosillos —dijo Elsa, como si arreara a un par de mulas tercas—, *pa* las salitas.

Álvaro de la Torre

Sala 1

Me senté enfrente de la sospechosa y de su abogada. Un equipo de grabación documentaría el interrogatorio para que pudiéramos revisar las declaraciones y garantizar la precisión de los testimonios. Había entrado muchas veces en una de esas salas aisladas y sin ventanas, bien iluminadas y con un ambiente acústico idóneo, y siempre me invadía la sensación de ser un viejo buscador de oro dispuesto a separar con una batea el metal de otros sedimentos. En nuestro trabajo, las bateas eran nuestras habilidades de observación, razonamiento lógico y pensamiento analítico, y había que separar la verdad de la mentira.

–Buenos días. –Ambas me devolvieron el saludo con un «hola» desabrido, que pronunciaron casi a coro–. Empecemos. Sabemos que le fue infiel a su marido con Óscar Revilla. Cualquier madre y esposa nos habría confesado la infidelidad, y ya ni hablemos del tema de los vídeos. –Edurne me lanzó una mirada felina, como la que dirige un tigre antes de clavar los colmillos en la yugular de su presa–. Usted es consciente de que hay grandes posibilidades de que el asesino de Carolina y de Tomás sea alguien del entorno familiar. Cualquiera de las madres con las que he tratado en otros casos lo hubieran contado todo con tal de ver al asesino de su hija y de su marido entre rejas. Sin embargo, usted mantuvo la boca cerrada en asuntos, por así decirlo, turbios. ¿Por qué? Y si va a venirme con que tenía miedo de que se enterara la prensa y se manchara la reputación de su marido y de su hija, puede ahorrarse la excusa, porque la ha exprimido hasta dejarla seca. Jamás, en toda mi carrera, un familiar inocente me ha escondido tantos sucesos relevantes –dije, enfatizando la palabra «inocente»–. Y luego se ofende cuando la etiquetamos de sospechosa...

–Mi *affaire* con Óscar terminó hace mucho tiempo.

Existen señales en la cara, en las manos y en la forma de hablar que pueden ayudarte a detectar cuándo alguien te miente. Pero si ese alguien se mantiene con la espalda erguida y las manos entrelazadas sobre la mesa, quieto como un maniquí, resulta complicado averiguar si dice la verdad. La teoría es que si una persona es coherente en su comportamiento significa que se siente segura y que, por tanto, no pretende engañarte. Y Edurne se comportaba con la misma frialdad de siempre. Ni el más mínimo rubor ni la más mínima expresión. Ningún tono irregular en su voz. Me enfrentaba a una de esas personas complicadas de leer.

–No lo niega, entonces.

–¿Cuántos años te caen por adulterio?

Su abogada le susurró algo al oído.

–Por engañar a tu marido, ninguno; por ser cómplice de asesinato, unos cuantos.

Si de algo estaba seguro era de que Edurne no estuvo presente cuando Carolina y Tomás murieron. Pero no estaba tan convencido de que no fuera cómplice de quien, según ella, ya no era su amante.

–Ahora mismo, Óscar la estará tirando a los leones en la sala 2. Como si lo viera; es lo más habitual en casos de confabulación. Su abogada pactará con el fiscal una reducción de condena a cambio de ayudarnos a esclarecer los hechos. El que no corre vuela y los primeros en desembuchar se llevan el trozo más grande de pastel.

–Ni Óscar ni nadie puede probar que confabulara para matar a mi marido y a mi hija. No puede demostrarse lo que no ha sucedido. Las pruebas hablarán por sí solas cuando llegue el momento. Y le adelanto una cosa, inspector: cuando todo esto acabe, no es necesario que se acerque a mi casa a pedirme perdón por haberme acusado de ser la peor madre y esposa del mundo. Está usted perdonado. Pero hoy permítame un poco de descaro. Mi hija y mi marido están muertos y mi reputación agoniza. Mañana mi rostro aparecerá en la primera plana de los periódicos. Desde entonces, y hasta que detengan al asesino de mi hija y de mi marido, para los ineptos que viven en este país de pandereta yo los habré matado. Debería darle vergüenza hacerle esto a una madre que llora la pérdida de sus seres queridos a manos de un sádico.

Edurne logró hacerme tragar saliva. No obstante, me mostré firme:

–Nos mintió por omisión. Y antes que a nosotros, a nuestros compañeros de la Brigada de Homicidios y Desaparecidos. Sus actos la han sentado en esa silla.

Elsa Bermejo

Sala 2

Si Revilla era nuestro hombre, iba a mentir como un bellaco desde el primer segundo, así que entré dispuesta a fijarme en sus palabras, pero sobre todo en las señales que los mentirosos emiten sin darse cuenta. Las inconsistencias en el rostro, en las manos, en la forma de hablar, en las palabras. Y, ante todo, en comportamientos que contradicen su forma habitual de comportarse. Taparse los ojos o la boca, un dedo que acusa o que intenta distraer, frotamientos nerviosos, rascarse como si tuviera sarna, usar interjecciones como «eh...» o «mmm...», repetir preguntas antes de responderlas, etcétera. Una escasez abrumadora de detalles. Sudores, rubores, negaciones inconscientes...

–Cuénteme lo de su aventura con Edurne. ¿Por qué nos la ocultó?

–No les dije nada porque es cosa de dos y pactamos olvidar

el tema y pasar página. Me prometió que se divorciaría de Tomás, pero no pudo ser.

Al contrario que en su despacho, noté que los ojos del psiquiatra me rehuían, que miraban hacia las esquinas de la sala: ¿tenía miedo a darme una respuesta incorrecta?

–Edurne tenía una hija y no quiso hacerla pasar por el trauma de un divorcio, ¿me equivoco? –especulé–. Carolina fue la causa de que Edurne no diera el paso. Cuando hay hijos de por medio, es común que una de las partes se eche atrás en el último momento. Promesas de amantes que se lleva el viento. Y, como está obsesionado con ella y el amor nos hace cometer locuras, secuestró a su hija y a su marido para tener vía libre. ¿Voy bien?

Revilla negó con la cabeza.

Mi teoría mostraba más grietas que una presa al borde de la rotura. ¿Dónde encajaban las torturas y las violaciones? ¿Y la cruz? ¿Y la nota de rescate y el vídeo? Una cosa es que un reputado psiquiatra decida quitar de en medio al marido y a la hija de su amante porque, además de estar más enfermo que sus pacientes, busca tenerla para él solo, y otra era ahorcar a Tomás y violar y torturar a Carolina hasta la muerte. Pero, dada su soberbia, decidí recurrir a la provocación sin fundamento. Con suerte lo empujaría a incurrir en contradicciones.

–Usted ha visto mucho *CSI Miami*, me parece a mí. Si me conociera bien, sabría que soy incapaz de matar a nadie, y menos aún de violar y torturar. Sé que han hablado con mis subordinados y no creo que hayan dicho nada malo de mí. Soy psiquiatra, por Dios. Ayudo a enfermos mentales a salir adelante. Es absurdo acusarme de ser un sádico. Es tan ridículo que da risa.

Me dedicó la conocida como sonrisa de cocodrilo. Huye cuando un cocodrilo te sonríe: te está enseñando la mandíbula para atacar. Lo mismo sucede con los humanos. Una sonrisa sincera suele crear arrugas en los ojos y en las comisuras de los labios. Si alguien te sonríe, pero no hay arrugas por ningún lado, se trata de un gesto forzado, posiblemente para intentar convencerte de la mentira que acaba de contarte.

–¿No se cansan de señalar sin ton ni son, de recurrir constantemente a la mentira? –continuó–. ¿O es que están acostumbrados a meter a inocentes entre rejas? ¿Van a falsear pruebas también?

–No se haga la víctima.

–La víctima es usted, de su propia ineptitud –soltó mientras su abogada tomaba notas en su tableta–. Fui yo quien dejó a Edurne. –Me señaló con el dedo índice–. Fue ella quien se empecinó en seguir con la relación. Tomás era mi amigo, he llorado mucho su muerte y la de Carolina. Y me arrepiento de mi aventura con su mujer. –Escondió los labios hacia dentro de forma que casi no se los podía ver–. Me equivoqué, supongo que el corazón no entiende de amistades. Nos están haciendo mucho daño. –Su gesto beligerante cambió a uno de súplica, pero seguía sin mirarme a los ojos–. Que tuviéramos una aventura no guarda relación con los asesinatos. El sádico que los mató es un don nadie desligado del entorno familiar que sale a cazar a plena luz del día porque no le importa acabar en la cárcel. Solo busca saciar su perversión sexual. ¿No lo ven? Secuestró primero a la hija y después al padre para cumplir una de sus enfermizas fantasías. Y, si no dejan de perder el tiempo buscando donde no deben, volverá a hacerlo.

Conté las veces que había pestañeado durante su intenso monólogo. Una persona pestañea unas cinco o seis veces por minuto. Revilla lo hizo unas diez veces cada treinta segundos.

Inquietarse durante un interrogatorio es normal, pero que una persona que ha mostrado aplomo y autocontrol cuando has inspeccionado su casa o cuando lo has entrevistado en su despacho se altere a la mesa de interrogatorios no lo es tanto.

Ejerza de lo que ejerza.

Álvaro de la Torre

Sala 1

—Yo rompí la relación —aseguró Edurne—. Él siempre ha intentado volver conmigo. No hace ni un año me dijo que era el amor de su vida. Pero yo siempre le digo lo mismo: que lo nuestro fue un error y, que aunque Tomás y yo durmiéramos en camas separadas... En fin, que aún sentía algo por él.

—¿Lo ve capaz de matar a Carolina y a Tomás, su mejor amigo, para volver a estar con usted?

—No. Es un buen hombre.

Me levanté de la silla.

—Acompáñenme.

Salimos de la sala 1 y les pedí que esperaran en la de seguimiento.

Me asomé a la número 2.

Elsa Bermejo

Sala 2

—¿Quién dice que dejó la relación? —me preguntó Álvaro desde el umbral de la puerta.

—Dice que él.

—Lo imaginaba.

Álvaro salió un momento y, haciendo caso omiso al guion que habíamos escrito a cuatro manos, plantó a Edurne y a su abogada al lado de Revilla y la suya. La sala de interrogatorios empezó a parecer el camarote de los hermanos Marx.

—¿Quién miente? —les preguntó—. ¿Quién dejó a quién?

—Yo lo dejé —zanjó Edurne.

—Eso es mentira —la contradijo Revilla—. Yo corté la relación.

—Yo te dejé —reiteró Palaciego, sin renunciar a su característico temple—. ¿Por qué mientes, Óscar?

«Estos dos estirados no volverán a darse besitos», presentí traviesa mientras los observaba enzarzarse como dos niños en el patio de un colegio.

Esperamos a que apareciera una frase delatora en el fragor de la riña, un «ya te dije que no saldría bien» o «no debiste cortarla» o «colgarlo fue mala idea», pero las abogadas no tardaron en hacer su trabajo y, paulatinamente, Palaciego y Revilla bajaron el tono hasta que la sala quedó en silencio.

El clic que lo cambia todo. El momento crucial. El punto de inflexión. La cuestión clave. El desencadenante. Uno puede llamar de muchas formas a la prueba que se resiste a aparecer.

—Volvamos a la sala 1 —le ordenó Álvaro a la señora Palaciego.

—Sigamos —dije yo cuando mi compañero cerró la puerta.

—¿Por qué cree que miente Edurne? —pregunté al psiquiatra.

—No tengo ni idea.

Álvaro de la Torre

Sala 1

—¿Por qué cree que Óscar miente?

—No entiendo qué gana haciéndome pasar por una mentirosa. Les oculté que mi hija asistía a fiestas sexuales y que engañé a mi marido para protegerlos. Admitámoslo: nadie esperaba encontrar con vida a Tomás y a Carolina. ¿Qué ganaba manchando su reputación? Siempre he sido una mujer pragmática. A mi marido le obsesionaba dejar un legado. ¿Cómo iba a permitir que pasara a la eternidad como un mal padre, que sus logros académicos quedaran solapados por fiestas sexuales e infidelidades? Es normal que un padre se enfurezca al descubrir que su hija va por el mal camino. Estaba convencida de que ni los vídeos ni la infidelidad guardaban relación con las desapariciones. Lo juro por mi vida. A Carolina la raptó un sádico, por eso estaba llena de cicatrices, y después secuestró a mi esposo para su juego macabro.

—Usted nos dijo que pensaba que su marido se quitó la vida.

—Me retracto. Se han empecinado en que es alguien de su entorno. ¿Por qué? ¿Porque tras descubrir los vídeos de las orgías pasamos una mala racha? ¿Porque tuve un idilio con Óscar? ¿Porque me callé detalles embarazosos de nuestras vidas?

—Las contradicciones y las mentiras suelen ser indicativas de culpabilidad.

—No puedo hablar por Óscar, pero yo no escondo nada deshonesto. Ya no. Lo saben todo sobre mí; ha sacado mis secretos más oscuros a la luz. Soy mala cuando me hacen daño y buena cuando me tratan bien; amaba a mi hija y a mi marido y los echo de menos; me dolió ver a Carolina fornicando con hombres y mujeres; he derramado diez u once lágrimas en mi vida, todas por ellos; engañé a mi marido, pero me arrepentí y rompí la relación porque me di cuenta de que aún lo amaba... ¿Qué más quiere saber?

—¿Tuvo algo que ver con la muerte de su hija y de su marido?

—En absoluto.

Elsa Bermejo

Treinta y tres minutos más tarde

—Creo que Edurne dice la verdad —resumió Álvaro.

—Pues yo creo que Revilla miente más que habla.

171

A pesar de que considerara que el psiquiatra no había sido sincero en sus declaraciones, los interrogatorios no marcharon tal y como esperamos. ¿Los sospechosos llegaron con un guion estudiado? Tal vez. En una ocasión, uno se cortó una mano para escapar de nuestros radares; un poquitín de teatro no era nada comparado con eso.

Edurne Palaciego negó estar relacionada con las muertes.

Óscar Revilla rechazó cualquier implicación en los hechos.

Quién dejó a quién resultaba irrelevante.

No es que hubiéramos avanzado demasiado.

El potencial móvil descubierto en un hotel de la calle de la Encomienda quedó apartado como una posibilidad.

«Crees haber dado un paso adelante –pensé en mi mesa– y un día después das un pasito atrás».

La subinspectora Belicha se acercó a nosotros cuando yo repasaba el vídeo del interrogatorio de Palaciego y Álvaro el de Revilla.

–Espero que traigas buenas noticias –dije suplicante.

–El coche de Óscar Revilla fue grabado la noche de los hechos por una cámara de tráfico de la M-30. He tardado en detectarlo porque la grabación se realizó a más de cuatro kilómetros de la salida 11, la que debe tomarse para llegar a la fábrica.

–¿Y no sabemos si acabó tomando esa salida? –preguntó Álvaro.

–No. Lo siento.

–A ver si lo entiendo. ¿Se le grabó circulando lejos del lugar de los hechos?

–Hombre, dicho de ese modo... –contestó Belicha.

–Menudo avance –espetó Álvaro indignado–. ¿Y sabías esto hace media hora? Porque ese majadero ha estado aquí...

A mi compañero empezaba a notársele inquieto.

–Acabo de confirmarlo. No es una prueba en realidad,

pero demuestra que os engañó cuando lo entrevistasteis en su clínica.

Belicha consiguió que nuestros gestos de decepción cambiaran a unos de optimismo.

—Eso es una verdad como un templo —dije animada—. Envíanos la grabación. Buen trabajo.

—He anotado también el nombre de un depredador sexual que salió de la cárcel una semana antes de que Lago desapareciera. Circulaba a las dos menos cuarto de la madrugada por las inmediaciones del lugar de los hechos. ¿Queréis que me encargue de investigar si guarda relación con los crímenes?

—Claro. Gracias —dijo Álvaro—. Y perdona mi subida de tono de hace un momento.

Belicha asintió con la cabeza y volvió a su mesa para investigar la posible implicación del tipo con antecedentes penales de índole sexual.

—¿Qué opinas? —me preguntó.

—Que tenemos que pedir órdenes de registro para las viviendas de Revilla. Es cierto lo que nos contó sobre el robo en su vivienda de Ávila y que la Policía no logró identificar a los ladrones. Pero... ¿sabes qué? Creo que aprovechó el incidente para no tener cámaras en Madrid que lo delataran. Tuvo un *affaire* con la señora Palaciego o, lo que es lo mismo, con la madre de una de las víctimas y esposa de la otra. Ahora sabemos que nos mintió cuando lo entrevistamos en su consulta. Y no hablamos de una mentirijilla, sino de dónde estaba cuando el asesino se deshizo del cuerpo de Carolina. Ahora mismo es nuestra única baza.

—Estoy de acuerdo.

Pedimos órdenes de registro para sus dos viviendas. Le demostramos al juez de instrucción que la búsqueda era razonable, que existía una alta probabilidad de que Revilla estuviera relacionado con los asesinatos de Carolina y de Tomás Lago.

Álvaro de la Torre

Mi amigo Joaquín me dio un telefonazo cuando mi portátil marcaba las 18:17 h.

–¿Qué pasa, *flipao*? –contesté risueño a pesar de estar decaído.

–¿Unas cervecitas en Los Divinos cuando salgas del curro?

–No me vendrá mal un poco de esparcimiento. Además, Teresa trabaja hasta las nueve.

–No puedes vivir sin ella, ¿eh?

–Ni puedo ni quiero.

–Entonces, ¿quedamos a las siete y media y tomamos unas tapas?

–Estupendo.

–Entonces, hasta dentro de un rato.

–Hasta después.

Una hora y cuarto más tarde

Antes de entrar en Los Divinos, respiré hondo y, mientras miraba hacia un lado de la puerta, me dije: «Ahí te quedas, oscuridad».

Me colé detrás de la barra y le planté un beso a Teresa en los labios. «¡*Iros* a un motel, guarros!», gritó Joaquín desde una de las mesas más esquinadas del local.

–Voy a ver qué cuenta el *flipao* este –le susurré a Teresa.

–Ten cuidado, que va por la cuarta –me previno.

–¿La cuarta?

–Hoy tiene más prisa de lo normal en hacer el ridículo. Te pongo una cerveza a ti también, ¿no?

–Claro. Gracias.

–Enseguida estoy con vosotros.

Caminé por un paraje de rostros castigados por los excesos mientras saludaba con la cabeza a los parroquianos que se dejaban caer por allí con la asiduidad de un devoto a la diosa Melopea. Hombres y mujeres que dejaban sus problemas en la puerta de Los Divinos, como acababa de hacer yo, y quienes no podían renunciar a ellos hacían lo posible por ahogarlos en alcohol.

Joaquín se había acomodado en una mesa cercana a los servicios; antes de sentarme percibí un desagradable olor a pis mezclado con desinfectante barato.

–¡Dichosos los ojos! –exclamó en cuanto me tuvo enfrente–. ¡El gran Álvaro de la Torre se digna a quedar con su único amigo!

–Tú no eres mi único amigo.

–Los del trabajo no cuentan.

–Porque tú lo digas.

Joaquín le dio un largo trago a su botellín justo cuando Teresa dejaba mi caña sobre el tablero desgastado en el que apoyábamos los codos.

–Gracias, amor –le agradecí con dulzura.

–Ponme otra, Teresita –pidió Joaquín con los ojos de un beodo.

Teresa me echó una de sus miradas de inquietud.

–¿Qué? –espetó mi único amigo, sin contar a los del trabajo–. ¿No puedo beber hasta caer redondo?

Teresa suspiró y volvió a la barra, pero antes me advirtió: «Que no la líe, u os echo a la calle a los dos».

Sonreí y exhalé un «descuida», que sonó a desaliento.

–No voy a permitir que hagas eso de caer redondo, *atontao* –le dije a Joaquín cuando estuvimos a solas–. A ver, cuéntame, ¿qué te pasa? Y no me vengas con que nada, que te conozco como si te hubiera parido. Solo bebes así cuando te inquieta algo.

–Te lo cuento con dos condiciones –susurró mientras se me acercaba por encima de la mesa, como si pretendiera encargarme un asesinato.

—Habla y deja de hacer el imbécil.

—De acuerdo. Las condiciones son estas: que no me des el coñazo y que olvides tu juramento.

—¿El juramento hipocrático?

—Qué *hipoleches* ni qué niño muerto. A mí no me vengas con tecnicismos. El juramento ese que hacéis los nuevos agentes.

—El hipocrático.

—Vete a cagar.

Era consciente de que el juramento hipocrático está reservado a quienes se gradúan en Medicina, pero me encantaba buscarle las cosquillas.

—¿Me vas a contar lo que te pasa o no?

—Me he cagado en el felpudo de un vecino.

—¿Qué?

—Un vecino pone la música muy alta a deshoras. Le he pedido varias veces que la baje, pero no me hace ni puñetero caso. Ayer, a las once y pico de la noche, me envió literalmente a la mierda. Y hoy, antes de irme al trabajo, me ha dado un apretón en el descansillo y, en vez de volver a casa a plantar un pino, se lo he plantado en el felpudo.

Rompí a reír estrepitosamente. Medio bar se me quedó mirando. Aquella insólita confesión logró suspender el desánimo que me causaba el caso Lago.

—No te rías, joder, que el tío mide dos metros y pesa como doscientos kilos.

Su acongoje no hizo más que agudizar mis carcajadas.

—¿Y cómo te has limpiado el culo?

—He vuelto a casa con los pantalones bajados.

—¿Con el pasito de las muñecas de Famosa?

—Algo así.

La imbecilidad de mi amigo consiguió que llorara de la risa.

—¿Y si te hubiera visto alguien?

—Llevo diez años levantándome a la misma hora y jamás me he cruzado con ningún vecino.

–Madre mía. –Me sequé las lágrimas con el dorso de la mano–. Si algún día hacen un concurso de pardillos en Madrid, no digo que lo ganes, pero el podio lo tienes asegurado.

–Tú ríete, pero seguro que el mastodonte ese intuye que he sido yo y tiene muy mala baba. Puede que mañana te toque investigar mi asesinato.

–¡Ya está bien, macho, que me voy a mear encima!

–Vete a tomar por culo.

–¿Yo? Eso tú, bobo, que te cagas en el felpudo de un tío que puede cambiarte el zodiaco de una hostia. ¿Puede saberse en qué estabas pensando?

–¡No lo sé! ¡Se me fue la olla!

–Te falta un tornillo. Lo digo en serio. Deberías ir a que te hagan un TAC. ¿Por qué no pusiste una denuncia, como hace todo el mundo?

–¿Crees que no he llamado a la Policía? Perdona que te lo diga, pero ese tipo de denuncias os las pasáis por el forro. Como si esas cosas no jodieran la vida de las personas. Te toca un cabrón por vecino y se te acaba la tranquilidad. El desgraciado recibe una reprimenda y sigue a la suya. Y no quería meterte en líos: bastante tienes ya con el caso Lago.

–¿Quieres que te solucione la papeleta?

–¿En serio?

–Sí.

–Siempre y cuando no te traiga problemas, claro que quiero.

–Pues deja de beber ahora mismo.

–Vale.

–¿Cómo se llama el mastodonte?

–Paco no sé qué.

–Paco no sé qué. –Puse cara de circunstancias–. ¿Y vive en el...?

–4.º B.

–Me voy.

–¿Ahora?

–Sí. Ahora. Tú lo has dicho: bastantes historias tengo ya como para meterme más en la cabeza.

–¿Y qué piensas hacer?

–Tú limítate a actuar como si nunca te hubieras cagado en el felpudo de nadie.

–De acuerdo. Y gracias.

–La próxima vez, recapacita antes de hacer una estupidez.

«Bastante tengo ya con Elsa», pensé antes de incorporarme. Apenas le había dado un sorbo a la cerveza.

Me acerqué a la barra y esperé a que Teresa acabara de servir a un cliente.

–Voy a solucionar una metedura de pata –le susurré en cuanto se me acercó–. Luego te cuento.

–¿De Joaquín?

–De quién, si no.

–¿No será peligroso?

–Un crimen escatológico que requiere de toda mi pericia policial.

–Qué habrá hecho ahora el Joaquinito... –Puso los ojos en blanco.

–Hablamos en casa, ¿vale?

–Sí, claro. Hasta después.

Doce minutos más tarde

Joaquín vivía a diez minutos a pie de Los Divinos y fui hasta allí dando un paseo. Llamé a un piso al azar en el portero automático y pedí por favor que me abrieran. No necesité echar mano de mi cargo policial.

Subí por las escaleras. Un bloque agradable a la vista, limpio, en apariencia de menos de diez años de antigüedad. No era tan bonito como el mío, pero no estaba mal.

Conocía bien a la esposa de Joaquín –de armas tomar– y a su hijo pequeño –revoltoso a más no poder– y, por descontado, las habitaciones que permanecían al otro lado de la puerta del piso que dejé atrás rumbo al 4.º B.

El ruido cruzaba las paredes de la vivienda del tal Paco como un punzón un bloque de plastilina.

«Será hijoputa».

Me indignan los vecinos que no respetan el descanso ajeno. Esos que llaman a voces a su perro o a sus hijos desde el descansillo, que taladran las paredes a horas intempestivas o ponen la música a todo volumen cuando todos están durmiendo.

Decidí, en consecuencia, darle una lección.

Llamé al timbre. El volumen de la música bajó poco antes de que se abriera la puerta. En efecto, Paco era un tipo corpulento.

–¿Sí? –dijo con cara larga, sin tomarse la molestia de saludar.

–Hola. –Le mostré mi placa, obviando darle mi nombre; una pasadita rápida ante los ojos para que no se fijara en los detalles–. Soy policía. Busco a un demente que se ha cagado en los felpudos de varios pisos de los bloques colindantes. –Me costó horrores poner cara de póker–. ¿Ha advertido algo extraño en este edificio? Sé que suena raro, pero es que el tipo tiene problemas mentales.

–Pues sí –afirmó enfático–: esta mañana, precisamente, cuando he salido para ir al trabajo, me he encontrado con un mojón en todo el felpudo. –Fruncí el ceño y asentí lentamente; solo me faltó sacar mi bloc de notas y tomar apuntes–. He aporreado la puerta del piso de al lado, creyendo que había sido el imbécil de mi vecino.

–¿Por qué ha pensado en su vecino?

–Se queja todo el tiempo de que hago ruido, pero no es cierto.

–Cuando yo he llegado, la música se oía por todo el pasillo.

–Porque es pronto; luego la bajo.

–Ya.

«Maldito mentiroso de mierda».

–¿Guarda el felpudo?

–Está secándose en el balcón.

–Métalo en una bolsa y tráigamelo. Es una prueba importante.

–Claro.

Aproveché su ausencia para inspirar largo y profundo; me las vi y deseé para no sonreír mientras le tomaba el pelo. El tipo –de quien no conocía ni siquiera el apellido, ni falta que hacía– regresó con el felpudo metido en una bolsa de basura.

–¿Quiere que se lo devolvamos cuando la Científica acabe de analizarlo o le da igual?

–No, no. Pueden quedárselo.

–El tipo tiene problemas mentales, como le he comentado, y marca las casas que pretende allanar con..., bueno, ya sabe, una cagada en la entrada. –Me salió un pareado sin querer. Sin duda, aquella intervención pasaría a coronar el *ranking* de mis mayores estupideces–. No haga demasiado ruido, por cierto –continué, serio como un entierro–: no allana viviendas vacías. Entra y muerde al primero que pilla. Si cree que no hay nadie, seguirá su camino. Y, por favor, no hable de esto con nadie. Estamos intentando que no se filtre a la prensa. Si se le ocurre llamar a alguna cadena de televisión o publicarlo en alguna de sus redes sociales...

–No, no, tranquilo. No haré nada de eso.

–Gracias. Y si observa algo extraño, haga el favor de llamar a cualquier comisaría de Madrid.

–Claro.

–Gracias por atenderme.

–Gracias a usted por buscar a ese tarado.

«Menudo pardillo –pensé mientras caminaba hacia las escaleras, con el gesto de un niño que acaba de hacer una trastada–. Espero que no hable con ningún otro policía. De todos modos, nadie me ha visto y no le he dicho mi nombre. Es su palabra contra la mía».

Telefoneé a Joaquín de camino a casa y le informé de lo que había sucedido y de cómo actuar en adelante.

«Reírse de un gilipollas siempre sienta bien –me dije mientras subía escaleras rumbo al hogar–. Y bien está lo que bien acaba».

Teresa y yo nos echamos unas risas con los entresijos del caso Defecador, como el incidente entró a formar parte de mi expediente de anécdotas policiacas.

22

Elsa Bermejo

21 de enero de 2019, 09:42 h
Comisaría General de Policía Judicial, Madrid

—¿Has mirado nuestro correo? —le pregunté a Álvaro.

—No en los últimos cinco minutos.

—El juez ha denegado las órdenes.

—¿Qué? Voy a hablar con Ibáñez. ¿Vienes?

—¿No sería mejor empezar por Valcárcel?

—A la mierda Valcárcel.

—Eh, no te pases, chaval. —La voz de nuestro inspector jefe nos sorprendió por la espalda—. ¿Cómo que a la mierda Valcárcel?

Álvaro no supo dónde meterse; yo tuve que contener la risa.

—Lo decía en general, me refería a que estoy harto de que nos pongan trabas.

—¿Y mandas a la mierda a quien nunca te da la espalda?

—Lo siento. Ya sabe: de vez en cuando pagan justos por pecadores.

—Tranquilo. Si me dieran un euro por cada vez que me he cagado en vuestras madres... —Me sorprendió su escandalosa sinceridad—. En fin. ¿Qué ha pasado?

—El juez ha denegado las órdenes.

—¿De las casas de Revilla?

—Exacto.

—Es lo que pasa cuando vas con pruebas circunstanciales. Tendréis que aportar más. El juez de instrucción tiene que verlo claro. Si durante las diligencias previas ha determina-

182

do que el asesino no pertenece al entorno de Carolina... Ya sabéis que a Navarro no es fácil hacerle cambiar de opinión. Así que aportad pruebas, no indicios de mierda.

–Nuestras sospechas están más que fundadas –dije molesta.

–No digo que no, Bermejo. Pero... –Valcárcel se encogió de hombros.

–Si se tratara de un mindundi –espetó Álvaro–, otro gallo cantaría, ¿verdad? Pero como es un reputado psiquiatra forrado de pasta...

–Lo siento mucho, la vida es así, no la he inventado yo, o-o-o... –Valcárcel, con toda la guasa del mundo, entonó el estribillo de la canción *El jardín prohibido*–. Encontrad más pruebas y volved a pedir las órdenes. Y dejad de quejaros como dos novatos.

El inspector jefe nos dio la espalda y anduvo por el pasillo que formaban nuestras mesas.

–Vamos a hablar con sus vecinos –le sugerí a Álvaro–. Son chalés, pero puede que vieran algo importante y ni siquiera lo sepan.

–De acuerdo.

Álvaro de la Torre

20:42 h

Nos preparamos dos ensaladas y unos filetes de pollo a la plancha y los trasladamos a la cama sobre las bandejas plegables.

–Sé que no te gusta hablar del trabajo en casa, pero una es curiosa –dijo Teresa–. ¿Qué tal vais con el caso Lago?

–Ahora mismo está en punto muerto. Intuimos quién lo hizo, pero no podemos demostrarlo. Y eso frustra a cualquiera. Me temo que el asesino hizo *staging*.

–¿*Staging*?

–Un anglicismo que usamos algunos criminólogos para definir la forma de actuar de determinados asesinos.

–¿Y en qué consiste?

–En simular. El asesino tiene conciencia forense o, lo que es lo mismo, sabe las pruebas que buscaremos y trata de deshacerse de ellas y añade de su propia cosecha. El escenario se teatraliza, por decirlo de algún modo. Casi con seguridad eligió minuciosamente el lugar para abandonar el cadáver y tras deshacerse del cuerpo colocó una cruz de madera para que pareciera un crimen ritual. Los asesinos que manipulan las escenas suelen ser personas cercanas a la víctima, y, conscientes de que pueden convertirse en sospechosos, la alteran para entorpecer la investigación.

–Entiendo. No sería lógico que una persona que no conociera a los Lago hubiera decidido alterar las escenas.

–No suele ocurrir, pero tampoco es inviable. Implica la manipulación del cuerpo, el transporte, tiempo y esfuerzo y, por lo tanto, un mayor riesgo de ser visto. Si no intuyes que la Policía va a llamar a tu puerta, ¿para qué tomarte tantas molestias? Espera un momento.

Cogí el móvil de encima de la mesilla.

–¿Qué pasa?

–Tengo que hablar con Elsa. Si espero a mañana, me paso la noche en vela.

–Anda, llámala.

Mi compañera descolgó cuando aún no había sonado el tercer tono.

–Dime. ¿Qué ha pasado?

–Tengo que contarte algo o reviento.

–¿Has averiguado algo?

–No, pero he tenido un pálpito. Si como me temo el asesino teatralizó la escena, por qué no pensar que todo es falso. La nota, el vídeo, la cruz... Todo. Incluso le provocó las cicatrices para desviar la atención del verdadero motivo. La mantuvo secuestrada más de un año; tuvo tiempo de sobra para maquinar modos de confundirnos. Creo que el asesino es alguien de su entorno y que ese alguien tiene un motivo que va más allá del disfrute personal.

–Pero, por esa regla de tres, los pedazos de cerámica también formarían parte del engaño.

–Existe la posibilidad, sí.

–¿Y cuál sospechas que es ese motivo que va más allá del disfrute personal?

–No tengo ni idea. ¿Estás con Iván?

Anhelaba conocer la opinión de un perfilador criminal.

–Sí.

–Conecta el altavoz.

–Ya está conectado.

–Estupendo. ¿Qué tal, Iván?

–Hola, Álvaro. Pues aquí andamos.

–¿Qué opinas?

–Puestos a conjeturar... ¿Y si la sedó para hacerle las cicatrices? Estaríamos hablando de una obra maestra de la simulación. Por eso ahorcó al padre. Morir ahorcado no es que sea agradable, pero se trata de un sufrimiento corto. Por eso tantos suicidas recurren a dicho método. Pero entonces no estaríamos hablando de un sádico, sino de una mente criminal prodigiosa. Y a esos no suele pillárseles.

–Un Hannibal Lecter –dijo Elsa.

–Este caso me roba el sueño –reconocí y resoplé con aire descorazonado–. ¿Seguimos dándole vueltas mañana en la comisaría, pareja?

–Claro.

–Chao, compi. –Elsa parecía estar de buen humor.

En cuanto colgué, Teresa me miró con las cejas arqueadas.

–Cambiando de tema: ¿cómo te sientes ahora que sabes que vas a ser tío?

Sonreí: mi novia quería sacudirme el desasosiego que me

habían provocado las nuevas probabilidades y lo hizo sin disimular.

–Poco a poco voy perdiendo el miedo.

–Hasta que desaparezca.

–Eso espero. Después de lo que me tocó vivir cuando era un niño... He sufrido hasta el punto de que todo me pareciera un paso atrás. Tú, por ejemplo, hace dos años me hubieras parecido una mala idea.

–¿Perdona?

–No me malinterpretes. Durante un tiempo preferí no intimar con nadie. Me decía: «Cuantas menos personas te importen, menos posibilidades habrá de que sufras porque te las han arrebatado». En Triana deseé haber sido hijo único. «Así Carmen no habría nacido y ahora no la echaría tanto de menos», pensaba tumbado en mi cama mientras Azucena lloraba en la suya.

–Pues es hora de cambiar el chip.

–Lo hice. Te pedí salir, ¿recuerdas?

–Fui yo quien te echó el anzuelo.

–Y lo mordería tantas veces como me lo echaras.

Me aterraba pensar que un día se cansara de mis malos días, de mis caras largas, de mis ojos tristes. Trataba de ser un mejor hombre para ella. Hacerla reír –o cuando menos sonreír–, mirarla como si en mi universo solo existiera ella, besarla como si el mundo exhalara su último aliento. Aunque era consciente de que mi endemoniado trabajo me convertía en un hombre indigno de ella. Sin embargo, Teresa no parecía pensar lo mismo, y yo estaba encantado con su ceguera.

Mi móvil vibró sobre la mesita cuando nos disponíamos a lavarnos los dientes.

–Dime, Elsa.

–Tengo que contarte algo o reviento –dijo en broma, como yo minutos antes–. Pediremos órdenes para acceder a las cuentas de Google de las personas sospechosas. Puede que, antes de que apareciera el cuerpo de Carolina, alguno usara Google Maps para rastrear zonas geográficas próximas a donde se deshizo del cuerpo. Iván dice que ha sucedido otras veces. Si es tan listo como creemos, no buscaría el lugar en persona.

—Es una idea estupenda.

—Y otra cosa —intervino Neveira—: es probable que conociera el lugar donde se deshizo del cadáver. Los criminales se comportan geográficamente igual que el resto de las personas y mantienen cierta estabilidad espacial en su vida, por eso eligen para delinquir lugares y rutas que conocen. Cuando el autor de un crimen selecciona un punto para abandonar el cadáver, recurre a su mapa mental para identificar uno adecuado para sus intereses.

—¿Te lo sabes de memoria o es que lo estás leyendo? Macho, pareces una enciclopedia andante.

—Es mi trabajo conocer las teorías criminológicas. Si estudias mucho y tienes buena memoria...

—Mañana seguimos dándole vueltas al asunto. Vuestra sabiduría es una bendición —se despidió Elsa.

23

Álvaro de la Torre

28 de enero de 2019, 09:42 h
Comisaría General de Policía Judicial, Madrid

Llevaba una semana investigando desde la comisaría. Durante aquellos siete días mantuve largas conversaciones con Neveira y Elsa. Tratamos de avanzar por la vía del análisis de los patrones conductuales del asesino.

Mi compañera se acercó a mi mesa.

—Acabo de colgar a los de Investigación Tecnológica.

—¿Y?

—Han encontrado anomalías en la conducta de una de las personas de la lista que les dimos.

—Déjame adivinar: ¿Óscar Revilla?

—No, Álex Ferrer.

—No pudo ser el autor material —aseguré.

—Tiene coartada, pero, cuando lo entrevistamos la última vez, ¿no lo notaste muy tenso?

—Hablar con nosotros pone nervioso a la mayoría.

—No te diré que no, pero resulta que poco antes de la aparición del cuerpo de Carolina, Ferrer estuvo buscando zonas apartadas con Google Maps y se detuvo a examinar varios descampados de la periferia —explicó Elsa.

—¿Examinó la fábrica abandonada?

—No. Aun así, resulta sospechoso. No es tan descabellado pensar que se compinchara con alguien para matarlos, por el motivo que fuese. Mientras él estaba fuera, su amigo la secuestró. Y dos días después secuestró al padre. Y jugaron con ellos hasta que se cansaron. Los jóvenes de hoy en día están hartos de ver documentales sobre asesinos en serie y algunos se crean una imagen equivocada de tipos como Alfredo Galán, el «asesino de la baraja». Al tiempo que avanzan las técnicas criminalísticas, crece la información sobre cómo salir indemne de un asesinato.

–¿Un par de chavales complicándonos la vida?

Hice una mueca de escepticismo.

–Tampoco es que tengamos mucho donde rascar. Ahora mismo las vías de investigación están en punto muerto. Cuando nos demos cuenta, el caso estará tan frío que tendremos que investigar con gorro y bufanda. –Elsa se frotó el mentón–. ¿Para qué necesitaría una zona apartada?

–Vayamos a preguntárselo.

Treinta y tres minutos más tarde

¿Alguna vez os ha sobrevenido una aguda sensación de tristeza? ¿Echáis la vista atrás y no encontráis motivo alguno para semejante bajón anímico y, más adelante, alguien os informa de una desgracia, como si dicha excesiva tristeza sin fundamento la hubiera anunciado? No es que yo no tuviera razones para estar decaído –el caso no marchaba bien–, pero el desplome anímico que sufrí mientras conducía hacia el barrio de El Viso, en el distrito de Chamartín, no fue normal.

Elsa me preguntó si estaba bien.

–De maravilla –mentí mientras estacionaba en la calle Duque de Sevilla; era la tercera vez que nos acercábamos a entrevistar al novio de la víctima.

–Los espera en su habitación –nos indicó Amparo en cuanto pusimos un pie en la casa–. No levanta cabeza. ¿Vieron lo afectado que estaba cuando hablaron con él hace unos días? Pues ahora está peor. Por la televisión no dejan de dar detalles sobre los asesinatos, y no son agradables; menos aún si le tenías cariño a la persona de la que hablan. No les extrañe si se echa a llorar o titubea al hablar.

Intuí que estas palabras no eran para ponernos sobre aviso, sino para rogarnos con disimulo que no atormentáramos a su hijo más de lo que ya lo estaba. Sin embargo, por el bien de todos, no podíamos dejarnos nada en el tintero. Un asesino andaba suelto.

—Ya conocen el camino.

—Gracias —dije mientras Elsa asentía.

La mujer se metió en el salón y cerró la puerta, como si tratara de poner un muro entre ella, su hijo y nosotros.

Golpeé la puerta con los nudillos.

—Adelante.

Encontramos a Álex sentado sobre la cama, con las piernas cruzadas, las manos encima de las rodillas y los ojos como platos. Tuve la sensación de haberme topado con un indígena americano en plena conexión ancestral.

«¿Va fumado o qué?».

Descarté la posibilidad al no percibir olor a marihuana —que puede perdurar en el aire durante varias horas— ni a ambientador. Ni siquiera tenía abierta la única ventana de la habitación.

—Hola, Álex —saludé.

—Buenos días —dijo Elsa.

—Hola, inspectores —correspondió, sin moverse de su sitio—. Siéntense.

Nos señaló dos sillas marrón oscuro que no encajaban con el resto de los muebles del cuarto. La habitación era grande, con un armario esquinero y una cama de matrimonio con dos mesitas y un flexo sobre cada una de ellas, y una espaciosa estantería llena de libros; me entraron ganas de deslizar las yemas de los dedos por sus lomos. Encima del cabezal colgaban cuatro cuadros en vertical separados por centímetros, que en conjunto formaban un mapamundi con efecto de papiro. Un dormitorio limpio y ordenado que nunca hubiera dicho que pertenecía a un joven de veintidós años.

—¿Por qué, poco antes de que apareciera el cuerpo de Carolina, entraste en Google Maps a buscar zonas de la periferia de Madrid?

Elsa no se fue por las ramas.

—¿Creen que yo la maté? —Álex manifestó su falta de fe en nosotros con un ademán y un resoplido—. ¿De verdad sospechan que la secuestré para torturarla? ¡Si no soy capaz ni de gritarle a un perro!

—Modera el tono —lo reprendió Elsa.

Álex bajó de la cama y se metió por debajo, como una culebra que busca un escondrijo.

Miré a Elsa con cara de asombro.

—Creo que se ha metido algo —me susurró.

El chico tenía medio cuerpo bajo el somier.

—¡Por esto! —gritó tras volver a sentarse al estilo indio.

Nos mostró un botecito de cristal con un líquido incoloro dentro.

—¿Qué es?

—GHB. Tomo dosis bajas, me ayudan a olvidar. Al menos durante un rato.

—Al GHB se lo conoce como «viola fácil» —explicó Elsa—. Los indeseables lo usan para drogar, por ejemplo, a una chica en una discoteca y después abusar de ella cuando la sustancia hace efecto. Como es una droga incolora e inodora, lo mismo que la burundanga, es fácil verterla en la bebida de alguien sin que este la perciba. Que tengas GHB no te aleja de nuestras sospechas. Más bien lo contrario.

—¿En serio? ¡Si yo mismo les he confesado que la tomo!

—Tranquilízate o tendremos que seguir en una sala de interrogatorios.

—Buscaba un lugar apartado donde pillarla —dijo más calmado—. Por eso entré en Google Maps. Un amigo me dio el

191

contacto de un camello, no iba a quedar con él en mi casa, ni siquiera en el barrio. Me dio miedo que alguien nos viera y se lo contara a mis padres. La mayoría de nuestros vecinos tienen un palo metido por el culo y mis padres también. Me metí en el Maps para buscar un lugar apartado donde hacer el intercambio. Esa es la verdad. Me pueden creer o no, a mí ya me da lo mismo. Ya no creo en la justicia. Ya no creo en ustedes dos. No creo en nada.

–¿Quedasteis en el camino de la Canaleja? –le preguntó Elsa.

–No lo recuerdo, pero puedo darles el nombre y el número de teléfono del camello.

Elsa sacó la tableta para apuntar los datos.

–Dime.

–Un momento.

Álex cogió el móvil del primer cajón de la mesilla de noche que tenía a mano derecha y trasteó con él mientras nosotros lo observábamos meditabundos.

«Él no tuvo nada que ver», concluí en mi fuero interno.

–Apunte. Bueno, no sé su nombre real. Vive en Hortaleza, eso sí me lo dijo. No es que nos pusiéramos a contarnos la vida. Por allí lo conocen como el Anfeta.

Tras anotar mi compañera el número del Anfeta, Álex prosiguió excusándose con voz temblorosa:

–He visto lo que le hicieron. Por la televisión sacaron un dibujo con las heridas. Dicen que la cortaron más de doscientas veces. –Ni Elsa ni yo lo corregimos. Qué más daba si eran cien, mil o cincuenta las veces que la habían rajado–. La dejé de lado cuando más me necesitaba. En vez de ofrecerle mi hombro para que llorara, pasé de ella cuando me contó las movidas que tenía con sus padres. Tuvo que meterse en un lío tremendo. Si la hubiera apoyado, tal vez no habría tenido que acercarse a quien no debía. A lo mejor la captó una secta –dijo, como si acabara de sobrevenirle la sospecha.

Fiesta aparcado delante del nuestro. El joven movió un brazo espasmódicamente y exhaló un quejido gutural antes de apagarse como una luciérnaga aplastada por la suela de una bota. Sus brazos quedaron colgando del techo de un modo antinatural, uno de ellos con un hueso fuera. Varios hilos rojos empezaron a pintar la carrocería blanca. No pude despegar la mirada de las líneas encarnadas que descendían por los cristales, como el sudor de un jugador de ruleta rusa.

Hasta que un grito me hizo echar la vista al cielo.

Amparo chillaba asomada a la terraza con la manos a la cabeza y el gesto desencajado. Temí que se arrojara detrás de su hijo. Varios vecinos aparecieron en las ventanas de sus domicilios. Vi que algunos jóvenes se metían las manos en los bolsillos. Pensé que lo hacían para llamar a una ambulancia; todavía confiaba demasiado en la bondad del ser humano.

Comprobé su pulso por la muñeca.

–Ha muerto –le comuniqué a mi compañera.

Me quité el abrigo y se lo eché por encima. No sentí ningún frío al despojarme de mi prenda más gruesa. Más bien lo contrario: el Ford Fiesta parecía un horno con la puerta abierta. «Malditos», pensé mientras paseaba la mirada por los vecinos que grababan la escena con el teléfono. Un cliente de una peluquería cercana salió a husmear; Elsa le gritó que volviera a meterse dentro; sin embargo, tanto el dueño como el cliente pegaron las narices a la cristalera desde el interior del local. Siempre es un misterio para mí por qué nos atrae tanto lo desagradable.

–¡Policía judicial! –grité mientras mostraba la placa a los cuatro vientos–. ¡Métanse en sus casas y cierren las ventanas!

Nadie me hizo ni puñetero caso.

No era un homicidio ni un asesinato, pero de todos modos la calle se convirtió en un kilómetro cero del infierno. Elsa sujetó a la madre cuando se abalanzaba sobre el cadáver de su hijo, al tiempo que yo llamaba a Seguridad Ciudadana.

Acordonaron la zona.

Llegó una ambulancia.

Luego el padre...

El tiempo que pasé en la calle Duque de Sevilla se me hizo eterno.

No nos marchamos hasta que retiraron el cuerpo.

¿Alguna vez os ha sobrevenido una aguda sensación de tristeza? ¿Echáis la vista atrás y no encontráis motivo para semejante bajón anímico y más adelante alguien os informa de una desgracia, como si aquella excesiva tristeza sin fundamento la hubiera anunciado?

A mí sí, poco antes de que Álex Ferrer saltara de un quinto piso.

17:15 h

Tras lo acontecido aquella inolvidable mañana, desestimamos la vía Google Maps. A Valcárcel le bastaron poco más de cinco horas para confirmar la coartada de Álex Ferrer. Los de Investigación Tecnológica seguirían buscando conexiones, pero mis esperanzas de hallar un nexo revelador se esfumaron en el momento en que Ferrer se machacó contra el techo de un Ford Fiesta. Una muerte causada de forma indirecta por el asesino de Tomás y Carolina Lago, a quien, en mi fuero interno, ya consideraba un asesino en serie. Las indagaciones en torno a la aplicación de citas tampoco estaban dando frutos. Las entrevistas a los vecinos de Revilla no aportaron más que frustración.

Los enfoques se agotaban. El caso agonizaba poco después de haber dado sus primeros pasos. Y el miedo hizo su insorteable aparición:

«Salvador Barrio, cincuenta y tres años, cincuenta puñaladas; Julia dos Ramos, cuarenta y siete años, diecisiete puñaladas; Álvaro, doce años, treinta y dos puñaladas».

El 7 de junio de 2004, un matrimonio y su hijo fueron asesinados a cuchilladas en su casa en Burgos. El crimen seguía sin resolverse.

«Ángeles Arroyo, desaparecida en 1996; Margalida Bestard, desaparecida en 2007. Un solo vínculo en común: Antonio S. O.».

A pesar de sus férreas sospechas, la Policía nunca pudo demostrar la culpabilidad de Antonio.

«Saben que fue él —me dije, al borde de la resignación—, pero no pueden demostrarlo. Como nosotros, se metieron en un callejón sin salida y allí siguen».

—Eh, Álvaro —me llamó Iván—. Acércate.

Elsa no estaba a su mesa.

—¿Qué pasa? —le pregunté, de pie a su lado.

El inspector y perfilador criminal se aclaró la voz y habló solemne:

—He encontrado un pequeño indicio que añadir a los demás. Muchos pequeños indicios pueden convertirse en una evidencia, ¿no? Pero va por delante que no sumará demasiado a la hora de pedir las órdenes de registro. Partiendo de la teoría de que el asesino conoce la zona, he estudiado el árbol genealógico de Revilla y he averiguado que su padre trabajó como encargado en la fábrica donde se encontraron los cuerpos.

—Buen trabajo. Pero estamos más o menos igual que hace una semana. Si no podemos demostrar ante un juez que los mató, da lo mismo cuántas mierdas de indicios tengamos. —Empezaba a notar el peso de la impotencia—. Ni siquiera tenemos un maldito móvil.

—Necesitamos una prueba de cargo contundente que no solo nos permita obtener las órdenes de registro, sino también la prisión preventiva. Y...

Iván miró hacia el fondo de la sala. Valcárcel caminaba hacia nosotros en compañía de una mujer de unos cincuenta años.

Elsa apareció por mi espalda justo cuando el inspector jefe nos la presentaba:

–Ella es Soraya Hernández. Trabajó para Óscar Revilla y tiene algo importante que deciros.

Algo me dijo que la declaración de esa mujer iba a tener su miga. Pero no pensé que esas migas fuera a descolocarnos todavía más.

24

Elsa Bermejo

28 de enero de 2019, 17:42 h
Comisaría General de Policía Judicial, Madrid

Me senté al lado de Álvaro y observé las facciones de Soraya Hernández.

«Tiene el mismo perfil que Carolina: pelo castaño, ojos marrones, nariz recta, pómulos marcados...».

–Bien. Cuéntenos –rogó mi compañero.

–Lo primero que deben saber –dijo desde el otro lado de la mesa– es que me ha costado reunir el valor para presentarme aquí.

–Y nosotros se lo agradecemos.

–Bueno. –Respiró hondo–. Vamos allá... Trabajé de 2009 a 2010 como recepcionista en la Clínica Revilla. Ha llovido mucho desde entonces, pero hay cosas que no se olvidan. No tenía queja del curro, estaba bien, Revilla no era lo que se dice un negrero, pero la clínica me pillaba lejos de casa. Todos los días tenía que conducir un montón de rato o comerme tres cuartos de hora de metro, y odio desplazarme en transporte público. En fin, que era un rollo. Entonces, por mediación de una amiga, encontré un trabajo cerca de casa, al que podía ir a pie, y ahorrarme una pasta en *gasofa*. Se lo hice saber a Revilla. Le dije que no me marchaba porque estuviera descontenta, sino por la distancia y tal. Fue comprensivo y, ante mi sorpresa, me dijo..., lo recuerdo como si hubiera pasado ayer: «Ahora que no vas a trabajar para mí, ¿puedo invitarte a tomar algo en una cafetería elegante que conozco por aquí cerca?». Supongo que se dio cuenta de cómo lo miraba. Siempre me pareció un hombre atractivo, a pesar de la diferencia de edad, y además estaba forrado. Los dos éramos solteros, así que me dije: ¿por qué no? Era la hora de cerrar, por lo que le propuse ir aquella misma tarde. Se me hizo raro verlo tan suelto. El doctor es un hombre serio. Hace bromas de vez en cuando, pero se guarda de relacionarse con sus subordinados. Fuera del trabajo encontré a un hombre, por así decirlo, más de ir por casa. Si les parece, voy a ahorrarme los detalles innecesarios e ir al grano. Tengo la sensación de que estoy yéndome por las ramas.

—Como usted prefiera —la instó Álvaro.

—Yo soy... Esto me da un poco de vergüenza.

—Lo que nos diga no saldrá de aquí —le prometí.

—De acuerdo. Siempre he sido una mujer fogosa y aquel día estaba...

—¿Cachonda? —dije sin pensar. Noté cómo Álvaro me miraba de soslayo con cara de bochorno—. No hay que avergonzarse por ser fogosa. La cachondez no perdona a casi nadie.

Soraya sonrió.

—Él es del Atleti, como yo. Estábamos hablando de fútbol en un ambiente de lo más agradable, cuando, entre risa y risa, le puse la mano en la entrepierna por debajo de mesa, con disimulo, ya saben. Y su gesto cambió por completo. Me apartó la mano y, en un segundo, su cara pasó de la risa a la seriedad más absoluta. Se quedó mirándome fijamente. Les juro que me puso los pelos de punta. Me quedé muda. Nadie me había mirado así en toda mi vida. He pensado muchas veces en aquella mirada, entre la lástima, la ira y la lascivia. Se levantó acelerado y me dijo: «No quiero hacerte daño». Pagó la cuenta y salió de la cafetería como un rayo. —Elsa y yo no pudimos evitar mirarnos con cara de perplejidad—. Habíamos pactado que trabajaría una semana más, pero no volví a la clínica. No obstante, me pagó el mes entero. No me hizo nada denunciable, que conste. De no haber soltado ese «no quiero hacerte daño», hubiera pensado, no sé, que sufrió abusos en su infancia y al ponerle la mano encima había revivido el trauma. Pero ayer leí en un periódico que era, o es, un conocido de la familia Lago, y que la Policía lo baraja como sospechoso y... Me he visto en la obligación moral de acercarme a hablar con ustedes.

—Ha hecho lo correcto —dijo Álvaro con gesto amable—. ¿Y dice que no volvió a saber de él?

—Hasta ayer por la tarde, que lo vi en *La Vanguardia*, no.

—¿Quiere contarnos algo más sobre Revilla?

—No hay nada más que contar.

—Bien —dijo Álvaro mientras se incorporaba—. Contactaremos con usted si necesitamos hacerle más preguntas. Gracias por su colaboración.

—A ustedes.

—La acompaño a la puerta —me ofrecí, cuando Álvaro y Soraya se estrechaban la mano.

Caminé junto a ella hasta el ascensor, en silencio.

—Gracias por contarnos lo sucedido.

—Gracias a usted por su trabajo.

Pulsé el botón del ascensor y, poco después, la puerta metálica apartó a la mujer de mi vista.

—¿Qué opinas? —me preguntó Álvaro en cuanto me senté a mi mesa.

—Que los sádicos no dejan escapar oportunidades de hacer realidad sus fantasías.

—Pienso lo mismo. —Álvaro suspiró—. Voy a volver a revisar la lista de personas que usan la aplicación de citas. Otra vez. A ver si termino de hacer descartes.

—Yo voy a examinar las grabaciones de las entrevistas. Otra vez.

Veintisiete minutos después

Elsa me puso su portátil delante de los morros. Estaba tan abstraído en la lista de personas que usaban la aplicación de citas que no me percaté de su acercamiento.

–Mira –rogó enérgica.

Miré la pantalla: Óscar Revilla posaba junto a un hombre mientras el sol iluminaba un *green* a su espalda. La bandera que usan los jugadores para saber desde lejos dónde está el hoyo aparecía por detrás de sus gorras. Vestían las correspondientes camisetas con cuello, pantalones deportivos y zapatos de golf.

–¿Sabes con quién está jugando el mierdoso de Revilla?

–No.

–Con un vocal del Consejo General del Poder Judicial. Ese cabrón se codea con jueces.

–Me importa un bledo –mentí–. Si fue él, tarde o temprano aparecerá una evidencia, entraremos en sus domicilios y no habrá juez ni magistrado que pueda salvarlo de una condena justa.

–¿¡Y dónde coño está esa evidencia, eh!? –El subinspector León se giró sobre su silla a causa de los gritos de Elsa–. ¿¡Tú la tienes!? ¡Porque ya tardas en enseñármela, joder!

La desesperación hizo mella en mi compañera.

Y, por una vez, su frustración nos vino de perlas.

25

Iván Neveira

Lo esperé a un centenar de metros de la comisaría, en el banco de un parque recoleto. Lo vi llegar vestido de impoluto negro, con las manos hundidas en los bolsillo del chaquetón.

–Buenas tardes, inspector Neveira –me saludó jovial.

–Buenas tardes, detective Echevarría.

Se sentó a mi lado sin sacar las manos de los bolsillos; lo cierto es que corría una brisa helada.

–Tu llamada me dejó a cuadros. ¿Qué has averiguado sobre el caso Verdugo?

Agradecí que me tuteara.

–Creo saber quién mató a tu compañera. Y he pensado que tenías derecho a saberlo.

Echevarría echó la cabeza hacia atrás, como si alguien hubiera tirado de los pelos de su nuca.

–Muy considerado. Pero... ¿cómo?

–He investigado y he dado con un nombre.

–¿Así de simple?

–Así de simple.

–¿Y el nombre es...?

–Jaime Sandoval.

–Sandoval, sí. Fue uno de los nombres que barajamos. Rebeca y yo lo entrevistamos, también a varios de sus familiares. El tío era más soso que una piedra. Todo el tiempo cabizbajo. Tuvimos que sonsacarle las palabras. Para mí que tenía algún tipo de retraso mental. No obstante, no fuimos capaces de relacionarlo con los asesinatos.

–Tiene una hermana.

––Sí. Poco después de que apareciera la segunda víctima, entrevistamos también a Olivia Sandoval. Entrevistamos a tanta gente que perdimos la cuenta. Pero ponme al tanto de los pormenores de tu investigación. Estoy deseando saber cómo has llegado a ese nombre.

Empecé explicándole los cómo, mi teoría de la cercanía y de la venganza, mis incontables llamadas a familiares y amigos en busca de una conexión pasada por alto, mi conversación con Nieves Callejo... Y continué por el proceso de confirmación:

–Tras subrayar el nombre de Jaime Sandoval en mi bloc de notas, llamé a la ferretería en la que trabajó durante más de diez años. Su exjefe me confirmó que, además de ser un herrero excelente, tartamudeaba al hablar. Luego llamé al director de la sucursal donde trabajaba Alberto Gómez, su supuesta primera víctima. El director, un tal Guerrero, se puso a la defensiva. Me dijo que sin una orden no podía darme datos de ninguno de sus clientes, y bla, bla, bla...

–Y lo intimidaste –dedujo Echevarría–. Si no, no estaríamos hablando ahora mismo.

–Le dije que estaba convencido de que el Verdugo volvería a actuar y que, si no me daba los datos que le pedía, tal vez fuera su hijo el que apareciera sin cabeza en un descampado. «Su hijo, su mujer y usted están en el mismo bombo. Cualquiera puede ser el agraciado con una decapitación», le solté sin más.

–Bien hecho.

–Ya. Pero el cabronazo me colgó.

–¿Cuánto tardó en recapacitar?

–Menos de una hora. –Echevarría puso cara de «si es que

no falla»–. Me explicó que Alberto Gómez le denegó un crédito personal a Jaime Sandoval.

–Sandoval es el Verdugo de Salamanca –se dijo en un susurro, pensativo–. No negaré que todo encaja.

–Fue el Verdugo –maticé.

–¿Fue?

–Le diagnosticaron un cáncer y murió hace medio año.

–Por eso caminaba como un octogenario –cayó en la cuenta el detective–. El hijoputa estaba enfermo. De ahí que dejara la guillotina en la escena: no podría volver a usarla. No lo entiendo.

–Pues está bastante claro.

–Me refiero a cómo no pudimos verlo. Tú, en un abrir y cerrar de ojos, has resuelto un caso que ha traído de cabeza a media comisaría de Salamanca. ¿Tan ciegos estábamos? –Negó cabizbajo–. Fui un cobarde al refugiarme en el alcohol. Y poco a poco fui bajando los brazos, hasta darme por vencido.

–¿Me permites una breve lección de criminología?

–Faltaría más.

–Un crimen sin resolver implica, en muchos casos, que quien lo perpetró sigue con vida, ¿cierto?

–Cierto.

–Si algo tiene la vida son cambios. Ese asesino que sigue suelto puede beber más de la cuenta y confesarle el crimen a un amigo íntimo, puede volver a asesinar, y de ese modo crear una conexión, o puede morirse de una enfermedad y abrirle los ojos a un inspector obcecado. Digamos que algunos indicios surgen cuando todo parece perdido. Vosotros me habéis dado las piezas. Algo dispersas, pero sin ellas y la muerte de Sandoval habría sido imposible atar cabos. Tu trabajo con Rebeca y el de los inspectores que os relevaron me ha dado las herramientas. Puede que parezca que he resuelto el misterio en un par de tardes, pero nada más lejos de la realidad. Es un trabajo de años. No lo hiciste mal mientras fuiste inspector de Homicidios, pero erraste siendo detective privado. Cada cierto tiempo, se debe regresar a los crímenes sin resolver en busca de esos cambios que lo modifican todo.

Echevarría me aplaudió con la mirada.

—Ten por seguro que no volveré a rendirme antes de tiempo.

—De todo se aprende.

—Así que he estado deseándole la muerte a un muerto —reflexionó suspirante.

—Puede que nunca lo sepamos a ciencia cierta.

—¿En Salamanca están al tanto de lo que acabas de contarme?

—Por supuesto.

—¿Y piensan hacer algo?

—Por el tono con el que me hablaron... La verdad es que me hicieron sentir como un novato que se mete donde no le llaman. Y a un muerto no puedes procesarlo. Supongo que me habrían hecho más caso si Sandoval siguiera con vida.

—¿Con quién hablaste? ¿No sería con un tal Cascos?

—Domingo Cascos, sí.

—Ese es más tonto que cavar en el agua.

El recuerdo de Salamanca, la ciudad que me vio nacer y donde di mis primeros pasos como subinspector de Homicidios, me trajo a la memoria mi primer encuentro con el hombre que tenía delante.

—Tú y yo nos conocimos hace tiempo, ¿sabes?

—En Salamanca, cuando tú eras subinspector. Por aquel entonces ya apuntabas maneras —dijo Echevarría.

—¿Y te lo has callado hasta ahora?

—Hasta ahora no habías sacado el tema.

Tuve la sensación de que acababan de tomarme el pelo. Resultaba evidente que Echevarría se guiaba por sus propios parámetros, que para nada eran convencionales.

–Volviendo al tema principal... –proseguí, dispuesto a transmitirle toda la información de que disponía–. No sé si lo sabrás, pero Sandoval heredó una parcela en Marugán, Segovia, a poco más de una hora en coche de Madrid y a hora y pico de Salamanca. Por lo que sé, no se investigó en su momento.

»También he podido averiguar que no se trató el cáncer de páncreas que se lo llevó por delante. Cuando el dolor se volvió insoportable, se cortó las venas en la bañera. Un modo extraño de afrontar una enfermedad. Mis averiguaciones, por tanto, concluyen que Jaime Sandoval fue el Verdugo de Salamanca. Tal vez me equivoque y un día de estos aparezca una persona decapitada en un descampado, pero lo dudo bastante.

Me di cuenta de que había sonado prepotente, pero, dado a quién tenía delante, no cambié mi discurso. En mi fuero interno había cerrado el caso Verdugo y no iba a mostrarme más dubitativo de lo razonable.

–Recemos por que eso no suceda –continué–. La cuestión es que, si Sandoval está muerto, no podemos hacerle pagar por lo que hizo: el karma se nos ha adelantado. He avisado a los inspectores que te relevaron en el caso y acabo de ponerte al tanto a ti, que lo sufriste en sus propias carnes. Yo me lavo las manos. Si el asesino está muerto y los interesados al corriente, poco más puedo hacer. Pero si tú necesitas confirmar quién asesinó a tu compañera...

–Más que respirar. –Sinmeñiques se incorporó y me apoyó una mano sobre el hombro–. Nunca olvidaré lo que acabas de hacer.

–Mi trabajo es pillar a los malos.

Echevarría se marchó por donde había venido; yo regresé sobre mis pasos a la comisaría.

Una vez en mi mesa, medité: «Es un auténtico sabueso. Su fama lo precede y su mirada no deja lugar a dudas. Desde esta tarde, su existencia gira en torno a confirmar mi última palabra: Jaime Sandoval mató a su compañera y es la causa de que se lo conozca como Sinmeñiques. Sin embargo, hoy he tenido la sensación de estar hablando con un hombre apodado Talento».

26

Elsa Bermejo

29 de enero de 2019, 20:10 h
Usera, Madrid

El alumbrado público hacía lo posible por reprimir la oscuridad que opacaba la capital. Y en cierto modo lo conseguía. Pero en mi mente no se extendían líneas de farolas. «Encontrad más pruebas y volved a pedir las órdenes»: el planteamiento de Valcárcel resonaba en mi cabeza como una fugaz tamborrada.

La oscuridad perdura. En ocasiones, cuando la luz se presenta a toda velocidad, se la encuentra de brazos cruzados. La oscuridad nunca se mueve de su sitio. Se hace invisible cuando llega la luz y reaparece cuando la claridad se esfuma con el atardecer.

Las pruebas son la luz de nuestro trabajo. Sin embargo, de nada sirve una huella que no conduce a ninguna parte. Demostrar significa encender una vela que rompa con la negrura. Pero no nos lo ponen fácil, pues las tinieblas acostumbran a presentarse de improviso para desvalorizar lo que hemos conseguido con tanto esfuerzo. Solo cuando las pruebas contribuyen a hacer justicia, una llama perdura en nuestra profesión.

Álvaro y yo habíamos encendido muchas velas, pero nunca serían suficientes. Las prendidas por un millón de inspectores de Homicidios representan una gota en el mar de oscuridad en el que tratamos de mantenernos a flote. Cuando aparecen las sombras, yo me refugio en una frase que leí vete tú a saber dónde: «A veces sentimos que lo que hacemos es tan solo una gota en el mar, pero el mar sería menos si le faltara una gota».

Pulsé el botón del portero automático y esperé a que Echevarría contestara.

«Espero que esté en casa. No me apetece dejarlo para mañana».

–¿Sí?

–Soy Elsa Bermejo. Necesito hablar contigo.

–Claro.

Empujé la puerta y me topé con un portal decadente, escasamente iluminado.

«No le irá demasiado bien como detective, pero al menos tiene ascensor».

Me apetecía subir escaleras lo mismo que comerme un bocadillo de alfileres.

Salí con ganas de finiquitar el trámite; ni siquiera esperé a que su puerta de metal deslustrado se abriera del todo.

Echevarría no me esperaba en el descansillo, así que pulsé el timbre.

Abrió enseguida.

–Hola, inspectora. ¿Qué te trae por mi humilde morada?

–La luz –dije críptica.

–Supongo que te referirás a arrojarla sobre algún asunto.

–«Es listo», pensé–. Aquí dentro no ando sobrado de luz. Este piso es viejo y...

–¿Puedo entrar o hablamos en el puto descansillo?

Echevarría sonrió ante mi brusquedad.

–Claro. Adelante.

Me acompañó a un salón poco iluminado de cortinas, muebles y decoración acorde con los gustos de un octogenario y me ofreció asiento en un sofá de tiempos de la Transición.

–Necesito mudarme de este piso decadente –susurró para sí mismo.

Sinmeñiques volteó una de las sillas que rodeaban la mesa

del comedor y se sentó con aire desenfadado. Agradecí que me concediera espacio.

—¿Y puede saberse dónde pretendes arrojar esa luz?

—Sobre el caso Lago.

—Lo imaginaba. Ayer me enteré de que el novio de Carolina se había tirado desde la terraza de un ático.

—Por poco se nos cae encima.

—¿De verdad? —Asentí compungida—. Otro trauma que superar, ¿eh, Bermejo?

—Otro para la mochila.

—¿Crees que lo hizo por remordimientos?

—Totalmente. Dejó de lado a su novia cuando más lo necesitaba y no pudo superar el peso de la culpa.

—¿Estáis seguros de que no participó en los crímenes?

—Al noventa y nueve por ciento.

—Cuéntame qué es exactamente lo que te ha traído hasta aquí.

Le transmití lo que habíamos recabado hasta el momento. Le envié a su correo electrónico una foto de los trozos de gres y la observó cejijunto en la pantalla de su móvil. No actuaba impulsivamente: lo había meditado —y mucho— antes de presentarme en su piso.

—De la Torre no está al tanto, ¿verdad?

—No.

—Me da que no le caigo demasiado bien.

—Digamos que no habría estado de acuerdo.

—Tranquila. Nadie es más discreto que yo.

—Entonces, ¿lo que te he contado no te despierta nada? Pensé que tal vez te colaste en el chalé de Revilla o que...

—Las cerraduras de ese tipo de viviendas son de las buenas —me interrumpió—. Y aunque el chalé carezca de cámaras de seguridad, tiene una alarma de las que no se desactivan con inhibidores de frecuencia. Soy detective privado, no un ladrón de guante blanco. —Me guiñó un ojo—. Por otra parte, si Revilla asesinó a Tomás y a Carolina Lago, entiendo que se preocupó de borrar las huellas del crimen. De haber estado yo en su pellejo, habría pintado y limpiado a fondo antes y después de deshacerme de los cuerpos. Nunca se asea lo suficiente el lugar donde has matado a alguien. Habría tirado muebles... En fin, me habría deshecho de todo lo relacionado con los asesinatos. Incluso habría levantado el parqué de haber podido permitírmelo. Y no hablo de económicamente, sino de hacerlo sin levantar sospechas.

»Ese hombre ha estudiado hasta la saciedad. Tiene muchos conocimientos y medios. De haber torturado y matado a Carolina, tuvo tiempo de sobra para prepararlo todo. Vamos, que me lo imagino enfundado en un traje aislante con capucha, botines, protección ocular y mascarilla-respirador, limpiando con bactericidas y germicidas y exterminando los olores con ozono. Bayetas, guantes, esponjas y todos los elementos retirados del escenario: colchones, alfombras, cortinas, ropa... Yo hubiera enterrado lo sobrante en mi jardín y, pasado un tiempo, me habría deshecho poco a poco de las huellas de los asesinatos. Por eso no me extraña que la cenefa ya no esté en su sótano. Siempre y cuando los matara Revilla, insisto. Las cárceles están llenas de personas que parecieron asesinos y no lo son. En tu trabajo no debe darse nada por sentado.

–Soy consciente.

–Claro que sí.

–Hemos preguntado a familiares y amigos y nadie recuerda la maldita cenefa. Muchos aseguran no haber estado nunca en ese sótano. Antes lo usaba como trastero; ahora es un gimnasio.

Echevarría exhaló una risa ahogada.

–El hijoputa aprovechó la limpieza para montar un gimnasio. ¿Te imaginas?

–Capaz.

–En fin. Que es normal. ¿Te acordarás tú dentro de un mes del papel pintado del pasillo que has recorrido para llegar a este comedor?

–Ni me acuerdo ahora mismo.

–Pues eso. Los casos se atascan. Intuyes que estás a un paso del cierre, pero no hay forma de dar ese maldito paso. Y entonces llega el miedo a no darlo nunca.

–Así es.

Me incorporé.

–Dale recuerdos a Neveira de mi parte.

–Lo haré. Sobra decir que lo que te he contado es confidencial.

–Sobra, sí.

Echevarría me acompañó hasta la puerta.

Antes de abandonar su feo piso, le dije, fruto de la impotencia:

–Ojalá pudiéramos retroceder en el tiempo y entrar en ese maldito sótano antes de que la matara.

Echevarría se frotó el mentón, absorto. Tras reflexionar con la frente arrugada, me hizo una ingeniosa pregunta:

–¿Y si te digo que acabo de averiguar cómo podemos retroceder en el tiempo?

27

Víctor Echevarría

29 de enero de 2019, 21:42 h
Moncloa-Aravaca, Madrid

El guarda abrió la suntuosa puerta de doble hoja y conduje hasta aparcar donde siempre. Y, como siempre, Edurne salió a recibirme.

De la misma manera, me condujo hasta el salón de su espaciosa vivienda.

—Me ha sorprendido su llamada —admitió, sentada al otro lado de la larga mesa de centro donde un día dejó un sobre y un portátil—. Llevaba tanto sin dar señales de vida —prosiguió con un elegante tono sarcástico— que pensaba que estaría usted vomitando bilis en algún callejón oscuro.

«Esta mujer no se anda con chiquitas. Me gusta».

—Dejé de hacer esas cosas hace un tiempo. Pero supongo que arrancarme los vicios no me libra de ser un impresentable.

—Hizo bien. *Mente sana in corpore sano.*

—Ya. Pero no estoy aquí para hablar de mi alcoholismo.

—Supongo que no.

—Vengo a pedirle una fotografía.

—¿Una foto?

—En efecto: del sótano de la casa de Óscar Revilla.

—¿Mató a Tomás y a Carolina?

—Esa pregunta guárdela para el final. Usted cenó varias veces en su casa, ¿no?

—Sí, pero hace mucho de eso. Al tiempo que me distanciaba de Tomás, lo hice también de Óscar. Ellos siguieron quedan-

214

do al menos una vez al mes, pero a mí ya no me interesaban sus conversaciones monotemáticas.

–Antes de que usted y Revilla se distanciaran, ¿no se sacarían por casualidad una fotografía en esa habitación en concreto?

–En el sótano solo guardaba trastos. Comíamos en el salón. –Edurne hizo una mueca de esfuerzo, como si tratara de escarbar hacia lo más profundo de su memoria–. Bueno, hubo una vez que...

«Ahí quería llegar yo. Recuerde, joder, recuerde».

–Le va a parecer ridículo. Un día nos pasamos con el vino y Óscar nos dijo que en el programa *Cuarto Milenio* habían hablado de cacofonías. Y nos propuso grabar una en el sótano.

–¿Y oyeron a los muertos?

–No, qué va, pero yo inmortalicé el momento con el móvil. Sin embargo, ahora mismo no tengo ni idea de dónde guardé esas fotografías. Si es que no las borré. Suelo volcarlas en uno de mis ordenadores, pero...

–¿Me haría el favor de buscarlas? Es importante.

–Por supuesto. ¿Quiere tomar un café mientras tanto?

–Claro. Gracias.

–Francisco, sírvele un café al señor Echevarría –rogó, mirando a mi espalda.

Giré la cabeza para encontrarme al lacayo detrás del sofá, con la mirada al frente, la barbilla en alto, el pecho fuera y los hombros hacia atrás.

–Ahora mismo, señora –acató con la elegancia de un galgo afgano.

Mi anfitriona abandonó el monumental salón. Minutos después, Francisco apareció por mi derecha con una taza, que dejó ceremonioso sobre la mesa de centro. De nuevo, me pilló por sorpresa.

–Oye, entre tú y yo... –le susurré–. Estás infiltrado aquí, ¿verdad?

Francisco esbozó una sonrisa genuina y se alejó tras hacerme una reverencia.

La pena que se respiraba en aquel hogar roto hizo estragos en mi estado de ánimo. Edurne se mostraba estoica ante sus semejantes, pero estaba seguro de que se lamentaba de su mala suerte en la soledad de su cuarto. El modo en que afrontamos las desgracias está condicionado por nuestra educación. A mí me educaron desde el prisma de que llorar es de débiles. Presentí que a esa mujer lo hicieron de un modo similar. Cuando llegaba a casa llorando porque otros niños me habían pegado en la escuela, mi padre me decía: «Llorar es de niñas». Menudo gilipollas fue mi padre. Un hombre tan chapado a la antigua que parecía llevar el corazón protegido por una cota de malla. La cuestión es que, de tanto contener las lágrimas, uno acaba desarrollando la incapacidad de exteriorizar sus sentimientos.

«Voy a perder el tiempo –temí mientras sorbía un moca delicioso–. Estamos tan cerca... Por una vez, Dios, podrías echarme un cable. Perder el tiempo –medité–. Perder...».

Puede recuperarse una relación rota. Es posible devolverle el sentido a una vida. Puede recuperarse el aliento, la alegría, la libertad, la paz o la salud, pero no puede recuperarse el tiempo. Y yo había desperdiciado mucho durante mis devaneos con el alcohol y mi incesante búsqueda de un asesino.

«Por una vez, Dios, podrías echarnos una mano», supliqué de nuevo. Y como si el Altísimo hubiera escuchado mis plegarias, Edurne entró en el salón y se me acercó con una tableta entre las manos.

–Las he encontrado.

«¡Aleluya!».

Me entregó el dispositivo con las instantáneas reluciendo en la pantalla y se mantuvo de pie a la espera de una reacción por mi parte. Observé las fotografías con detenimiento. Ella, su marido y Óscar posaban con gestos alegres detrás de una grabadora digital plantada en medio de un sótano lleno de trastos. Las fotografías tenían una nitidez asombrosa. Hice un contundente zum para estudiar una esquina despejada de cacharros.

–¿Y? ¿Ha encontrado lo que buscaba?

–Le propongo un trato: medio millón de euros a cambio del nombre del asesino de su hija y de su esposo. Necesito cambiar de piso y los del centro son caros. Y seamos francos: a usted le sobra el dinero. El trato inicial era un millón por encontrarlos vivos o muertos. Los términos han cambiado. Ahora, mis emolumentos serán a cambio del nombre de quien los mató a sangre fría.

–El dinero no es un problema –confirmó–. Deme el nombre y los apellidos del asesino de mi familia y, cuando esté entre rejas, le transferiré los honorarios que me propone. Tiene mi palabra, es tan vinculante como un contrato.

«Medio kilo», me dije maravillado.

–Desconozco los motivos. No obstante, puedo asegurarle que Óscar Revilla mató primero a su marido y después a su hija.

La señora Palaciego hundió la cara entre las manos y rompió a llorar desconsoladamente.

«Todos tenemos un límite», pensé, asimismo roto por dentro.

28

Tomás Lago

Dos días después de la desaparición de Carolina Lago
6 de octubre de 2017, 19:22 h

La puerta de la habitación palpitaba como un corazón excitado. El secuestrador observó su latir a la espalda de un Tomás inconsciente, entretanto la pequeña ventana que permitía ver su interior y la ranura por la que había estado alimentando a Carolina durante las últimas cuarenta y ocho horas tomaban la forma de un ojo mefistofélico y unas fauces que lo incitaban a hacer realidad sus fantasías, con un poder de persuasión envidiable: «Entra y viólala mientras la rajas».

El sádico contempló al padre atado a una silla Tulip atornillada al suelo. Por un momento sintió vergüenza del chantaje emocional que estaba a punto de poner en marcha.

«Tienes que controlarte», se ordenó, sentado en un elegante diván.

Tomás volvió en sí espasmódicamente y un hilo invisible unió las miradas de secuestrador y secuestrado.

«O arrojas luz sobre mi alma oscura o que Dios se apiade de vosotros», se dijo quien lo había narcotizado horas antes.

–¡Mmm!... ¡Mmm!... –emitió Tomás mientras la mordaza le apretaba las comisuras de los labios.

Una gran lámpara de techo proyectaba sus sombras sobre un suelo de madera natural y hacía brillar la cenefa azulada que surcaba los bajos de la consulta.

–No puedes soltarte –dijo rotundo–: te he amordazado para

poder hablar sin interrupciones. Necesito que pongas toda tu atención en lo que tengo que decir.

–¿Por qué haces esto? –preguntó Tomás.

Pero sus palabras murieron en el trapo que obstruía su boca.

–En un principio, te he arrastrado hasta aquí con la intención de borrar el rastro del secuestro de Carolina. Eres la pieza que sobra. ¿Has visto el tinglado que he montado solo para violar a tu hija? Es lamentable, lo sé. Supongo que ya te habrás dado cuenta de que no había nada bueno en mis intenciones. He alcanzado mi límite. Lucho contra mis instintos desde el amanecer hasta el ocaso. Pero, por suerte para ella, he conseguido frenar un segundo antes del clímax soñado. Por enésima vez. Sin embargo, las ganas me queman por dentro. No sé cuánto podré aguantar.

»Soy un adicto, aunque nunca haya probado mi droga, ¿entiendes? Padezco una enfermedad compleja y en los últimos días mi voluntad flaquea de un modo frustrante. Ya ves dónde habéis acabado por culpa de mi patología. Mi cerebro ha buscado incesantemente un cuerpo con el que calmar su sed de tortura. Hasta hace poco he conseguido desviar su atención con medicamentos y fuerza de voluntad, pero ya no puedo dominar al monstruo que aúlla en mi interior. Más pronto que tarde volverá a apoderarse de mí y la próxima vez dudo que logre reprimirme. A no ser que le pongas freno. Quiero que mates al monstruo. ¿Entiendes lo que te pido?

Tomás no se movió.

–Asiente si me has comprendido.

Negó con la cabeza.

–Quiero que me arranques la maldad. ¿Lo entiendes ahora? Esto es un grito de auxilio. Si alguien puede silenciar a la voz que me grita «¡rájala mientras la penetras!», eres tú.

»Voy a hacerte una propuesta y después te quitaré la mordaza. Si consigues arrancarme las ansias de violar y torturar que no me dejan vivir en paz, liberaré a Carolina. No recuerda cómo ha llegado hasta aquí. La sedaré y la dejaré en un descampado, sana y salva. Cuando tu hija hable con la Policía, solo podrá contarles que despertó en una bonita habitación, que nadie le hizo ningún daño, que estuvo bien alimentada por un hombre de voz robótica ataviado con un pasamontañas... Te doy la oportunidad de evitarle un dolor indescriptible a cambio de un tratamiento efectivo. –Exhaló un prolongado suspiro–. Pero tu muerte es inevitable. Lo entiendes, ¿verdad? Tú sabes quién soy y no quiero ir a la cárcel. Pero, si me curas, te daré una muerte rápida y tu hija escapará al horror.

El asesino se levantó de la silla, deshizo el nudo de la mordaza y tiró de ella con suavidad.

–¡Estás loco! –gritó Tomás, fuera de sí.

–De eso se trata.

29

Elsa Bermejo

30 de enero de 2019, 00:17 h
Madrid

Mi móvil traqueteó encima de la mesilla, como los zapatos de una flamenca sobre un tablado, y me desveló cuando llevaba un rato dormida. Iván ni se inmutó: sus resoplidos no perdieron su cadencia habitual.

—Con lo que me cuesta conciliar el puto sueño... —murmuré de mal humor. Seguidamente cogí la llamada—. ¿Quién es?

—Siento molestarte a estas horas. —Reconocí al instante la voz de Sinmeñiques—, pero te he mandado una cosa al correo con el que me enviaste las fotos de los pedazos de cerámica. Estoy seguro de que será de tu interés. Hablamos mañana con más calma si lo precisas.

A veces me sorprendía la forma de expresarse del detective privado. Usaba verbos como «proporcionar» o «precisar», un modo de comunicarse que no casaba con sus modos macarras.

—¿Son las fotos?

—Por teléfono no.

Colgó. Entré en el correo y enseguida encontré el prometido mensaje, con el curioso asunto «Viaje en el tiempo».

Lo abrí y leí para mí misma: «Ahora ningún juez podrá denegaros las órdenes». Sin embargo, lo escrito era lo de menor importancia, ya que había adjuntado una fotografía en la que Edurne y Tomás posaban al lado de Revilla. Ante ellos había una pequeña grabadora digital. Me pregunté qué hacía ahí esa grabadora. Una de las esquinas de la instantánea mostraba un deficiente círculo rojo, intuí que realizado a dedo por Echevarría. Hice zum y descubrí la cenefa azulada.

No pude contener las lágrimas.

«¿Por qué lo hiciste? ¿Por qué la torturaste? ¿Por qué ahorcaste a su padre, tu mejor amigo?».

Se me pasaron varios motivos por la cabeza: venganza, celos, dinero, locura, deseo, poder...

Cuando somos pequeños, para que podamos dormir a pierna suelta nos dicen que los monstruos solo existen en los cuentos. Sin embargo, nos cruzamos con ellos cuando caminamos confiados por la calle. Son nuestros vecinos, forman familias, tienen amigos...

Óscar Revilla era uno de esos monstruos disfrazados de ser humano.

30

Víctor Echevarría

30 de enero de 2019, 00:18 h
Moncloa-Aravaca, Madrid

Colgué a Bermejo a pocos metros de la garita privada de seguridad. Acababa de arrojar luz sobre un caso de doble asesinato y por el camino me había embolsado una desorbitada cantidad de dinero. Estaba un paso más cerca de la redención y mi cuerpo lo sabía.

—No esperaré ni un segundo más —me dije venido arriba, mientras la cabeza rodante de Rebeca se difuminaba con la luna de mi Citroën C4.

«En el maletero llevo lo necesario», me arengué, antes de poner rumbo a la casa de madera de Jaime Sandoval. Según las indicaciones del GPS, llegaría a la urbanización Parraces, perteneciente al término municipal de Marugán, en Segovia, sobre las dos de la madrugada, bajo el tranquilizador cobijo de la noche.

Tras domar mi alcoholismo, me prometí que no volvería a cometer actos delictivos. Aunque, en realidad, estaba más que dispuesto a ignorar dicha promesa.

Una hora y diecinueve minutos más tarde

Circulé por la calle de la Cruz. Para mi consuelo, la urbanización no disponía de ningún tipo de seguridad. La zona residencial era espaciosa y las parcelas, grandes, cercadas por muros de piedra o simples telas metálicas. Supuse que algunas familias vivían allí todo el año, pero intuí que las más usarían aquellas viviendas diseminadas durante sus vacaciones; el uso que, en principio, le dio Jaime Sandoval a su casita de madera.

«En alguna parte tuvo que fabricar la guillotina», me dije mientras conducía por calles de pocas farolas con las luces apagadas.

Los pinos y los matorrales saturaban los retales de mundo privado, al tiempo que la luna saltaba de copa en copa como una espía novata. Las estrellas eran cicatrices en una inmensa piel negra: me costaba apreciar la belleza del mundo: donde posara la vista, aparecían cuerpos decapitados y dedos cercenados. Aun con todo, me pareció una buena noche para allanar.

Aparqué cuando el GPS me indicó que había alcanzado mi destino.

«Mi destino –pensé–. Ya veremos».

La casa, de las que se plantan de una pieza con la ayuda de una grúa, se hallaba velada por una tela metálica en mal estado. Las hierbas trepaban por sus bajos, confeccionándole una falda de enredaderas. La madera, aun observándola desde la distancia y bajo la luz de la luna, se veía desgastada. «Tiene aspecto de estar abandonada», presumí y miré por el retrovisor: no había ni un alma por las inmediaciones. Me apeé escoltado por el monótono sonido de los grillos y caminé con pasos silentes hasta el maletero. Un par de hojas crujieron bajo mis pies. Nada de lo que preocuparse, ya que la vivienda más cercana se encontraba a más de cincuenta metros. «Un buen lugar para maquinar asesinatos», medité mientras sacaba la mochila que guardaba en el maletero para allanamientos de emergencia. Contenía la linterna, la cizalla, el kit revienta cerraduras, el pasamontañas y los guantes, que me puse antes de cerrar con la suavidad de un aleteo de mariposa. Con el rostro y las manos protegidas, abrí un boquete en la verja a corte de cizalla y me colé como una rata en una despensa.

Anduve sin encender la linterna por un terreno acolchado por pinocha. Cuanto más me acercaba a la casa, más ruinosa me parecía. Descubrí una piscina desmontable en la parte trasera, con las mismas muestras de abandono. Cuando llegué al diminuto porche, me llevé un chasco tremendo: la puerta estaba entreabierta. «Si se hubieran cometido asesinatos ahí dentro, dudo que estuviera dejada de la mano de Dios». Pero enseguida me vino a la cabeza que el Verdugo fue un asesino organizado. «O, tal vez, estemos ante un ingenioso modo de confundir a los investigadores».

La puerta chirrió como un violín tocado por manos inexpertas. Lancé el haz de la linterna a discreción por el interior: sobre los muebles no cabía una mota de polvo ni hojas en el suelo; no había fotos ni cuadros ni televisor ni nevera, ni siquiera una miserable silla donde poder sentarse. Alumbré estanterías grises, cortinas sucias que se mecían con la brisa, una cocina destartalada y un dormitorio al que solo le quedaban dos mesitas sin cajones. El panorama, desolador, estuvo a punto de hacerme desistir, pero mis antiguos compañeros no me llamaban Talento por rendirme a las primeras de cambio.

«¿Qué hubiera hecho yo? –me pregunté. No tardé en responderme–: Construir un escondrijo que nadie pudiera ver».

Caminé erguido hacia la piscina de lona y patas metálicas y me asomé adentro: ramas, agujas y piñas de pino en torno a charcos que se resistían a desaparecer tras las últimas lloviznas. «Era de imaginar». Sin embargo, a pesar de su estado, la piscina se encontraba anclada al suelo con gomas y piquetas que no parecían formar parte de la estructura original. «Puede que añadiera los acoples para evitar que se la llevara el viento. O puede que esa casa de ahí, con la puerta abierta y el interior echado a perder, solo exista para desviar la atención de esta piscina».

Saqué la pata de cabra y arranqué las piquetas. Una vez desenganchada, la empujé con los brazos. No se movió más que un par de centímetros: las ramas y las piñas acumuladas en su interior, sumado al terreno irregular, no la hacían deslizable. «No pienso largarme de aquí sin comprobar si ocultas algo», me prometí. Me senté en el terreno húmedo y di patadas a los bajos. «Vamos, muévete, cabrona». Centímetro a centímetro –menos mal que hacía frío, si no habría sudado como un gorrino–, la desplacé un metro y medio. Y, de pronto, apareció un trecho de trampilla, cerrada con un candado.

«*Voilà*».

–Es hora de volver a usar la cizalla –susurré jadeante.

La trampilla quedó al descubierto tras unos cuantos suelazos más, pero el arco del candado era demasiado robusto.

«No importa».

Aticé al cerrojo con la pata de cabra e hice palanca repetidas veces. El crac resonó por la parcela, inquietándome a pesar de ser prácticamente imposible que ningún vecino pudiera oír mis tejemanejes. Los tornillos se separaron de la madera como muelas cariadas de una encía enferma, hasta desprenderse todo el cerramiento.

«Mucho candado y poco pestillo», me dije complacido.

Abrí la trampilla y encontré lo esperado: oscuridad bajo tierra. Descubrí una escalera de mano que se alargaba desde el borde y se perdía en la negrura. Alumbré el escondrijo.

«Menudo boquete cavaste, ¿eh, cabronazo?».

Las paredes estaban cubiertas por una quebradiza capa de cemento, que se abombaba en algunas partes; daba la sensación de que un puñado de espectros se esforzaban en traspasarlas. Iluminé una mesa de trabajo con una máquina de soldar y un esmeril, alicates, una máquina cortadora, una prensa, una cinta métrica, serruchos, cinceles, gubias, un lápiz de carpintero... El suelo se ocultaba bajo una capa fina de serrín. A un lado de la mesa descubrí un generador eléctrico de gasolina.

«Te encerraste ahí abajo a construir la guillotina con la que mataste a Rebeca».

Bajé por las escaleras consumido por el odio. De haber pillado a Sandoval in fraganti, habría hecho un buen uso de los alicates y los serruchos.

La luz de la linterna no daba abasto con tanta tiniebla. La negrura pareció que trepaba por mis piernas y se me colaba en la boca, llenándome de sombras el corazón. Permanecer en la guarida de un asesino en serie intimidaba. Imaginé que alguien cerraba la trampilla y la obstruía de nuevo con la piscina. Saqué el móvil por puro instinto. «Hay cobertura», me consolé.

Al margen del generador, la mesa y las herramientas, el taller contenía un baúl y un armario de resina, que guardaba utensilios viejos para trabajar la madera, unos guantes negros y una bata azul. Dentro del baúl, las partes de una guillotina, dispuestas para acoplarse cuando fuera preciso. La gran cuchilla con forma triangular destelló al contacto con el haz de la linterna y al instante me evocó momentos terribles.

–Este taller es la prueba fehaciente de que Neveira tenía razón –me dije en un susurro.

Sin embargo, los hechos no me cuadraban del todo. ¿Un hombre achacoso, con un cáncer en fase terminal, sería capaz de organizar un complejo asesinato como el de Rebeca?

«Alguien te echó una mano, ¿verdad, Sandoval?».

31

Víctor Echevarría

Hice balance tras tirar del freno de mano.

–Quién me lo iba a decir.

Las averiguaciones de un hombre al que apenas conocía me habían conducido, primero, a una urbanización de Marugán y después a la ciudad que me vio nacer.

Me apeé nostálgico.

«Si se confirma que Sandoval mató a Rebeca, cometió errores de bulto –reflexioné mientras purificaba mis pulmones con el adorado oxígeno de Salamanca–. Y no supe verlos. Se me acercó con los pasos de un hombre enfermo. Vivía cerca de los lugares de trabajo de sus víctimas y discutió con ellas poco antes de que aparecieran sus cadáveres. ¿En qué momento perdí el ingenio que tanto me caracterizaba? Soy una farsa, una sombra del hombre que fui».

Llamé a su hermana para rogarle una entrevista. Parecía evidente que Olivia Sandoval no se acordaba de mí. Tal vez la despistó que me presentara como detective privado. No se opuso, no obstante, a hablar conmigo aquella misma tarde, aunque tendría que esperar a que el campanario que remata la fachada del Ayuntamiento de Salamanca, en la plaza Mayor, anunciara las siete.

Mientras tanto, decidí dar un paseo. Era consciente de que me invadiría un ejército de buenos y malos recuerdos. Salamanca era tan hermosa que dolía recorrer sus calles después de haberlas abandonado por despecho. Conocía aquellas arterias como las líneas de mi mano. Podría haber caminado con los ojos cerrados desde la plaza del Poeta Iglesias hasta las baldosas de granito gris con marcas rosas de la plaza Mayor, y haber comido en una de sus innumerables terrazas. Y, tras saciar el hambre, haber observado la fachada decorada de la Casa de las Conchas y la monumental de tres cuerpos de la Clerecía. Y fue lo que hice. Pero con los ojos abiertos. El caso Lago y el caso Verdugo me habían hecho entender que la vida es demasiado corta como para pasársela cabreado y no iba a permitir que nada ni nadie volviera a cerrármelos.

«Estos lugares preservan la memoria del mundo. –Me sorprendí con aquella profunda reflexión, asomado al río Tormes desde el Puente Romano–. Me hago viejo. Pronto me dará por escribir poemas. Pero antes de que llegue la poesía... –me dije con decisión– hay que cerrar un caso».

Puse rumbo a la residencia de la hermana del Verdugo de Salamanca.

Abrió tras identificarme a través del portero automático. Entré en el ascensor, enfrascado en mis pensamientos. Todo detalle se esfumó de mi vista. Pulsé el timbre del 3.º B sin haberme fijado en el aspecto del portal o en si la puerta del elevador era basculante o de hoja única.

Olivia me recibió con buena cara y me acompañó al comedor de un piso en el que predominaban los tonos blancos y los crema; estancias y pasillos cuyo encanto chocaba con el que yo arrendaba.

«Pronto podré comprar uno como Dios manda –me animé–. Y voy a pagarlo al estilo Rockefeller: a tocateja».

Tomé asiento en un sofá beis y formulé la primera pregunta cuando Olivia se sentó a mi lado. Los entrevistados acostumbran a guardar las distancias, estén o no relacionados con el asunto que traigo entre manos. Pero ella se acomodó a un palmo de mi trasero. «Igual le he hecho tilín», pensé divertido. En cualquier otra situación, no hubiera dicho no a un polvo con aquella mujer de cintura estrecha y pechos grandes, pero Olivia era la hermana del Verdugo y sospechaba que lo ayudó a decapitar a sus víctimas.

–No me andaré por las ramas, señora Sandoval.

–Señorita. Pero mejor Olivia.

–No creo que eso sea posible: la costumbre.

–Como prefiera.

–Presiento que el motivo de mi visita, señorita Sandoval, no es de índole distendida.

Su sonrisa se esfumó de su cara simétrica.

–No caí en la cuenta de quién era usted cuando se presentó por teléfono –confesó–. No soy buena con los nombres, pero sí con las miradas. Y usted tiene una de las que no se olvidan. Por cierto, lamenté mucho la muerte de su compañera. Una tragedia. Sin embargo, mi hermano fue descartado como sospechoso. ¿Qué ha cambiado desde entonces? Supongo que estará al corriente de su defunción.

–Lo estoy, pero nuevos indicios sugieren que participó en los asesinatos.

Su trasero se distanció del mío. Nada repele más que una acusación, aun cuando vaya dirigida a un hermano muerto.

–¿Cree que había más de una persona involucrada?

–Creo que es improbable que los asesinatos los perpetrara un solo hombre, aunque de momento son solo conjeturas.

Necesitaba que creyera que no era tarde para deshacerse de pruebas.

–Mi hermano era un buen hombre.

«De eso nada».

–¿Por qué no se trató el cáncer que acabó con su vida?

–¿Ha conocido algún caso de personas que no toman paracetamol cuando les duele la cabeza, que se resisten a usar antibióticos aunque tengan una infección? Seguro que ha oído hablar de quienes se niegan a vacunarse a sí mismos o a sus hijos. Mi hermano padecía farmacofobia, un miedo irracional hacia el consumo de cualquier fármaco.

«O eso os hizo creer. Las fobias pueden fingirse. De todas maneras, farmacofóbico o no, fue el Verdugo de Salamanca».

–Entonces, ¿no apreció nada extraño en su conducta? ¿Nada que le hiciera sospechar que ocultaba algo turbio?

–Se lo dije la primera vez y se lo repito ahora: mi hermano era un pobre diablo. Trabajaba mucho, salía poco y tenía mil manías, pero era incapaz de matar a una mosca. –«Algunos se pasan la vida fingiendo». Sin embargo, no me tragué que su hermano fingiera estando con ella, como intuí que ella fingía estando conmigo–. Y un cáncer se lo llevó. Esa maldita fobia suya evitó que los médicos pudieran salvarlo. Era tan bueno que se quitó la vida para no ser una carga.

Los ojos de Olivia se llenaron de lágrimas. No era la primera vez que escuchaba hablar maravillas de un asesino. Y, como en tantas otras ocasiones, me mordí la lengua ante el familiar de un perturbado.

–Hábleme de su casa en Marugán.

–La heredé cuando él murió. No la he pisado desde entonces.

–¿Me dejaría echar un vistazo?

–¿A la parcela?

–Y dentro de la casa.

–Por supuesto, pero solo encontrará polvo y maleza.

–¿Mañana por la tarde le viene bien?

–Uf... –Se frotó las sienes–. Podría salir de aquí sobre las cinco y...

–¿Quedamos sobre las siete, allí? No me importa esperar.

–A esas horas la parcela estará a oscuras.

–Llevaré una buena linterna. No se preocupe. Es un mero trámite. Por aquello de ir descartando.

–De acuerdo. Pero mi hermano no fue el Verdugo de Salamanca. No se imagina cómo me ha dejado el cuerpo.

–Siento haberla importunado. De todos modos, si su hermano era tan bueno como usted asegura, no encontraré nada incriminatorio.

–No lo hará –sentenció, justo antes de que me incorporara.

Abandoné su piso, bajé al aparcamiento subterráneo y adherí, como quien no quiere la cosa, un dispositivo de seguimiento a los bajos de su coche.

«No vas a ir a ninguna parte sin que yo lo sepa».

Ya en la calle, marqué el número de Iván Neveira.

–¿Qué pasa, Echevarría?

Había depositado mi confianza en aquel inspector. Una confianza ciega, además, inusitada, en hombres de mi carácter. Supongo que me recordaba a mí cuando aún no se me conocía como Sinmeñiques. Era el descubridor del asesino de Rebeca, así que no le faltaban méritos para postularse como mi futuro hombre de confianza.

–Hace unas horas confirmé tus sospechas –le expliqué–. Y de paso he aportado una corazonada extra: creo que alguien lo ayudó a perpetrar los crímenes. Ese último asesinato, estando gravemente enfermo... –Exhalé un rotundo suspiro–. Debajo de la piscina encontraréis un taller, pero no evidencias de un segundo asesino. Aun así, no me cuadra que pudiera hacerlo sin ayuda. Presiento que su hermana viajará a la urbanización de Marugán esta misma noche para deshacerse de los rastros que la vinculan con los crímenes. He hablado con ella hace un momento. Digamos que, de haber colaborado con su hermano, ahora mismo estará atacada de los nervios. No obstante, con ayuda o sin ella, Jaime Sandoval fue el Verdugo. Enhorabuena, inspector, le has puesto nombre al asesino más popular de los últimos tiempos; ni el Estrangulador de Entrevías dio tanto de que hablar. Pero intuyo que hay algo más –reiteré–. Y me temo que ese algo más es Olivia Sandoval. No te he llamado antes porque necesitaba echarle el sedal. Puede que me equivoque y no lo muerda, pero llegados a este punto creo que tenemos la obligación de comprobar si estuvo involucrada en las decapitaciones. He vuelto a dejar la parcela como estaba. Necesitarás algo para arrancar las piquetas que sujetan la piscina. Te recomiendo una cizalla. Intuyo que Jaime usaba su furgoneta para arrastrarla. Lo digo porque cuesta un poco moverla. He reventado la cerradura de la trampilla, así que en ese sentido no tendrás problemas.

–De acuerdo. –Neveira se mantuvo unos segundos en silencio, supuse que ponderando cómo proceder–. No pienso esperar a mañana –dijo al fin, con la decisión de un juez–. Tampoco iba a pegar ojo... Esperaré a que aparezca Sandoval. Si no lo hace, entraré en el taller o, dicho de otro modo, empezaré a cerrar el caso Verdugo.

Iván Neveira

Le rogué al subinspector León que me acompañara a Marugán.

Daban las nueve y media cuando aparcamos ante la parcela donde imaginé que Olivia Sandoval trataría de prenderle fuego al taller en el que su hermano fabricó la guillotina con la que decapitó a tres salmantinos.

No llevaba encima ninguna orden de registro. No la necesitaba. No al menos forzosamente, ya que existía causa probable de que las evidencias fueran destruidas.

Superamos la valla de un modo nada ortodoxo. La luz de la luna le otorgaba un relieve plomizo a la casa y a la piscina. Caminé hasta un punto desde el que no pudiera vérseme desde la entrada y me senté a esperar a la presunta cómplice de asesinato. León hizo lo propio, al otro extremo del taller oculto bajo una piscina de lona.

El plan era sencillo: esperar a que abriera la trampilla –demostrando así que estaba al corriente de los tejemanejes de su hermano– y arrestarla.

El tiempo fluyó como un río de mercurio hasta que el amanecer cayó sobre nosotros como el soniquete de una alarma.

León se incorporó y se estiró como si acabara de despertar de una siesta. Yo tenía los pantalones húmedos y el cuerpo entumecido. No había pasado tanto frío en toda mi vida. La escarcha que cubría las plantas podía hacerte pensar que había nevado durante la noche.

Llamé a Echevarría mientras el sol me deshelaba el rostro y extendía sombras por la parcela.

–Olivia no ha aparecido –dije tan pronto como descolgó–. No creo que estuviera al tanto de los tejemanejes de su hermano.

–Que no se haya atrevido a conducir hasta Marugán no significa que no lo ayudara. Puede que se oliera el pastel. En fin. Siento haberos hecho perder el tiempo.

–Tuviste una corazonada y nuestra obligación era seguirla. Nada de disculpas.

–Gracias por el voto de confianza. ¿Has entrado en el taller?

–Todavía no. Quería hablar antes contigo.

–Pues entonces te dejo. Hasta otra, y gracias por todo.

–Hasta otra, y de nada. –Colgué y me dirigí a León–. Ayúdame a arrancar las piquetas.

Apartamos la piscina a empujones y abrimos la trampilla. Una vez confirmada la veracidad del lugar, mi compañero se puso en contacto con la Comisaría General de Policía Científica.

Mis averiguaciones no habían andado desencaminadas en ningún momento: el Verdugo se descomponía en un cementerio de Salamanca. En cuanto salí del agujero abominable, le comuniqué a Olivia Sandoval que habíamos acordonado su parcela y los motivos. Rompió a llorar al otro lado del teléfono. Si actuaba, merecía al menos un Globo de Oro.

La prensa no tardaría en hacer correr la noticia como un galgo a la estela de una liebre mecánica. A Olivia le aguardaba un infierno: periodistas agolpados a las puertas de su casa, conocidos y desconocidos señalándola por la calle y amigos dejándola de lado, la prensa aireando aspectos de su vida privada, más de uno inventado... Era dueña de una zapatería en el centro; aposté a que tendría que cerrar por falta de clientela. De la noche a la mañana, se había convertido en la hermana de un sanguinario asesino en serie. De haber estado yo en su pellejo, habría hecho las maletas y habría abandonado la ciudad sin mirar atrás. En algunos casos —demasiados, en mi opinión— la sociedad es injusta hasta la médula. Su hermano no tendría que soportar el rechazo de los españoles. En cambio, ella, inocente hasta que se demostrara lo contrario, cargaría con el peso de su culpa.

A Dolores Vázquez la condenaron a quince años y un día de prisión por el asesinato de Rocío Wanninkhof. Tras pasar diecisiete meses en la cárcel y de haberse enfrentado al más absoluto desprecio, fue puesta en libertad cuando Tony Alexander King confesó el asesinato de Rocío. Sin embargo, a pesar de haberse demostrado su inocencia, Dolores recibió una penosa indemnización y algunas personas siguieron insultándola al encontrársela por la calle. Un disparate. El mundo rebosa descerebrados, y tarde o temprano Olivia acabaría dándose cuenta.

Aquella misma tarde me aplaudieron al entrar en la comisaría. No negaré que el espontáneo recibimiento me hizo ilusión. Sin embargo, lo que más me emocionó fueron los ojos de orgullo con los que Elsa me miró cuando ya estábamos en casa.

Por si quedaba alguna duda, un pedazo de uña y un par de huellas confirmaron que Jaime Sandoval frecuentó el taller.

El caso se archivó como resuelto. Ahora bien, sin juicio ni condena, más allá de la que dictaría la historia. Aun con todo, mi mente no parecía estar satisfecha. Un molesto rumor se arrastraba por mis pensamientos como una serpiente venenosa; tenía el convencimiento de que también lo hacía por los de Echevarría. «¿En verdad lo hizo solo? La guillotina era desmontable, por lo que pudo transportarla sin esfuerzo. Pero el asesinato de Rebeca lo cometió estando en las últimas...».

Peros y más peros rondando mi cabeza.

Los odiaba tanto como a los mosquitos.

En mi trabajo, nada bueno va detrás de un pero.

32

Elsa Bermejo

—¿De dónde la has sacado? —preguntó Álvaro nada más hacer zum a la instantánea y cerciorarse de que Revilla era nuestro hombre; pude ver florituras azules reflejadas en sus pupilas.

—De Edurne Palaciego.

—¿Fuiste a hablar con ella?

—No, Echevarría.

—¿Cómo que Echevarría?

—Fui a pedirle consejo.

—¿Consejo?

—Estábamos atascados y...

—¿Le diste información sobre el caso sin pedirme permiso?

—Yo no tengo que pedirte una puta mierda. Tenemos el mismo rango. A ver si te enteras de una vez.

—No me he expresado bien: quería decir, sin consultármelo antes.

—Te lo digo ahora. ¿En serio vas a recriminarme haber dado con la prueba que nos va a proporcionar las órdenes?

—Para nada. Te pido disculpas.

—Y yo te perdono.

—Es que me jode que... ¿Cómo no se nos ha ocurrido a nosotros? ¡*Mecagüen* la puta! ¿¡Nos hemos vuelto imbéciles o qué!?

—Habla por ti. De todas formas, tarde o temprano habríamos

caído en la cuenta; Echevarría solo se nos ha adelantado. ¿Y qué más da de dónde venga la información? A ti lo que te jode es que la haya conseguido Sinmeñiques.

—Ese tío no es trigo limpio.

—A ese tío lo obligó un asesino en serie a cortarse los meñiques para después decapitar a su compañera ante sus propias narices. Dale un poco de cancha, hombre. Ha dejado el alcohol y me trató con respeto cuando fui a verlo. Como nosotros, solo quiere que se haga justicia.

—Dejemos el tema Sinmeñiques para otro momento. Ahora apremia pedir las órdenes y poner al tanto a Valcárcel y a Ibáñez, y a Lozano y a Pujalte. Esto no ha acabado aún. La foto nos permitirá registrar las viviendas de Revilla, pero no es suficiente. Las pruebas que hemos recabado hasta el momento son circunstanciales. Necesitamos pruebas de cargo que desvirtúen la presunción de inocencia. Con lo que tenemos, y un buen abogado, puede quedar absuelto. El móvil se nos resiste. Es la primera vez que a estas alturas no tengo ni idea de por qué lo hizo. Pero vayamos por partes. Lo primero es pedir las órdenes.

—Las órdenes las pedí hace una hora —dije altanera.

—Hoy estás que te sales.

—Como todos los días. Y fijo que el juez decretará la prisión preventiva. No le queda otra. Existe riesgo de fuga y de que destruya pruebas.

Álvaro de la Torre

Dos horas y media más tarde

—Tenemos las órdenes —anunció Elsa con entusiasmo.

—¿De las dos casas?

—Sí. Y el juez de instrucción ha decretado la prisión preventiva. Le ha costado, pero al final ha abierto los ojos.

–Se ha curado en salud y, si te digo la verdad, mejor así, nos ahorramos un posible sobreseimiento –afirmé.

–El registro de la casa de Madrid se ha fijado a las tres y, si todo va bien, mañana seguiremos con la de Ávila. Los criminalistas traerán un laboratorio móvil.

Pasé de verlo todo negro a deleitarme con una bonita luz al final del túnel.

–Pues metamos a Revilla en el calabozo hasta la hora del registro. Que empiece a acostumbrarse a estar a la sombra.

–Creo que voy a tener un orgasmo cuando le ponga las esposas –confesó Elsa.

Lo cierto es que fue un momento digno de recordar.

Como la primera vez que lo fuimos a visitar a su consulta, nos abrió en persona y con ganas de gresca.

–Podrían haberme avis...

Dos palabras y media fue lo que Elsa le permitió pronunciar antes de esposarlo con mano firme.

–¡Queda detenido por el asesinato de Carolina Lago Palaciego y de Tomás Lago Galán! ¡No está obligado a declarar si no quiere. ¡Tiene derecho a contratar la asistencia de un abogado!

Desde el umbral de la clínica, Elsa le leyó sus derechos a grito pelado. Sus chillidos corrieron por las escaleras como alaridos de dementes por el pasillo de un manicomio. Pero Elsa no había perdido aún la cabeza. Se deshizo de su frustración y acalló la voz que le susurraba: «Es un monstruo que ha torturado a una chica y ahorcado a su padre. No merece seguir respirando». Tuvo que aliviar las ganas que tenía de darle su merecido allí mismo.

Somos como grandes radios con patas. Sintonizamos con personas y situaciones que están en una frecuencia parecida a la nuestra. Y Óscar Revilla estaba en una frecuencia que nunca sintonizaríamos. No abrió la boca durante el trayecto.

Desde el otro lado de la mampara, miró por las ventanillas con gesto relajado, como si yo fuera un simple taxista.

«Es como el hielo», comprendí tras analizarlo a través del espejo retrovisor.

Contactó con su abogado nada más llegar a la comisaría. Se trataba de Lorenzo Cánovas, un letrado al que yo no podría pagar ni una semana de representación.

—Está oscuro —observó en el umbral de la celda.

—Y lo más oscuro está por llegar —lo previne, antes de empujarlo al interior de las tinieblas.

«Y lo más oscuro está por llegar». Podría haberme aplicado la frase a mí mismo.

33

Álvaro de la Torre

Las florituras azules de la cenefa no dejaban de aparecérseme, como uno de esos estribillos que, a pesar de que forman parte de una canción horrenda, no consigues dejar de tararear.

–Malditos asesinos.

–¿Qué? –Elsa habló tras apartar la mirada de la ventanilla.

–Nada.

Cada asesino tiene un motivo, o varios, para llevarse una vida por delante. Óscar Revilla no sería una excepción. Unos buscan sentir que tienen el control absoluto sobre la vida de otros. Una buena parte quieren paliar sus inseguridades ejerciendo dominio sobre las mujeres. Algunos se vengan de un mundo que les ha dado la espalda. Otros oyen voces que los convencen para eliminar a cierto tipo de individuo. Los móviles más comunes son la psicopatía, las parafilias y la psicosis. Poco se puede hacer con el psicópata, más allá de apartarlo de la sociedad; frío y calculador, sin tratamiento posible. Pero aún puede subirse un peldaño más en la escalera de la maldad: la unión del maquiavelismo, la psicopatía y el narcisismo. Es la combinación maligna más perfecta, la denominada «tríada oscura».

«¿Eres esa combinación perfecta, Óscar Revilla? ¿Una persona con tríada oscura?».

Las preguntas reaparecieron cuando conducía hacia el

distrito de Moncloa-Aravaca. Me había pasado la vida en constante incertidumbre. Tras cerrar el caso Miranda, me propuse aprender a tolerar esas incertezas que nunca se marchan. Creía haberlo conseguido, haber encontrado un modo de convivir con ellas en armonía; sin embargo, las incertezas consiguieron que no descansara aquella noche. Las muertes de Carolina y Tomás Lago me hicieron comprender que jamás podría asumir los cabos sueltos.

Seguridad Ciudadana hizo un buen trabajo acordonando la zona. Me satisfizo comprobar que los periodistas desempeñaban sus funciones a una distancia idónea. El vehículo destinado a la conducción de presos estaba aparcado ante la puerta del domicilio. Dos agentes nos acercaron al imputado. No tardaron en llegar los criminalistas, el juez de instrucción y el abogado Lorenzo Cánovas.

El psiquiatra no traía buena cara. Por poco supera en ojeras a nuestro inspector jefe. Un logro que de momento se me antojó improbable. Tal vez cuando llevara unas semanas en la cárcel... Valcárcel prefirió dirigir el cotarro desde la comisaría. Lozano y Pujalte tampoco nos honraron con su presencia, tenían demasiado trabajo pendiente como para perder el tiempo con registros en los que no era imprescindible su presencia.

Los criminalistas entraron cargando con sus maletines y atacaron el interior del chalé como un ejército de hormigas guerreras. Revilla los observó como si fueran un rebaño de ovejas dispuesto a ponérselo todo perdido de caquitas.

En sus ojos vi la esperanza de salir indemne; el trabajo de los criminalistas era destruir cualquier expectativa de absolución.

–Sabemos lo que hiciste –le garantizó Elsa cuando tuvo la oportunidad–. Te interesa colaborar.

–Se equivoca –contestó él, con la misma seguridad–. Yo no he hecho nada.

—Mi representado no volverá a hablar con ustedes —nos informó Cánovas mientras le lanzaba una mirada reprensora a Revilla.

Habíamos coincidido con Lorenzo Cánovas en otro caso mediático. En privado nos referíamos a él como el Letrado de las Estrellas. De los presentes, solo Revilla podía permitirse sus honorarios. Puede que el juez, pero lo dudo. Un tipo bajito y rechoncho que gastaba muy mala baba y una gran inteligencia que no nos venía nada bien, puesto que no dudaría en buscar recovecos legales que libraran a su cliente de una larga temporada entre rejas. Teníamos en nuestro haber un puñado de indicios considerable, pero necesitábamos más, hacer inútiles los esfuerzos del Letrado de las Estrellas.

Observé cómo los criminalistas levantaban el parqué tras despejar el sótano de máquinas de gimnasia. La mirada de Revilla reflejó indignación. No puede evitar sonreírle a su mala cara.

Los expertos recolectaron huellas, pelos, fibras y otros materiales biológicos.

«Tuvo que retenerla en esta casa. Hay que encontrar un rastro del cautiverio y no habrá abogado defensor que pueda librarlo de pudrirse en la cárcel».

Revilla y Cánovas vigilaron a los criminalistas en silencio durante más de dos horas, siempre bajo la supervisión de un agente uniformado. Pero se cansaron de mirar sin poder hacer nada y empezaron a conversar por las esquinas con un ojo puesto en los expertos. El juez Navarro, por su parte, no dejó ni un solo instante de supervisar los movimientos de los policías científicos.

Tomábamos un aire frío como el del Ártico, cuando Elsa formó una nube con sus palabras:

—Tengo que hablar con la inspectora jefe Zafra.

–¿Por?

–He tenido un pálpito.

–¿Cuál?

–Dentro solo van a encontrar pelos y huellas de Revilla –declaró desde el porche–. Tuvo tiempo de sobra para limpiar el sótano. Con lo que tenemos más de uno se ha ido de rositas y Revilla, para colmo, tiene un abogado de lujo. La coincidencia con la cenefa y lo demás no es suficiente. Creo que el móvil está relacionado con su trabajo.

–¿Con la psiquiatría?

–Sí, pero no entiendo de qué manera.

Elsa Bermejo

Cinco minutos antes

Recordé las declaraciones del recepcionista de su clínica: «Renovó el mobiliario de su consulta: el diván, su silla, su mesa de despacho... y parte de su instrumental. Por eso puede que estuviera más receptivo. Al doctor Revilla le apasiona su trabajo. Para él, cambiar de instrumental es como cambiar de coche para un amante del automovilismo».

Miré a Álvaro de soslayo: contemplaba el jardín con el rostro enrojecido, las manos en los bolsillos, el cuerpo encogido y la boca hundida en el cuello de su abrigo.

Le di un achuchón para hacerlo entrar en calor.

Sonrió.

Álvaro era el mejor compañero del mundo y me dolía no ser capaz de manifestarle mis sentimientos más a menudo. Supongo que somos como somos y así tienen que querernos. No obstante, con aquellos gestos cariñosos –un abrazo o un achuchón o un beso en la mejilla, lo máximo que me permitía mi personalidad introvertida– trataba de hacerle saber lo mucho que apreciaba ser su compañera.

«De algún modo tuvo que deshacerse de lo que usó para torturarla», pensé. Y después recordé un par de frases de Echevarría: «Yo hubiera enterrado lo sobrante en mi jardín y, pasado un tiempo, me habría deshecho poco a poco de las huellas de los asesinatos. Por eso no me extraña que la cenefa ya no esté en su sótano».

Algo no me cuadraba del todo y así se lo hice saber a mi compañero. Eché mano del móvil y marqué el número de Mario Nadal, el recepcionista.

—¿Sí?

—Soy Elsa Bermejo, la...

—¿Quien me ha dejado sin trabajo? —Me sorprendió que se atreviera a bromear—. No me haga caso, inspectora. Sigo en *shock*. Según las noticias, he estado trabajando para un psicópata. Supongo que me llama por eso, ¿no?

—En efecto. Nos contaste que el doctor renovó el mobiliario de su consulta.

—Sí.

—¿Recuerdas lo que hizo con los muebles viejos?

—Se los llevaron los trabajadores de una empresa de mudanzas. No tengo ni idea de dónde acabaron, la verdad. Me importaba un bledo lo que hiciera con ellos. ¿Por qué lo pregunta?

—Gracias por tu tiempo.

Colgué mientras Álvaro me observaba con el ceño fruncido.

—Ahora vuelvo —dije inquieta.

Accedí al chalé y busqué a la inspectora jefe Zafra mientras observaba de pasada cómo la Científica hacía su trabajo. Me crucé con el juez. Caminaba pensativo, con los ojos clavados en el suelo. Estuve cerca de preguntarle por la inspectora jefa, pero no quise arrancarlo de su abstracción. Revilla y su abogado cuchicheaban en una esquina del comedor. Hubiera pagado un euro por escuchar lo que tramaban. Imaginé a

Cárdenas hablando ante un jurado popular, convenciéndolos de que unos pedazos de gres –cenefa que estaría adornando cientos de habitaciones en aquel momento– y un par de inconsistencias en las declaraciones de su cliente, fruto de la presión y las preguntas capciosas de los investigadores, no eran indicios suficientes para mandar a un hombre a la cárcel de por vida.

«No podemos permitir que un torturador ande suelto por Madrid», discurrí un segundo antes de encontrar a Zafra recogiendo muestras en uno de los baños de la vivienda.

–Oye, Zafra.

–Dime.

–¿Podéis pasar un georradar por el jardín? Si la mantuvo cautiva en el sótano, como sospechamos, y en el sótano ahora hay máquinas de gimnasia, digo yo que en algún momento tuvo que deshacerse de la cama donde durmió Carolina, las sábanas... Puede que lo enterrara todo y lo desenterrara cuando se calmaron las aguas, y que al hacerlo se le pasara algo por alto, y ese algo esté esperando bajo tierra a ser descubierto.

–Ahora mismo ordeno que se proceda con el georradar.

–Gracias.

–No se merecen.

Volví a la intemperie.

Álvaro se había sentado en un escalón del porche.

Recorrí el jardín con la mirada: la piscina con la lona puesta y rodeada por una tarima de color chocolate, las palmeras y las flores, los caminos empedrados que conducían al garaje y la puerta de entrada y las zonas diáfanas donde solo podía verse césped cuidado.

–Crees que hay restos de un enterramiento en el jardín, ¿verdad? –me preguntó Álvaro.

–Deja de meterte en mi cabeza.

–Eso nunca.

Nos dedicamos unas sonrisas.

—Van a peinarlo con un georradar.

—Pues espero que quede guapo —bromeó mi compañero.

Álvaro de la Torre

Treinta y dos minutos después

Revilla y Cánovas no tardaron en plantarse detrás de nosotros, como el juez de instrucción. El jardín se convirtió en el centro de todas las miradas.

—Que no bajen del porche —le ordenó el juez al agente encargado de la vigilancia del imputado cuando el policía científico empezó a pasar el georradar por las zonas verdes del jardín sin despegar la mirada de su pantalla. Me dio la sensación de que estaba cortando el césped.

Tras saltar durante media hora de un retal verde a otro, se detuvo y dijo:

—Ahí abajo hay algo.

Cuatro expertos se pusieron a cavar como perros con huesos entre los dientes. Los observamos desde el camino adoquinado que conducía a la casa. El runrún de los periodistas que aguardaban tras las cintas policiales llegó a mis oídos tras saltar los muros.

«Mira que son pesados».

Los criminalistas mancillaron el jardín con un agujero considerable.

—¡Un tornillo! —exclamó el más espigado.

Zafra se acercó al borde del agujero para meterlo en una bolsa para pruebas y en ese momento uno de los policías volvió a exclamar:

—¡Un plástico! —dijo, como un vendedor ambulante que aspira a atraer la atención de los compradores.

Nos pusimos guantes de nitrilo y caminamos hacia allí.

—¿Sabéis qué es? —nos dijo Zafra mientras sujetaba en alto un objeto negro y plano de plástico de unos diez centímetros de alto por cuatro de ancho.

—La tapa de las pilas de un mando a distancia —creí resolver.

Me volví hacia Revilla. Había visto aquella mirada en la cara de otros imputados. El psiquiatra empezaba a comprender que su abogado —por caro que fuera— no tendría opciones ante la oleada de pruebas que el fiscal haría desfilar ante los ojos de juez y jurado.

—Buen trabajo —les dije a los policías que habían detectado los objetos—. Vamos a someterlos al luminol.

Me entraron unas prisas absurdas. Llegados a ese punto, el tiempo era el menor de nuestros problemas. Pero mi mente no atendía a razones y ardía en deseos hasta quemar la calma con la que había actuado hasta entonces.

—Yo me encargo —dijo Zafra—. Acompañadme. Vosotros seguid buscando.

Cuando pasamos junto a Revilla y Cánovas, percibí miedo en los ojos del psiquiatra y falta de esperanza en los del abogado. Puede que Cánovas supiera lo que estábamos a punto de descubrir. El juez, en cambio, nos sonrió antes de unirse a la comitiva.

La inspectora jefa cogió un botecito de luminol de su maletín de luces forenses y una bandeja esterilizada del maletín más grande entretanto todos la observábamos proceder.

—Dejadme espacio, coño —dijo molesta cuando no me aparté a tiempo de su camino.

El cansancio y la tensión empezaban a sacar a relucir nuestro temperamento. Recorrió el largo pasillo que conducía al salón y se metió en uno de los cuantiosos cuartos de baño de la vivienda. Dejó la bandeja sobre la tapa del váter y sobre esta el tornillo y la tapa, les aplicó el luminol y rogó que alguien apagara la luz. Curiosamente, fue Cánovas quien pulsó el interruptor. Y al entrar en contacto con la oscuridad, la verdad salió a la luz: la tapa mostró unas nítidas manchas de color blanco azulado.

Una lluvia de calma me empapó los hombros. El asesino de Carolina y de Tomás Lago estaba de pie, a mi espalda, y no volvería a matar.

34

Álvaro de la Torre

30 de enero de 2019, 20:18 h
Moncloa-Aravaca

Cuando nos disponíamos a llevar al imputado a la comisaría para someterlo a un intenso interrogatorio, Zafra habló a nuestras espaldas desde el fondo del pasillo.

–Tenéis que ver esto.

–¿El qué? –preguntó Elsa.

–Hemos encontrado un *pendrive* en un compartimento secreto de la mesa de despacho de Revilla. Lo marcó con un rotulador indeleble.

–¿Y qué pone?

–Los Lago.

«¿Es que esto no va a acabar nunca?».

Me sentí al borde de un abismo y temí resbalarme y no poder salir en mucho tiempo. Los ojos de Elsa reflejaron el mismo miedo.

«Se avecina el cierre del caso, inspectores. Y será de los que dejan huella». La voz de Echevarría se metió a hurtadillas en mi cabeza.

«Maldito Talento».

Seguimos a la Policía científica hasta la primera planta. Entramos en el despacho con sed de conocimiento y un nudo en el estómago. Dos agentes, con los brazos en jarra, clavaban la mirada en un *pendrive* rojo que resaltaba sobre la ordenada mesa de despacho de Revilla mientras el juez observaba ante la única ventana de la habitación.

Zafra se colocó entre los policías y nos instó a acercarnos.

El imputado y su abogado no tardaron en plantarse en el umbral de la habitación.

–Que no se acerquen –ordenó Elsa.

Me volví hacia Revilla.

–¿Qué vamos a encontrar en el *pendrive*?

El psiquiatra no abrió la boca, por orden de su abogado. Empezaba a estar harto de los mandatos de Cánovas.

–Buen trabajo –les dijo Elsa a los criminalistas que habían descubierto la unidad de almacenamiento.

Zafra pidió que alguien le llevara un portátil. Uno de sus subordinados le acercó uno. La habitación se iba llenando de criminalistas atraídos por la curiosidad.

La inspectora lo encendió e introdujo el USB. Aparecieron dos carpetas: «Tomás» y «Carolina».

–¿Por cuál empiezo? –le preguntó al juez.

Este se encogió de hombros y dijo:

–¿Por Tomás?

Zafra clicó en la carpeta, que solo contenía un vídeo. Lo reprodujo. Más de uno tenía la presión arterial por las nubes.

La cámara encuadraba la mitad de una habitación. Paredes blancas, un chifonier de cuatro cajones y la esquina de un televisor. Ninguna ventana o puerta, al menos en el trecho enmarcado. Tomás apareció justo en el segundo trece. Se estaba subiendo a algo que estaba fuera del encuadre y la imagen solo mostraba desde sus rodillas hasta sus cejas. Cargaba con una soga. «Temo que se suicidara y que su cuerpo quedara oculto por algún aciago motivo». Esta vez fue su mujer, Edurne Palaciego, quien se coló en mi mente. El hombre miró ligeramente hacia abajo y susurró algo que ninguno pudimos entender –el vídeo carecía de audio–, levantó las manos y amarró el extremo de la cuerda a un supuesto enganche. Se ciñó la soga al cuello y su cuerpo se sacudió sobre una silla, un taburete o lo que fuera que soportara su peso, hasta que este cedió bajo sus pies.

Un silencio espeso como la gelatina se apoderó del despacho mientras Tomás sufría espasmos. Luego se quedó tieso.

—Dios santo —susurró Elsa.

—¿Alguien reconoce la habitación?

Todos negaron con la cabeza.

—Mi último acto de bondad —dijo Revilla, ante nuestro asombro.

—¡Calla! —le exigió su abogado—. Mi representado no contestará a ninguna...

—¡Que sí, joder! —corté al abogado mientras el psiquiatra permanecía siniestramente impávido.

—Un poco de calma —dijo el juez en tono imperativo.

—Lo siento, señoría —me disculpé.

Revisamos la grabación hasta el final para comprobar que no aparecieran otras personas. Tras verificar la ausencia de otra persona, Zafra rebobinó hasta el momento en que Tomás movía los labios.

Agudizamos los sentidos y tratamos de leérselos.

—¿Dice «Lo siento»? —se preguntó Elsa.

—Eso parece.

Me dirigí al juez Navarro:

—¿Podemos llevarnos al imputado a la comisaría?

—Adelante.

Antes de marcharnos revisamos el contenido de la carpeta «Carolina». En su interior aparecieron un centenar de vídeos, incluido el que le envió a Edurne Palaciego. En todas las grabaciones sonaba de fondo la música que esta, la madre de la joven, la esposa de su mejor amigo y la que también fuera su amante, nos había mencionado: *Aria sulla quarta corda*, arreglo musical del violinista August Wilhelmj del segundo movimiento de la Suite orquestal n.º 3 en re mayor, BWV 1068 de Johann Sebastian Bach.

Para inmovilizar a Carolina, Revilla usó una cruz de San Andrés, se trataba de una cruz en forma de aspa con abra-

zaderas en los extremos. No conseguí examinar la primera grabación más de cincuenta y seis segundos. Aparté la
mirada sin importarme que pensaran que era un hombre
de mente frágil. Cincuenta y seis malditos segundos. Elsa
aguantó cuatro más, clavando el minuto. El dolor que me
causaron aquellas imágenes era inenarrable. Todos los ojos
puestos en la pantalla gotearon al menos una vez. Las súplicas, los cortes, la sangre y las lágrimas atacaron nuestros
corazones como un arma letal.

35

Tomás Lago

Dos días después de la desaparición de Carolina Lago
6 de octubre de 2017, 19:22 h
Moncloa-Aravaca, Madrid

Tras llamar suavemente con los nudillos, entró en la habitación de Carolina, a quien encontró leyendo sobre la cama. Antes de saludar, se fijó en que el móvil de su hija estaba sobre el escritorio.

—Tengo que hablar contigo.

—Tú dirás —contestó Carolina con sequedad.

—Se acerca el cumpleaños de tu madre y he pensado en prepararle una fiesta sorpresa. Pero ya sabes cómo es de avispada: de celebrarse aquí acabaría no siendo una sorpresa. Así que he hablado con Óscar y se ha ofrecido a que la hagamos en su casa.

No hacía mucho que Tomás había descubierto que su hija era bisexual y que asistía a orgías. Poco después de la acalorada discusión en la que se dijeron de todo, acordaron no volver a tocar el tema. Edurne se esforzaba por limar asperezas entre padre e hija, pero Carolina le hacía pagar que se hubiera posicionado a favor de su esposo. Por eso le sorprendió que su padre se presentara en su habitación como si no hubiera pasado nada.

—No le gustan las sorpresas —dijo Carolina—. Igual te sale el tiro por la culata.

—Invitaré a lo más selecto de Madrid.

Carolina puso cara de indiferencia.

–Tú sabrás.

–Le vendrá bien relacionarse un poco. Y me gustaría que me ayudaras con los preparativos. Tú y yo, mano a mano, como en los viejos tiempos.

–¿Qué tiempos? Si fuiste un padre ausente.

–¿Ya empezamos?

–De acuerdo. –Carolina estaba cansada de batallar contra sus padres–. Te echaré una mano.

–¿Te viene bien que empecemos mañana?

–Como quieras.

–¿En casa de Óscar a las diez?

–Vale.

–Yo saldré hacia allí un poco antes. Cuanto más viejo te haces, menos duermes. Prefiero estar haciendo algo productivo que dando vueltas en la cama. Tú no hace falta que madrugues tanto.

–He dicho que vale.

–Gracias.

Tomás dejó un llavero a los pies de la cama con un mando a distancia y una llave.

–Óscar está fuera por trabajo. Mete el coche en el jardín. Si estoy en el sótano, no te oiré llegar. Entra, o llama al timbre, o dame un telefonazo. «Como si estuvierais en vuestra casa», me ha dicho. Así que haz lo que te parezca. Eso sí: ni una palabra a nadie.

–Soy una tumba.

–Ni siquiera a tu amiga Elena. Habla por los codos.

Al pronunciar la palabra «amiga», Tomás no pudo evitar torcer el semblante.

«Nunca serás capaz de aceptarme como soy, ¿verdad? Entonces, ¿por qué me pides ayuda? Siempre te ha movido el interés, ¿eh, déspota de mierda?». Carolina estuvo tentada de soltarle: «¿Sabes qué? Que te ayude tu puta madre», pero estaba cansada de caminar a contraviento.

–Tranquilo, guardaré el secreto.

–Gracias.

–Lo hago por mamá, que conste. Aunque me haya traicionado.

–Tu madre te quiere muchísimo. –Tomás evitó profundizar en el tema «traición»–. Me voy a mi despacho.

–Ni jubilado sales de ese cuarto –dijo Carolina entre dientes.

–¿Qué?

–Nada. Que te diviertas.

–Siempre lo hago.

Tomás entró en su despacho y aguardó sobre su silla de piel marrón con las manos entrelazadas bajo la barbilla. No tardó en percibir que Carolina salía de su cuarto y bajaba por las escaleras, supuso que en busca de un vaso de agua o un refrigerio que llevarse a la cama. Pasó de puntillas a la habitación de su hija y envolvió su móvil con un pañuelo de seda. Tras regresar a su lugar de recogimiento, lo escondió en un cajón oculto de su mesa.

«Los primeros pasos están dándose, hija mía».

Nueve horas y doce minutos después

No esperó a que lo despertara la vibración del móvil. Salió del dormitorio, pasó a hurtadillas por delante de la puerta de las habitaciones de su esposa y de su hija y bajó las escaleras descalzo. Antes de acostarse había cogido las llaves del coche de Carolina del recibidor.

Entró en el garaje y con una llave del diez de su vieja caja de herramientas abrió la puerta del conductor del coche de su hija. Desbloqueó el capó y lo subió con cuidado de no hacer ruido. Usando la llave, desconectó el borne negativo de la batería. «Listo».

Bajó el capó sin cerrarlo del todo y giró la llave en el contacto.

«Perfecto: no arranca».

Caminó hasta la entrada y dejó las llaves en su sitio.

«No suele coger el coche para trayectos cortos, pero más vale prevenir. Y no tiene ni idea de mecánica. Si no le apetece caminar y decide ir en coche, no arrancará y ni siquiera se dignará a subir el capó. Edurne ha quedado con una amiga al otro lado de Madrid, así que necesitará el suyo. Yo me habré llevado el mío... No le quedará otra que ir a pie a casa de Óscar. Cuando regrese de Toledo, volveré a conectar el borne».

Al día siguiente

Tomás se levantó temprano, pero no fue a casa de su amigo a preparar ninguna fiesta. Condujo hasta la urbanización Montesión, en Toledo, donde antaño pasaba las vacaciones junto a su esposa y su hija, y esperó a que llegara el mediodía. Entonces se desplazó al centro de la ciudad y comió en un buen restaurante. Después deambuló por sus calles –cuidándose de ser grabado por las cámaras del lugar–, a la espera de que su mujer lo llamara, preocupada por Carolina.

Nada más regresar a Madrid, volvió a conectar el borne de la batería. Seguidamente subió a su despacho mientras su mujer estaba en el baño y sacó el móvil de Carolina del cajón oculto e insonorizado de su mesa y lo pasó a un cajón de una de las mesitas de noche de su hija.

Salió con prisa al percatarse de que Edurne subía por las escaleras.

–¿La has llamado al móvil? –le preguntó con un fingido gesto de inquietud.

–Suena, pero no lo coge. No está con ninguna de sus amigas. Ni con Álex. Es raro. Ayer me dijo que vendría a comer. ¿Llamo a la Policía?

–¿Desde dónde la has llamado?

–Desde el salón.

–Vuelve a intentarlo. Puede que se dejara el teléfono en alguna parte y no lo oyeras desde tan lejos. No sería la primera vez que me encuentro su móvil en el baño.

Edurne marcó el número de su hija con manos temblorosas. Enseguida percibieron un ligero soniquete. Edurne siguió el sonido como si fuera un niño de Hamelín hasta descubrir el móvil de Carolina en el cajón de la mesita.

–Se ha marchado sin su teléfono.

Edurne no entendía lo que estaba sucediendo.

–Llama a la Policía –le rogó su marido, preocupado.

09:48 h
Horas antes

Carolina entró con el mando a distancia, accedió al jardín y avanzó por un camino adoquinado de piedras marrones. Llevaba años sin pisar aquel espacio ocupado por árboles frutales, flores de vivos colores y un césped cuidado en torno al azul de una piscina que reflejaba las coronas de dos palmeras datileras.

–Algunas cosas nunca cambian –se dijo, pensando en su niñez, en su padre ausente.

«Si tuviera el móvil lo llamaría. ¿Dónde leches lo metería anoche? Cualquier día de estos pierdo la cabeza –pensó antes de meter la llave en la cerradura de la robusta puerta principal–. Y la mierda de coche va y no arranca. Menos mal que Óscar no vive lejos. Hoy no me apetecía caminar».

Colgó el abrigo en un perchero esquinado.

–¡Tomás! –gritó desde el amplio recibidor.

Llevaba años sin llamarlo «papá».

No obtuvo respuesta.

«Estará en el sótano», imaginó mientras se contemplaba en el espejo que brillaba sobre el mueble recibidor.

«Debería haberme maquillado. Parezco Freddy Krueger».

Percibió pasos a su espalda.

Distinguió una silueta a lo largo del cristal.

Y, en tanto el miedo la paralizaba, notó cómo un enmascarado le vaciaba el contenido de una jeringa en el cuello.

36

Álvaro de la Torre

30 de enero de 2019, 22:13 h
Comisaría General de Policía Judicial, Madrid

Valcárcel entró en la sala de seguimiento cuando nos disponíamos a entrar. En mi mente no dejaba de sonar el *Aria sulla quarta corda*.

–Después de lo que le he visto hacer –admití mientras observaba a Revilla y a su abogado–, os juro que...

Estuve a punto de arrojar una lágrima por culpa de una amalgama de sentimientos incompatibles: alegría y pena, rabia y consuelo, ilusión y desesperanza, mientras la música con la que Revilla amenizó las torturas no paraba de repetirse en mi cabeza como un telón de fondo macabro.

–No entiendo qué pasa por la mente de algunas personas –confesó Elsa.

–Nunca lo entenderemos –dijo el inspector jefe–. Y es mejor así.

–Estoy deseando hablar con el Abogado del Estrellado –admití, un poco de vuelta de todo.

–El Abogado del Estrellado –repitió Elsa–, ahí has estado agudo, compañero.

–Ya ves –dije con desgana.

Irrumpimos en la sala y cortamos de cuajo la charla que mantenían asesino y letrado. Nos sentamos con aire combativo. Nunca había sentido tanto asco por un imputado. Revilla paseó su impávida mirada de hombre sin futuro de mi rostro al de Elsa.

a perdonarte? ¡Violaste y torturaste a una mujer en la flor de la vida!

—Nadie va a perdonarle jamás —añadí yo, a un paso del insulto—. Y conteste de una maldita vez a la pregunta que le hemos hecho: ¿cómo engañó a Tomás?

—El día que secuestré a Carolina me tomé una tableta de litio de liberación prolongada e hice lo mismo cuando rapté a Tomás. Eso calmó mis impulsos desatados. Pero sabía que la medicación no sería suficiente. Y no lo fue.

—¿¡Que cómo engañó a Tomás, joder!? —exclamé con cara de pocos amigos.

—Todavía recuerdo su cara de bobo cuando vio la consulta. Se le iluminaron los ojos...

37

Óscar Revilla

Semanas antes de la desaparición de Carolina Lago
15 de septiembre de 2017, 22:37 h
Moncloa-Aravaca, Madrid

El salón se hallaba iluminado por la cálida y parpadeante luz de las velas. Las sombras bailaban en las paredes como pinturas primitivas. El suave aroma de las flores frescas que emergían de un jarrón de cristal los sumergía en una atmósfera silvestre. Una música suave de piano susurraba en los oídos de los psiquiatras. El abrigo de Tomás colgaba de un sofá mullido, encarado hacia el fuego que crepitaba al compás de los dedos del pianista. Las cortinas corridas formaban líneas de luz de luna sobre el suelo de madera natural y los platos de porcelana reflejaban los restos de una cena digna de un monarca.

Cualquiera hubiera pensado que disfrutaban de la sobremesa de una cena romántica. Pero Tomás y Óscar solo eran sibaritas de corte clásico.

—Por muchas veladas como esta —celebró Lago mientras alzaba su copa de coñac.

Los dos dieron un sorbo de brandi de Jerez y el brindis quedó sellado.

—¿Cómo está Carolina? —se interesó Revilla con aire desinhibido, como si el asunto acabara de venirle a la cabeza.

—Se niega a recibir ayuda. No he conocido a una mujer más cabezota. Bueno, sí, a su madre.

Sonrieron.

—Podrías obligarla a hacer terapia.

–¿Obligarla? Es mayor de edad. No puedo obligarla a hacer nada. Lo único que puedo hacer es echarla de casa, pero, por mucho que ella se empeñe en negarlo, quiero a mi hija.

–Lo sé. ¿Sabes? Desde que me contaste lo de su promiscuidad, no he dejado de darle vueltas al asunto en busca de una solución.

–Me temo que la única solución es que toque fondo.

–Puedes obligarla, insisto.

–No te entiendo.

–Voy a contarte una idea que he tenido. En principio va a parecerte descabellada, te lo advierto. Pero tras estudiarla detenidamente, como he hecho yo durante los últimos días, puede que no te parezca tan disparatada. Es solo una idea, ¿de acuerdo? No te pongas hecho un basilisco, que nos conocemos.

–Miedo me das.

–¿Y si monto una consulta en el sótano y la someto a tratamiento psiquiátrico?

–¿Estás sordo? Te he dicho que rechaza cualquier tipo de tratamiento.

–Entonces la forzamos a curarse.

–¿Has perdido la cabeza? Hablamos de cometer un delito.

–También es delito el suicidio asistido y en ciertos casos debería ser un derecho. Las leyes están llenas de incoherencias.

–No pienso obligarla –zanjó Tomás.

–Si Carolina no cambia de hábitos, tarde o temprano su promiscuidad va a salpicarte a la cara. Si la gente se entera de sus fiestecitas sexuales, tu reputación se irá al traste. Pasarás a la posteridad como el psiquiatra que no supo reconducir a su hija por el buen camino. Déjame que sane su mente. Me pondré un pasamontañas y usaré un distorsionador de voz. No sospechará de mí. Ni siquiera ha estado en mi sótano. Lo convertiré en una consulta, ¿entiendes?

–Es absurdo. Esas mismas terapias le causarían un trauma.

—Se necesita algo más para crear un trauma. Le montaré una habitación con su nevera, su tele, su baño, sus libros... No le haré ningún daño. Estará como en un hotel de cinco estrellas.

—Has bebido demasiado. ¡Estaría encerrada en contra de su voluntad!

—Un pago insignificante a cambio de la curación. Todos los que asisten a esas fiestas sexuales toman drogas. Puede que un día te llame un médico para comunicarte su muerte por sobredosis. Y entonces no podrás perdonarte no haber dado el paso. Contesta con sinceridad, ¿si estuvieras enfermo y no fueras capaz de verlo, como les pasa a los alcohólicos y a los drogodependientes, no querrías que te ayudaran aunque fuera en contra de tu voluntad?

—Sí querría, pero...

—¿Qué diferencia hay entre lo que propongo y un centro de desintoxicación?

—Que en el centro de desintoxicación entras de forma voluntaria.

—¿Y en un psiquiátrico?

Tomás se frotó el mentón y pensó en los pros y los contras del plan de su amigo. El poder de persuasión de Revilla empezaba a hacer mella en su juicio.

—¿Y crees que después de soltarla va a quedarse calladita? ¿Cómo va a entrar por su propio pie en tu sótano sin que nadie nos delate cuando la den por desaparecida? ¡La Policía no es tonta! ¡Deja de delirar y fúmate un puro!

Revilla soltó una estridente risotada.

—Es lo que pienso hacer.

Cogió su purera, que había dejado encima de la mesa tras servir los cafés, y sacó un Cohiba Espléndidos. Cortó el extremo con un cortapuros; un corte limpio y preciso, sin dañar las hojas del tabaco. Observó el habano en busca de grietas o agujeros y lo presionó con los dedos suavemente.

–Excelente –susurró mientras Tomás seguía el ritual con la mirada.

Utilizó una cerilla para encender el extremo abierto, lentamente y de forma uniforme, girándolo mientras este se ponía al rojo vivo. Se acercó el puro a la nariz y respiró el aroma de las notas de tabaco, madera y especias. Tras emitir un sonido gutural de placer, le dio la primera calada. El humo veló la cara de Revilla mientras Tomás tenía ideas impensables minutos atrás: «No puedo quedarme mirando mientras arruina su vida. Es mi hija y necesita mi ayuda. En ocasiones, el fin justifica los medios. La intención de Óscar es buena y yo actuaría guiado por el amor de un padre».

–Entrará por su propio pie –explicó Óscar entre caladas– y cuando la liberemos solo recordará las terapias de un hombre de voz robótica ataviado con un pasamontañas; la del hombre que ha sanado su mente y que, por tanto, ha mejorado su calidad de vida. Cuando pasen un par de días y se calme, en ella solo quedará agradecimiento. Y tendrá a su madre y a su padre para que la apoyen.

–¿Y cómo lograrás que olvide cómo ha llegado hasta aquí?

–Con escopolamina. Se la suministraré en cuanto llegue.

–Decir que es arriesgado se queda corto. La amnesia lacunar no asegura que...

–Somos psiquiatras –lo interrumpió Revilla–. Hemos realizado decenas de ensayos clínicos. ¿Por qué no proceder con uno más?

–¿A qué te refieres?

–A probar si funciona.

–¿Cómo?

–Suministrándomela.

–Está claro que has perdido el norte.

–Solo quiero ayudar a mi mejor amigo. Sé lo mucho que te preocupa Carolina. Sé que te duele que te tilde de estrecho de miras y de padre ausente.

–Debí prestarle más atención cuando era una niña. Es de las pocas cosas de las que me arrepiento. Esa sensación de abandono puede ser la causa de su promiscuidad –lamentó Tomás.

–Entonces acepta mi ayuda y subsana el error. O puedes dejar a tu hija en manos del Altísimo...

Revilla se encogió de hombros con el puro entre los dientes.

–Para empezar, me gustaría ver cómo te metes esa mierda por vena –dijo Lago con cara de incredulidad–. Sería un buen colofón para nuestra velada más extraña. Supongo que conoces la dosis que conlleva perder la memoria reciente y sabes que, tras hacer efecto, estarás a mi merced.

–Mientras no me sodomices...

–Puedes estar tranquilo. Y bien, ¿dónde guardas el alcaloide tropánico?

Revilla metió la mano en un bolsillo del pantalón de pana y extrajo un pequeño frasco de cristal y una jeringa desechable.

–No has dejado nada a la improvisación, ¿eh?

–Solo quiero ayudar a un amigo –insistió, antes de descapuchar la aguja, insertarla en el medicamento, tirar del émbolo y, en último lugar, extraer el exceso de aire.

Tomás no pudo constatar la dosis desde su silla. Por lo pronto sintió angustia –a partir de los dos miligramos podía resultar letal–, pero el caso es que en ningún momento creyó que su amigo fuera a inyectarse nada. Hasta que la aguja se acercó sin ambages a la piel del psiquiatra.

–¡Espera! –Revilla se detuvo cuando entre brazo y aguja no cabía un pelo–. ¿Vas a hacerlo? ¿En serio?

–Claro.

–Pensaba que estabas tomándome el pelo –dijo Tomás.

–Para nada.

–Pero...

–Tranquilo.

Revilla hundió la aguja en su piel y empujó el émbolo hasta el fondo.

—Ahora solo queda esperar —dijo, con la escopolamina corriendo por sus venas.

Diez minutos después

—Te-tengo se-sed —dijo Revilla con las pupilas dilatadas y los brazos lánguidos como dos serpientes sin vida.

Tomás, que se mantuvo serio, pensó: «Comprobemos esa sumisión química».

Luego, bordeó la mesa y se detuvo ante su amigo.

—Ponte de pie. —Lo ayudó a incorporarse—. Bájate los pantalones y mastúrbate.

Necesitaba cerciorarse de que realmente se había inyectado la escopolamina, que todo aquel disparate no formaba parte de una broma pesada.

Revilla se bajó los pantalones y los calzoncillos entre tambaleos y agarró su miembro flácido con la mano diestra.

—Es suficiente —dijo Tomás antes de que su amigo empezara a aliviarse—. Vuelve a vestirte.

Revilla obedeció con la diligencia que le permitía su estado.

«Es evidente que no finge».

—Vamos al sofá.

—Va-vale.

Tomás ayudó a tumbarse a su amigo.

—Duérmete —le ordenó.

El intoxicado cerró los ojos a la lumbre del fuego mientras Tomás se acomodaba en uno de los sillones gemelos encarados hacia la chimenea y se abstraía en la danza crepitante de las llamas.

Y pensó.

Cuando las primeras luces llenaron Madrid de sombras, corrió las cortinas sin haber pegado ojo. Óscar no tardó en salir de su letargo y mirar a su alrededor, con la frente arrugada y una mano a modo de visera.

–¿Qué hacemos en el salón? No me acuerdo de nada, joder.

–¿Recuerdas cuando llegué?

–No. Recuerdo empezar a preparar la cena, pero nada más hasta ahora. –Revilla echó un vistazo a la mesa llena de platos sucios y descubrió la jeringa y el frasco de cristal–. ¿Entiendo que me atreví a contarte mi estrategia? ¿Y que me dejaste llegar hasta el final?

–Tenemos que hablar de ese plan tuyo.

Veintiún días más tarde

–¿No te habrán seguido? –preguntó Óscar inquieto tras abrirle la puerta a su amigo.

–No. He estado atento. Tampoco creo que husmeen demasiado en el entorno familiar. Tu plan es perfecto. No sospecharán de nosotros. Y aunque me hubieran seguido... ¿No puede un hombre visitar a su mejor amigo?

–Eso digo yo. De todos modos, hemos hecho bien en dejar pasar un par de días.

–Sin duda. ¿Sabes? A pesar del disgusto que se ha llevado Edurne y de que Carolina pase algo de miedo al principio, estoy convencido de que estamos haciendo lo correcto. Todo tiene su precio. Y a algunas personas les cuesta pagarlo, aunque les vaya la salud mental en ello –afirmó Tomás.

–Puede que le estemos salvando la vida.

–Puede. Bueno, ¿cómo está la paciente?

–Bien, adaptándose. Tengo pensado empezar mañana con la terapia.

–Estupendo.

Lago y Revilla bajaron en silencio las escaleras que conducían al sótano.

Tomás recorrió la consulta casera con la mirada: un cuarto

de paredes blancas adornadas con una cenefa azulada en los bajos, un escritorio, un diván, una silla Tulip, dos estanterías abarrotadas de libros, una planta arrinconada...

–Te lo has currado –dijo Tomás.

–He invertido muchas horas, sí.

–Y yo te lo agradezco.

–No hay de qué.

Tomás centró su atención en la puerta tras la que aguardaba su hija. Se acercó con pasos silenciosos.

–Tranquilo, está insonorizada –le explicó antes de que mirara por la ventana, poco más grande que una mirilla, y contemplara a su hija mirando la tele sentada en la cama, con la espalda apoyada al cabezal, desayunando cereales con leche sobre una bandeja de plata.

–Parece tranquila.

–Anteayer estuvo gritando y pataleando. Hizo preguntas del tipo «¿por qué estoy aquí?». Luego me puse el pasamontañas y el distorsionador de voz, entré y le prometí que no le haría ningún daño. Le conté que mi intención era pedir un rescate y que, en cuanto sus padres realizaran el pago, la liberaría. Y que, aunque se negaran a hacerlo, la dejaría ir de todos modos. Le rogué que aguantara un poco, que necesitaba unos días para preparar el intercambio. Desde entonces ha estado tranquila. Supongo que pensó que, de ser yo un perturbado, ya le habría hecho algún daño. Los embustes han servido como sedante. Necesito a una Carolina relajada para la primera sesión.

–Me gustaría estar presente.

–No hay problema: instalaré una cámara web y podrás seguir la sesión desde mi despacho. Toma apuntes si quieres. Aporta tu granito de arena.

–Por el momento me mantendré al margen. Conflicto de intereses, ya sabes –bromeó Tomás–. Si bien, y aunque cada especialista tiende a aplicar su método particular en función de la escuela psicológica que toma como referencia, el psicoanálisis podría funcionar con Carolina. Si sus experiencias traumáticas son la causa de sus conflictos internos, desenterrar esa fuente traumática podría llegar a solucionar los problemas emocionales y psicológicos que le causa su promiscuidad sexual, la culpa, la vergüenza y la baja autoestima, evidentes a ojos de un especialista en problemas de salud mental. Como lo fue su padre.

—Como lo es —lisonjeó Revilla. Tomás asintió al cumplido de su amigo—. Y, sí, el psicoanálisis entraba en mis planes.

—Todo marcha según lo planeado —dijo el padre mientras se apartaba de la puerta de la estancia en la que estaba su hija—. Es surrealista, ¿verdad?

—Lo es.

Tomás se acercó a la silla Tulip encarada hacia el diván y desde la que Revilla le haría terapia a su hija. Se acomodó y advirtió una extraña rigidez en el asiento. Lanzó la mirada a sus pies y descubrió cuatro cabezas de tornillo en la única pata de la silla.

—¿Por qué la has atornillado al suelo?

Tomás no vio a su amigo al levantar la mirada.

—¿Óscar?

Un pinchazo le hizo dar un respingo.

—¡Joder! —Se incorporó confuso mientras se echaba la mano al cuello—. ¿¡Qué coño haces!?

El corazón le dio un vuelco al descubrir a su amigo con el rostro cubierto por un pasamontañas.

—¿Por qué me ha-has se-se-da-dado?

—Un último intento —dijo Óscar a su futuro paciente, críptico y con voz metálica.

38

Álvaro de la Torre

30 de enero de 2019, 22:53 h
Comisaría General de Policía Judicial, Madrid

Estaba obnubilado y no podía dejar de pensar. «Una maraña de sucesos que nadie podía prever: orgías, un padre intransigente, una madre adúltera, un novio atormentado, una amiga-amante, un desencadenante, un psiquiatra jubilado, forzado a ejercer para salvarle la vida a su hija. Violaciones y torturas en una cruz de madera».

—No se inyectó escopolamina, ¿verdad? —le pregunté, tras contarnos el cómo y el porqué.

—No. Un complejo vitamínico del grupo B.

—Lo fingió todo.

—Sí.

—Mataste a dos personas por puro placer —añadió Elsa.

—A ella, sí; a él, no. Podría decirse que Tomás murió por su intransigencia y Carolina por su promiscuidad —sentenció Revilla.

—Pedazo de mierda... —lo insultó Elsa con la mandíbula tensa—. Una mujer puede disfrutar del sexo como le dé la gana y es comprensible que un padre se preocupe por ciertas conductas de su hija, y más siendo psiquiatra. Murieron porque eres una persona repugnante que no merece respirar.

—Para ir terminando... —El interrogatorio se me estaba haciendo eterno—. ¿Obligó a Tomás a quitarse la vida?

—Fue un acto de compasión. No pudo contener al monstruo, pero aun con todo le permití acabar con su vida de un modo rápido. Le propuse una dosis letal de morfina, pero prefirió colgarse delante de su hija. Y no iba a negarle su último deseo. —«Fue a ella a quien le dijo "lo siento"», pensé mientras me abismaba en los ojos humedecidos de su asesino. Más allá del encuadre, Carolina observó cómo su padre se suicidaba. Tremendo–. Los medios de comunicación insinuaron su implicación en el secuestro de Carolina –prosiguió Revilla– y quiso dejar constancia de su inocencia. Pero yo creo que se impuso un castigo por no haber podido salvarla. Le pareció injusto morir de un modo indoloro sabiendo lo que le esperaba a ella.

—Entiendo que el vídeo y el mensaje que le envió a Edurne y la cruz que dejó en la escena fueron simples estratagemas para despistarnos.

—Quise imitar al asesino o los asesinos de Déborah Fernández. –Todo policía judicial conocía ese caso sin resolver–. Su cuerpo desnudo apareció en una cuneta, cubierto por hojas de acacias en medio de pistas falsas: un preservativo usado, un pañuelo de papel, un cordón verde... Una escena ficticia creada para simular un móvil sexual. La sospecha es que el autor incluso introdujo semen de forma artificial y *post mortem* en la vagina de la chica. El quid de la cuestión es que su asesino no fue puesto ante la justicia. Y, si a él le funcionó, pensé que a mí también podría servirme, como poco, para apartar las miradas inquisitivas de la Policía de mi persona.

—Y antes de matarla se deshizo de toda prueba incriminatoria, pintó el sótano, cambió el parqué...

—En efecto. Lo hice todo con mis propias manos. Pedí los materiales por internet y, para no dejar rastro, lo hice desde un cibercafé que está a medio camino de mi casa y la clínica. Lo hice todo pedazos con un mazo y lo enterré en el jardín y fui deshaciéndome de las huellas del crimen a cuentagotas. Llenaba un par de bolsas y las tiraba en los contenedores de basura que encontraba de camino a la clínica. Pero no vi la tapita del maldito mando de la habitación de Carolina. La última vez que desenterré era de noche y...

Revilla se encogió de hombros.

—Acabo de darme cuenta de una cosa —me dijo Elsa—: nos prohíben entrar con armas en las salas de interrogatorios no por el riesgo de que un tarado nos las sustraiga, sino para que no se nos crucen los cables y le volemos los sesos a escoria como la que tenemos delante.

Ignoré la peculiar deducción de Elsa y me dirigí al hombre que nunca volvería a ejercer la psiquiatría:

—Se sacudió las manos y pensó que no lograríamos unir las piezas del rompecabezas. Pero por aquí se nos dan bien los puzles.

—Y parece ser que a Carolina también —estimó Revilla—. Mientras yo borraba las pruebas, logró romper el rodapié y tragarse los pedazos. A pesar de su mente hecha añicos, intuyó que la muerte se cernía sobre ella y tomó medidas para que su asesino pagara. La cognición humana es impredecible. Nos ha dado una lección. Es una pena que su padre no esté para verlo. Consiguió una última chispa de genialidad. El canto del cisne. De tal palo, tal astilla.

—Te ha dado tu merecido desde la tumba —hizo constar Elsa.

—Una última pregunta —mendigué, cansado—. ¿Por qué suena la misma música en todos los vídeos?

—El *Aria sulla quarta corda.* —Revilla tarareó la sinfonía. Estuve tentado de cerrarle la boca de un puñetazo—. La mente crea vínculos. Lo llamamos «memoria sensorial». Un aroma puede transportarte a un lugar concreto. Tocar un cubito de hielo o sentir el pinchazo de la espina de una flor, a los brazos de un amante. Las yemas de nuestros dedos tienen poder memorístico. Y un sonido, por consiguiente, hacerte viajar a un sótano. Carolina amenizará mis días entre rejas. Nadie puede prohibirme escuchar música. Cuando suenen los violines, volveré a estar con ella. Volveré a...

–¡Es suficiente! –lo interrumpió Elsa, con golpe en la mesa incluido.

–Lo tenemos todo –dije a modo de cierre.

Por un momento me puse en la piel de Tomás y puse a Teresa en la de Carolina y un sinfín de contingencias atacaron mi mente: «Yo hubiera tratado de ahorrarle el sufrimiento, pero entonces ella habría pensado que yo era su asesino. ¿Contarle la verdad tras intuir que la terapia no surtirá efecto y buscar el modo de acabar juntos con todo? Sin embargo, revelarle la identidad del hombre de voz robótica hubiera truncado la posibilidad de salvación y todos sabemos que la esperanza es un arma de doble filo».

Resoplé cuando Elsa se acercaba al asesino.

–Es una pena que en España no exista la pena de muerte. –Decidió despedirse de Revilla con una frase lapidaria–: Una inyección letal te hubiera librado de esa locura que tanto te has esforzado en controlar.

El terapeuta habló con pesar en la voz:

–Ojalá alguien me hubiera detenido a tiempo.

Nos despedimos de Cánovas, que no había movido un músculo durante el último tercio de interrogatorio, y nos retiramos con el discurrir de una marcha fúnebre. Fuera nos encontramos al comisario Ibáñez con la cara pegada al cristal. Valcárcel había ahuecado el ala.

–Al menos se hará justicia –se consoló Elsa mientras se arrimaba a nuestro superior.

–Si el mundo fuera justo, Revilla se atragantaría con su propia lengua y se asfixiaría lenta y dolorosamente sobre esa silla –condenó Ibáñez–. Pero acabará en una celda individual con televisor.

39

Álvaro de la Torre

31 de enero de 2019, 19:42 h
Comisaría General de Policía Judicial, Madrid

Parecía mentira que todo hubiera acabado.

No obstante, Óscar Revilla no recibiría su merecido. ¿Qué pago puede imponérsele a un hombre que ha secuestrado, torturado y matado a una chica con toda la vida por delante? Ante ciertos crímenes, cualquier condena se queda corta. Dentro de la legalidad, me refiero. Tal vez arrojarlo a un agujero oscuro infestado de humedades y bichos donde tuviera que lidiar con el frío, la soledad y sus propios excrementos... Y ni con esas sería justa: Carolina y Tomás seguirían muertos. Pero puede que entonces Edurne encontrara consuelo en el sufrimiento de su asesino. El ser humano es vengativo por naturaleza. Somos más de la ley del talión que de poner la otra mejilla. Muchos aseguran no serlo. Me río en su cara de hipócritas. A esos pacifistas me gustaría verlos cuando la vida los golpee del mismo modo que a la señora Palaciego. Entonces clamarán que se haga justicia, sin darse cuenta de que ese hacer justicia es en realidad buscar venganza.

A pesar de que Edurne me dijera que no era necesario que me acercase a su casa a pedirle perdón cuando todo acabara, lo hice. Nunca olvidaré la pena de sus ojos, pero tampoco el agradecimiento de su mirada. Aunque quedaba por delante una vida de tristeza, la habíamos librado del peso de la incertidumbre.

–¿Qué te parece si vamos al *barucho* ese de mierda al que

279

vas? —me propuso Elsa desde su mesa–. ¿Un bocadillo de jamón y unas cervezas para celebrarlo?

–Los Divinos no es un *barucho* de mierda, es un bar con encanto.

–¿Desde cuándo lo cutre es encantador?

–Tampoco creo que tengamos nada que celebrar.

–Hemos resuelto el caso. Es terrible lo que hizo Revilla, pero nosotros hemos hecho todo lo bueno que podía hacerse.

–Qué demonios –dije enérgico–. Vamos. Que nos atienda Teresa.

–¿Hoy curra?

–No va a salir de casa para hacerte un bocadillo a ti...

–Calla, bobo. Lo digo porque así no seré la única mujer del antro.

–Alguna mujer más habrá. La Camella. La Hiena... O tal vez la Limpiasables. Si quieres te las presento.

La cara de Elsa era un poema.

Cuarenta y siete minutos después

–Si no fuera necesario dormir –dije tras darle un mordisco a mi bocata de jamón–, si pudiéramos mantenernos despiertos eternamente sin que nuestro cuerpo se resintiera, tú y yo seríamos tan gilipollas de embarcarnos en una especie de vigilia sin fin. –La cerveza empezaba a hacerme efecto–. El mal nunca descansa y, por suerte o por desgracia, tú y yo no sabemos mirar hacia otro lado.

El *Aria sulla cuarta corda* empezó a llenar el establecimiento, pero nadie había puesto música.

«No nos pagan lo suficiente –pensé, rebosante de inquietudes–. Ni diez mil euros al mes compensarían tanta oscuridad».

–Un caso se cierra y a la mañana siguiente estamos metidos en otro –dijo Elsa con palpable amargura–: el bucle infinito.

–¿Un brindis por los gilipollas?

Elsa levantó su birra.

–Por los gilipollas.

–Chinchín –susurré cuando los botellines chocaban. Unos segundos después se me escapó decir–: Las niñas de Alcàsser.

–¿Qué pasa con el crimen de Alcàsser?

–Dos delincuentes comunes recogen en un Opel Corsa a tres jóvenes cuando hacen autostop y, en lugar de llevarlas a la discoteca Coolor, como les prometen, las arrastran a una caseta abandonada en el barranco de la Romana. Las atan a un poste y... En fin. Te preguntarás por qué te cuento algo que ya sabes. Porque ya no puedes fiarte ni de tu sombra. Y es triste, joder. Pero ahora imagina que vives en una zona privilegiada de Madrid, en uno de los considerados «barrios seguros». Y un reputado psiquiatra se muda a la casa de al lado. Y resulta que, además de psiquiatra, es un psicópata que lucha por reprimir sus ganas de violar y torturar. Y tú, que eres la hija de un matrimonio adinerado, un día te cruzas con él y desatas a la bestia que trata de refrenar. Y otro día cualquiera pasas por delante de la puerta de su jardín y él te pide que le ayudes a, no sé, ¿sujetar una maceta? Y tú lo haces, porque, joder, es psiquiatra. Y sin darte cuenta, acabas de poner un pie en el infierno. Estoy harto de tratar de encontrarle sentido a asesinatos como los de Miriam, Toñi y Desirée, o los de Carolina y Tomás. Discúlpame. –Me froté las sienes con las yemas de los dedos–. Hoy divago más de lo normal.

–Solo te estabas desahogando. Y ha llegado mi turno. Óscar Revilla no es una persona, ni siquiera un hombre enfermo: es la encarnación del mal, un monstruo vestido de ser humano, peor que Hitler y Stalin trabajando juntos, escoria diarreica, un aborto mal hecho, un... Ya no se me ocurre nada más.

Elsa, como en tantas otras ocasiones, logró robarme una

sonrisa cuando lo único que deseaba era sumirme en un sueño profundo.

–Buen desahogo.

Teresa se acercó a nuestra mesa.

–¿Cómo va, pareja?

–Yo no tardaré en decir tonterías –admití.

Elsa se desternilló sobre su silla.

–¡Si llevas media hora diciendo chorradas!

Teresa le siguió el rollo:

–Lleva diciendo chorradas desde que lo conozco.

No tuve más remedio que asentir.

40

Víctor Echevarría

1 de febrero de 2019, 20:37 h
Usera, Madrid

El comisario Ibáñez entró en el piso del detective privado y, tras los pertinentes saludos, se fijó en las cajas desperdigadas por el pasillo.

—¿Estás de mudanza?

—Sí. Mañana quiero dormir en mi nuevo piso. ¿Quiere tomar algo?

—No, gracias.

—Como quiera.

—Lo cierto es que tengo algo de prisa.

—No le robaré demasiado tiempo.

Echevarría condujo al comisario hasta el comedor y lo invitó a tomar asiento en el sofá. Ibáñez habló con su acostumbrado estilo directo al tiempo que el otro se acomodaba en una silla que parecía haber sufrido el ataque de una colonia de ratas:

—Me sorprendió tu llamada. Sobre todo, que me rogaras hablar en un lugar... ¿Cómo lo dijiste?

—Alejado de la oficina.

—Cómo iba a negarme, después de la ayuda que nos prestaste en el caso Lago.

—Y en el caso Verdugo.

—Ya, bueno, no te pases de listo, que en el caso Verdugo lo hiciste más por ti que por la patria. ¿O crees que no sé cómo vas a pagar tu nuevo pisito?

A Echevarría le gustaban las personas que criticaban a la cara, de ahí que consumara una sonrisa.

–Tiene usted casi toda la razón. Lo hice por dinero y por venganza, lo admito, pero la vocación me sale por las orejas. Yo no me tomo vacaciones. Me las dan y las cojo, pero sigo investigando; mi sed de justicia me acompaña a todas partes. Pasé por un mal momento, sí, e hice cosas de las que no me enorgullezco, pero estoy de vuelta. Y quiero volver a ser inspector de Homicidios.

–Veré qué puedo hacer. –Le sorprendió la predisposición del comisario–. Te investigué cuando Neveira me confesó que lo ayudaste con el caso Verdugo. –Echevarría sonrió una vez más–. No tienes antecedentes penales. Te fuiste hace menos de dos años, así que podemos hacerlo pasar por una excedencia o... Bueno, ya veré cómo lidio con que hayas estado ejerciendo de detective privado. La puta burocracia siempre nos pone la zancadilla. Lo dejaste porque un asesino mató a tu compañera y no fuiste capaz de superarlo, de desempeñar tu trabajo con eficiencia; cómo cojones vamos a recriminarte eso. Haré lo que esté en mi mano para que vuelvas a llevar placa.

–Gracias, señor.

Una semana después

Neveira percibió que alguien se acercaba por entre los cubículos de sus compañeros. Hacía poco más de diez minutos que Álvaro y Elsa habían salido a hablar con el fiscal. Apartó la mirada del informe forense que estaba leyendo y la lanzó por encima de la pantalla del ordenador. Sonrió al ver a Echevarría ataviado con un elegante abrigo negro. Víctor saludó al subinspector León. Leoncito frunció el ceño y le correspondió con un seco «hola» antes de pegar la nariz a la pantalla del portátil.

Neveira se incorporó para recibir a quien consideraba algo más que un conocido.

–Qué sorpresa –dijo a modo de bienvenida.

–Hoy no esperabas verme por tu terreno, ¿eh?

Se dieron un fuerte apretón de manos.

–La verdad es que no. ¿Y qué te trae por aquí?

–Pues vengo a traerte mi talento –dijo y esbozó una media sonrisa.

Se miraron a los ojos y ambos percibieron afecto en la mirada del otro.

–Así que me han endosado al nuevo.

–Eso parece.

41

Álvaro de la Torre

2 de febrero de 2019, 09:17 h
Comisaría General de Policía Judicial, Madrid

Los restos del caso Lago no me permitían percibir los verdaderos colores del mundo. Todo había tomado tonalidades apagadas. Me estaba costando más de lo normal disipar la oscuridad que siempre traen consigo los casos. Marchaba como un coche que quema demasiado combustible y dejaba a mi paso una especie de estela de humo negro.

Los medios de comunicación expusieron los hechos con la repudia que merecían. La palabra «monstruo» corrió por las redes como un chismorreo entre vecinos. El juez decretó el secreto de sumario. No obstante, ningún secreto de sumario es capaz de ocultar el núcleo de una historia. Y la prensa se hizo eco de los motivos. El mundo de la psiquiatría se escandalizó por los actos de Óscar Revilla.

Elegí un nombre para los acordes con los que armonizó las torturas. En mi fuero interno, los conocí como *La sinfonía del miedo*.

Y sonaba en todas partes.

Del modo más repentino, los violines afloraban y mi cuerpo se estremecía. Revilla había conseguido que una música preciosa entrara por mis oídos como uñas arañando pizarras.

—Eh, tú.

Elsa me arrancó de mi abstracción.

—¿Qué?

—¿Estás bien?

–No consigo quitarme la música de la cabeza.

–Ya somos dos.

–Todavía tengo mal cuerpo, ¿sabes? A veces no se encuentra consuelo en nada, ¿verdad?

–Hay una frase que me ayuda cuando estoy depre: «Basta con saber que una persona te ama para tener las energías suficientes para seguir luchando». Y a ti te ama Teresa y a mí me ama Iván y además nos quiere mucha gente. Yo te quiero, ¿sabes?

Aquella muestra de afecto me llegó al alma: acababa de presenciar uno de los ramalazos de ternura de Elsa.

–Y yo te quiero a ti, compañera.

No pudimos evitar sonrojarnos.

–Céntrate en batir un récord personal –me recomendó con entusiasmo–. Porque el día que no lo consigas...

–¿En tu caso sería *días sin meter la pata*?

–No, tonto: días seguidos con vida.

–Entiendo.

42

Iván Neveira

No me dieron un cursillo de adaptación. Y por Dios que lo hubiera agradecido. Que conste que Víctor me parecía un buen hombre, pero no había conocido a uno tan peculiar en toda mi vida. Desconectaba solo cuando dormía. Eso con suerte. No me habría extrañado que investigara en sueños. De vez en cuando se levantaba encrespado de la silla y abandonaba la comisaría sin decirme ni mu. Y no es que fuera a estirar las piernas: le había dado una de sus venadas de entrevistar a un sospechoso.

Pasé de investigar a mi aire a hacerlo con un bicho raro sin meñiques. Era un investigador magnífico, pero con el molesto espíritu de un lobo solitario. Me hacía sentir un peldaño por debajo de su pericia. Y lo lograba sin dirigirme una sola mirada aviesa, un aspaviento ofensivo o una mala palabra. Dudo que se diera cuenta de cómo me hacía sentir con su individualismo. No obstante, creía haberme amoldado a su carácter. Digamos que todo marchaba bien hasta que una tibia mañana de abril recibió la llamada de una inspectora de Salamanca. Y la percepción que tenía de él dio un vuelco hacia la oscuridad.

—Es Cruz —se fijó antes de descolgar.

No tenía ni idea de quién era Cruz.

Presté oídos a la conversación; algo me dijo que era importante.

–Cuánto tiempo. ¿A qué debo el placer?... ¿En serio? ¿Me da tiempo a llegar?... ¿Seguro? Tardaré más de dos horas... Pues salgo ahora mismo para allí.

Echevarría colgó con la expresión de quien necesitaba una explicación urgente.

–Pon rumbo a Salamanca. Era una antigua compañera. Han encontrado a una chica muerta.

–¿En Salamanca?

–Sí.

El silencio que siguió logró sacarme de quicio.

–No pienso ir a ninguna puta parte si no me explicas qué coño pasa.

–¿Recuerdas lo que te dije la noche que entraste en el taller donde Sandoval fabricó las guillotinas?

–Aquella noche dijiste muchas cosas.

«Y desde entonces parece que te ha comido la lengua el gato».

–En referencia a mis temores –concretó.

–¿Que tenías el presentimiento de que el Verdugo no actuó solo?

–Exacto. Según la inspectora Paloma Cruz, la chica degollada escondía en su piso fotografías relacionadas con los asesinatos de Jaime Sandoval. Y necesito ver esas fotos en persona.

–Lo entiendo.

–Claro que sí.

«Siempre temimos que fueran dos –reflexioné de un humor sombrío–. Pero...».

Me costaba creer que un hombre y una mujer formaran el afamado asesino en serie conocido como el Verdugo de Salamanca. Sin embargo, el degollamiento se ajustaba como un guante a las sospechas de Echevarría. La cuestión era: ¿quién pudo averiguar que la chica muerta fue compañera de crímenes de Sandoval?

«Alguien la buscó, la encontró y se deshizo de ella –medité–. ¿El móvil? Claramente la venganza».

–Menuda casualidad –dijo Echevarría–, ayer mismo estuve en Salamanca cenando con Emilio Zaragoza, el viudo de Rebeca. Rebeca era mi...

–Sé quién era Rebeca –espeté mientras bajaba los hombros y dejaba caer la mirada–. ¿En serio vas a explicarme quién era Rebeca?

–Lo siento. A veces se me olvida con quién estoy hablando.

–Pues espabila –dije malhumorado–. Soy Iván Neveira, inspector de Homicidios, tu compañero.

Víctor sonrió mientras soltaba un potente chorro de aire por la nariz; ese tipo de gestos eran los que me hacían sentir un novato.

–La cuestión es que llevaba tiempo sin hablar con Emilio –explicó– y pensé que estaría bien hacerle una visita. Me invitó a cenar en su casa y al final se nos hizo tarde.

«Las casualidades no existen». Tuve la sensación de que el coche se llenaba de tinieblas. Mientras las sospechas atormentaban mi mente, me vino a la memoria la navaja de Ockham.

–¿Y sabemos cómo se llama la víctima?

–No.

–Sí que es casualidad que ayer estuvieras en Salamanca. ¿A qué hora saliste de la casa del marido de Rebeca?

La mirada de Echevarría me atravesó como una flecha en llamas. Mi pregunta envenenó su sistema nervioso. Pero, a pesar de su pasado violento, me había demostrado con creces que controlaba su temperamento. No había sido mi intención señalarlo –y menos sin tener una sola prueba en su contra–, pero uno no puede obviar su naturaleza: lo mío era llegar al fondo de los asuntos.

–¿Me crees capaz de degollar a una mujer?

–A una mujer cualquiera, no. Pero a la asesina de tu compañera...

Echevarría apoyó el hombro en la ventanilla como si pretendiera echar una cabezada y observó una zona verde del extrarradio de Madrid, que supuso un alivio para nuestras vistas cansadas de fachadas, aceras, coches y asfalto.

–Yo jamás te acusaría tan a la ligera de algo tan grave.

–No te he acusado de nada. No te pongas melodramático.

Echevarría hizo un aspaviento que dejó claro que quería pasar el resto del viaje mirando en silencio por la ventanilla.

Y yo respeté sus deseos.

Dos horas más tarde

Un hervidero de reporteros rugía al fondo de la calle. Tras mostrarle nuestras placas a un policía de uniforme sin bajarnos del coche, apartó una valla para que pudiéramos acceder al perímetro.

Estacionamos en doble fila.

Como dos jóvenes que rechazan las normas, caminamos por el centro de una arteria de Salamanca. Echevarría lo hizo con la cabeza gacha, el cuello del abrigo cubriéndole media cara y las manos hundidas en los bolsillos. Hacía frío para ser finales de abril, pero no tanto como para taparse de aquella ridícula manera.

Dos balcones sobresalían en cada uno de los tres pisos de la estrecha fachada de ladrillo marrón que preservaba una peculiar escena del crimen. Nos dieron guantes y cubrezapatos y ascendimos por unas escaleras grisáceas. El pasillo del tercero medía poco más de cinco metros y contenía dos puertas con número y letra. Policías enfundados en monos blancos, trajeados, en tejanos y camisa caminaban de un lado para otro con el móvil pegado a la oreja o trasteando su tableta, como neuronas en un cerebro a pleno rendimiento.

Resolver el cómo y el quién no era cosa nuestra. Caminábamos hacia las puertas de una escena con el propósito de resolver una duda que llevaba meses robándonos horas de sueño: ¿Jaime Sandoval actuó en solitario?

Echevarría le dio unos golpecitos en el hombro a un tipo trajeado que miraba absorto hacia el interior del piso.

–Hostia, Echevarría –se sorprendió–. Cuánto tiempo. ¿Qué tal por los Madriles? ¿Son tan chulos como dicen?

–Y más. ¿Y a ti cómo te trata la vida, Romero?

–Estas cosas bajan la moral, pero aguantamos las tempestades.

–Él es mi compañero –le dijo mientras me señalaba con la barbilla.

–Iván Neveira. –Hice una mueca de sorpresa–. ¿Te extraña que sepa quién eres? No seas modesto, hombre: descubriste al Verdugo e hiciste quedar mal a más de uno de mis compañeros.

–No era mi intención –dije, un tanto altanero.

–Bueno, rectifico –profirió Romero–: descubriste a una parte del Verdugo.

–Entonces, ¿es cierto? –cuestionó mi compañero.

–Entrad. –Nos mostró el camino con las manos–. No hay nada mejor que verlo con tus propios ojos.

–¿Está Cruz?

–Por ahí anda.

–Me ha alegrado verte.

–Lo mismo digo, Talento.

Echevarría sonrió al piropo de su antiguo compañero.

«Supongo que antes de cruzarse con el Verdugo era un tipo sociable», entendí, viendo el cariño que parecía guardarle Romero. Lo seguí por un largo pasillo y no pude evitar pensar si mi compañero lo habría recorrido horas antes. Superamos habitaciones con policías buscando por los rincones. «Como poco llevan cuatro horas tomando muestras», estimé.

–Cruz –dijo Echevarría en voz baja para llamar la atención de una mujer vestida con un traje azul marino.

La inspectora despegó el hombro del marco de la puerta del salón y se volvió hacia nosotros. El cuerpo de la víctima yacía a su espalda en una bolsa para cadáveres, listo para viajar a la morgue sobre una camilla con ruedas plegables. A unos metros de la finada, un sofá pringado de sangre ponía los pelos de punta.

«Se desangró sobre esos asientos».

—Ah, ya estáis aquí —dijo antes de estrecharle la mano a mi compañero y hacer lo propio conmigo—. Por poco veis el cadáver en todo su esplendor. La forense se ha tomado el levantamiento con calma.

—No importa —dijo Echevarría—. No estamos aquí para averiguar quién la mató. Eso es cosa vuestra. ¿Qué relación guarda esta escena con el asesinato de Rebeca?

—Pues parece ser que toda.

—Lo sabía.

Una mueca de mortificación retorció el rostro de mi compañero.

—Seguidme —nos invitó Cruz.

La inspectora pasó por entre nosotros y se metió en una de las habitaciones del pasillo cuando un miembro de la Científica salía cabizbajo; por poco se trastabillan.

—Mira al frente, hombre —lo abroncó con tono bromista antes de detenerse ante una caja para pruebas colocada a los pies de la única cama del cuarto.

Los muebles de tonos tostados parecían comprados en Ikea. Los azulejos que tapizaban los suelos no eran bonitos y las paredes necesitaban una capa de pintura que disimulara sus señales.

—Nuria Huertas las guardaba en el falso fondo de un cajón —explicó la inspectora.

—¿Nuria Huertas? —se sorprendió Echevarría—. ¿La amiga de Olivia Sandoval?

—Aún te acuerdas de los nombres del caso, ¿eh?

–Hay cosas que mi memoria selectiva se empeña en no olvidar. Nunca llegamos a entrar en este piso, pero hablamos con ella en su trabajo.

Cruz sacó una bolsa para pruebas de la caja y de esta dos fotografías tomadas con una Polaroid. Se las entregó a mi compañero y yo me incliné para estudiarlas: las cabezas de Sonia Cifuentes y Alberto Gómez metidas en recipientes llenos hasta los topes de formol. Dos rostros pálidos y amarillentos de ojos cerrados, cuencas hundidas y nariz y boca selladas por el compuesto químico. Todo ello te arrancaba hasta la última gota de felicidad que llevaras contigo.

–¿Y la de Rebeca? –preguntó Echevarría.

–No pensaba enseñártela.

–¿Por qué?

La inspectora frunció el ceño.

–¿No es evidente?

–No he venido hasta aquí para quedarme a medias.

Me costaba entender ciertos empeños de mi compañero.

–Sabía que eras masoquista, pero...

Cruz se encogió de hombros y sacó la tercera y última fotografía.

Echevarría la observó e inhibió la rabia que le produjo mientras sus ojos se entumecían. Habría jurado que era la primera vez que la tenía delante. Sin embargo, lo había visto fingir ante sospechosos y se le daba de maravilla.

La inspectora volvió a guardar las instantáneas en la bolsa para pruebas.

–Alguien forzó la cerradura –nos explicó–. En principio, la obligó a desplazarse al salón, la puso de cara al sofá y la degolló. Los resultados del laboratorio nos dirán si le inyectó algún tipo de sedante. A falta de un examen en profundidad, la forense, basándose en el *rigor mortis* y en la temperatura corporal, ha dictaminado que murió sobre las tres de la madrugada.

–¿Hay algún testigo? –me interesé.

–¿Testigo? –La inspectora sonrió–. Hemos hablado con los residentes. Todos estaban planchando la oreja a esas horas. Menos un par de jovenzuelos que habían salido de fiesta. Pero nadie vio ni oyó nada. –Cruz apartó a un lado el colegueo y las influencias y le habló con severidad a Echevarría–: Supongo que entiendes que ahora mismo eres sospechoso de asesinato. No tenemos nada en tu contra y espero que siga siendo así, pero de momento es lo que hay. No te he llamado solo porque el caso te incumba, también para avisarte de lo que viene a partir de ahora.

Echevarría sonrió de medio lado.

–Es lógico que hayáis pensado en mí. Me decepcionaría no ser vuestro primer señalado. Busqué al asesino de Rebeca con ahínco. Soy inspector de Homicidios, así que tengo lo que hay que tener para destapar lo que ocultaba Nuria Huertas. Es comprensible que creáis que descubrí que mató a tres personas inocentes junto con Jaime Sandoval y que esta madrugada me he tomado la justicia por mi mano. Admito que me alegra que la hayan rajado como a una puerca. Esta noche voy a comerme un chuletón para celebrarlo. Tengo todo el derecho del mundo a celebrar su muerte. –Echevarría movió sus muñones delante de nosotros, recordándonos que estábamos ante una víctima de Huertas y Sandoval–. Pero esta escena no es obra mía. Las investigaciones me darán la razón. Tiempo al tiempo. Llámame si necesitas que pase por una sala de interrogatorios.

–Tú mantente localizable.

–Nunca me separo del móvil.

–Tendrás noticias mías.

–No lo dudo.

Echevarría le dio la espalda a Cruz como si fuera una vendedora a puerta fría. Yo me despedí con un asentimiento de cabeza y seguí la estela de mi compañero. Antes de abandonar el piso, se dio la vuelta, como si acabara de sobrevenirle una brillante idea.

—¿Sabes, Cruz?

—Dime.

—Ayer estuve cenando en casa del marido de Rebeca. No sé si lo recordarás: Emilio Zaragoza. No salí de su casa hasta la una y pico de la madrugada. Teníamos mucho de que hablar y se nos hizo algo tarde. Él podrá confirmártelo. Las cámaras de la autovía revelarán que fui directo de su casa a Madrid. Si el asesinato se cometió sobre las tres de la madrugada, yo a esa hora estaba llegando a la capital. Que estuviera en Salamanca es una coincidencia, no una circunstancia incriminatoria.

—Eres un cabronazo de primera, ¿lo sabes? —espetó Cruz con un gesto a medio camino entre el enfado y la admiración—. Podrías haber empezado por ahí, ¿no crees?

—La próxima vez empieza preguntando si tengo coartada.

Echevarría le guiñó un ojo y volvió a darle la espalda.

No pude contener mi temperamento cuando bajábamos por las escaleras:

—A ella sí le consientes que te acuse, ¿eh?

—Ella no es mi compañera. Y está al frente de la investigación. Solo hace su trabajo. Y, si no estás a gusto conmigo, ¿por qué no pides un condenado cambio de compañero? —zanjó con evidente enfado—. Nadie va a recriminártelo.

—No voy a dejarte en la estacada. ¿Quién iba a aguantarte?

Cuatro horas y media después

Entré en casa aturullado.

¿Sería capaz de seguir trabajando con un nombre que me suscitaba tantas sospechas? Confiaba en los criminalistas y criminólogos de Salamanca, pero no las tenía todas conmigo. ¿Qué sucede cuando un buen inspector de Homicidios decide emplear sus conocimientos para deshacerse de una sabandija? Que es fácil que se salga con la suya. El asesino de Nuria Huertas tenía, además, un punto a su favor: no se investiga del mismo modo la muerte de una asesina en serie que la de una persona corriente. Temía que Cruz indagara con el freno de mano puesto.

Vi luz en el salón.

Encontré a Elsa leyendo en el sofá.

La saludé con voz fatigada.

–Hola, amor.

Dejó el libro a un lado y se levantó a recibirme. La estrujé entre mis brazos con entusiasmo: ningún día de perros lograría que dejara de adorarla.

–Te veo cansado –apreció tras mirarme detenidamente.

–No vas a creer lo que ha pasado esta tarde.

–Cuéntame y veamos si me lo creo.

Volvió a su sitio y le dio unos graciosos golpecitos al asiento de su lado, mostrándoles el camino a mis posaderas.

Hablé tras acomodarme:

–Alguien ha degollado a una tal Nuria Huertas en su piso de Salamanca. La Científica ha descubierto fotografías de las cabezas de las víctimas de Jaime Sandoval, con quien parece ser que mantenía una relación en secreto y decapitaba a cuatro manos. Era amiga de Olivia Sandoval.

–¿En serio?

–Llevo dándole vueltas desde que hemos salido de Salamanca. ¿Quién ha podido descubrir su secreto? La han degollado, lo que apunta a un ajuste de cuentas.

Elsa me conocía bien y estaba a punto de demostrarlo.

–Y tú sospechas de Echevarría.

–Es lógico, ¿no?

–No es descabellado. Pero en Salamanca no son imbéciles. Si fue él, lo averiguarán tarde o temprano. No puedes meter las narices en todos los casos que no te cuadran. Cuando se pongan a darle vueltas, ¿crees que no caerán en la cuenta de que pudo ser Echevarría?

—La inspectora que lleva el caso ya le ha advertido de que es el primer sospechoso.

—Pues eso.

—Pero Echevarría ha contraatacado con una coartada que, a falta de confirmación, parece eximirle de toda culpa. Si la forense certifica que la mujer murió sobre las tres de la madrugada y él aparece a esas horas en una cámara de tráfico de Madrid...

—Entonces, ¿cuál es el problema?

Me levanté de un modo airadamente cómico y me incliné hacia su bonito rostro, fingiendo ser el policía malo de la estrategia poli bueno–poli malo:

—¿De verdad crees que Sinmeñiques no es capaz de fabricarse una coartada?

—De lo que estoy segura es de que no puede teletransportarse.

—Ya.

Volví a pegar el culo al asiento.

—Sospechas al margen, ¿crees que quien mata a una asesina en serie debe cumplir condena?

La pregunta me sorprendió.

—Nosotros no somos juez ni verdugo. Hay unos límites. Líneas que no podemos cruzar. ¿Cómo, entonces, podríamos pedirle a la ciudadanía que no se tome la justicia por su mano?

—Hablas como si hubieras visto a tu compañero matando a esa mujer.

—Dame otra opción.

—Tiene coartada.

—No me la creo.

—Ese es tu problema.

—¿Quién ha podido descubrirla?

–¿El auténtico compinche del Verdugo ha decidido echar tierra de por medio? Piénsalo. Mata a una amiga de la hermana de su amiguito, la degüella para que parezca un asunto personal, deja fotitos de las cabezas donde sabe que la Científica las encontrará...

–Tienes una inteligencia maravillosamente perversa.

–Gracias. –Elsa había conseguido hacerme sospechar hasta de mi abuela, que estaba muerta–. Mi recomendación es que te olvides del asunto. Echevarría es inocente hasta que se demuestre lo contrario. Tú crees en la justicia, ¿no?, entonces cíñete a la presunción de inocencia. Además, la hijaputa se lo merecía.

–Me sorprende que aplaudas el asesinato.

–No aplaudo el asesinato: aplaudo un asesinato en concreto.

–Vamos a dejarlo estar. No conseguiremos nada enzarzándonos en una discusión. Estoy exhausto mental y físicamente. Necesito dormir ocho horas seguidas. ¿Preparamos la cena?

Elsa asintió comprensiva.

Cenamos y nos acostamos pronto. Sin embargo, el cansancio físico no pudo con mis inquietudes. El insomnio me trajo una conclusión. Solo existía un modo de afrontar el asesinato de Nuria Huertas, cuando menos uno saludable: dejar el caso en manos de otros y confiar en la inocencia de mi compañero.

43

Nuria Huertas

Dos meses y veintitrés días antes
30 de enero de 2019, 19:18 h
Salamanca

El detective cerró la puerta tras haber sembrado la duda y Olivia Sandoval caminó por un pasillo que le pareció más oscuro que nunca. «Jaime era un buen hombre», se repitió mientras revisaba decenas de conversaciones del pasado, circunstancias, miradas, gestos, en busca de un resquicio de verdad en las palabras del exinspector de Homicidios.

Se preparó una tila. Tras el primer sorbo sintió la necesidad de buscar consuelo en su mejor amiga. Anduvo hasta el comedor con la taza en la mano, cogió el móvil de encima de la mesa y marcó el número de Nuria Huertas.

—*¡Holi, Olivi!* —contestó Nuria con su característico buen humor.

—*Holi.*

—¿Va todo bien?

El tono sombrío de su amiga sorprendió a Nuria.

—Acaba de marcharse un detective privado de mi casa. Víctor Echevarría. ¿Te suena?

—¿El de los meñiques?

—El mismo. Te juro que me había olvidado de él. El Verdugo mató a su compañera y tuvo que abandonar la Policía a causa del trauma. Pero ha seguido buscando. Y ahora sospecha, otra vez, que Jaime fue el Verdugo.

—Creía que eso era agua pasada.

–Yo también. Si supieras la mala sensación que me ha dejado... He quedado con él para enseñarle la casa de Marugán.

–¿Cuándo?

–Mañana por la tarde.

–Negarte habría resultado sospechoso.

–¿Por qué iba a negarme?

–Es lo que digo.

–¿Y si fue él?

–No, mujer. Los investigadores hacen esas cosas. Tengo entendido que barajaron a más de cien personas. ¡Cien! Para ellos, Jaime es uno más de la lista. Como no lograron cerrar el caso, ahora quieren acusar a un muerto. Buscan dar carpetazo y colgarse la medallita. De todos modos, a tu hermano ya no pueden...

Nuria no tuvo el valor de terminar la frase: era consciente de que su amiga no había superado la muerte de su hermano.

–Pero pueden manchar su reputación.

–No encontrarán nada y se irán a buscar a otra parte.

–Eso espero. –Hubo un largo silencio, que solo llenó un suspiro de Olivia–. Oye, ¿por qué no te vienes a hacerme compañía?

–Mis padres vienen a cenar –mintió.

–Pues vaya. ¿Nos vemos mañana, entonces?

–Claro. Paso después del trabajo y me quedo a dormir contigo.

Nuria colgó y estuvo tentada de estampar el móvil contra el suelo.

–Puto Echevarría de los cojones...

Caminó hacia su habitación mientras su memoria no dejaba de arrojar momentos felices. Se sentó a los pies de la cama y observó el armario donde guardaba sus trofeos. «Tengo que deshacerme de las cabezas», concluyó convencida, pero con un nudo en el estómago, porque hacerlo significaba perder lo único que le procuraba un atisbo del clímax que experimentó al cortarlas.

—Es todo lo que me queda de ti, de tu auténtico yo –susurró nostálgica.

Se observó en el espejo del armario. Sus ojos estaban demasiado juntos y su nariz era grande y aguileña, su boca tan pequeña que parecía de mentira y sus dientes se amontonaban y torcían hacia fuera como una hilera de alambres; su mente perversa podía oír cómo rechinaban al curvarse contra sus labios.

«Me quisiste por mi belleza interior. Y tú a mí me parecías el hombre más hermoso del mundo».

Abrió el armario, corrió la ropa colgada en perchas como si fuera un telón y retiró el tablero que disimulaba los frascos. Observó las cabezas metidas en formol de Sonia Cifuentes, Alberto Gómez y Rebeca Baños. Cogió los recipientes con cuidado y los dejó a los pies de la cama. Asimismo, el sobre donde guardaba las fotografías *post mortem* y *pre mortem* de sus víctimas. Lo contempló todo mientras se abstraía en recuerdos: las súplicas, la hoja en ángulo cayendo hacia el cuello de cada uno de ellos, la sangre saliendo a borbotones...

Echar la vista atrás la puso cachonda. «Si estuvieras aquí, follaríamos entre fotografías y cabezas. Pero te fuiste para protegerme. Sin embargo, si Sinmeñiques ha descubierto que fuiste el Verdugo y cree que no lo hiciste solo... –Volvieron a ella los momentos en los que Echevarría se cortó los dedos–. Ya sabes cómo es. Si ha llamado a la puerta de tu hermana, tarde o temprano llamará a la mía».

Sacó las fotografías tomadas con una Polaroid y las distribuyó sobre la cama. Luego se tumbó dispuesta a darse un último homenaje. Se quitó el pantalón, se bajó las bragas, se abrió de piernas y se masturbó con las fotografías de sus víctimas, con los ojos de horror, la sangre y las heridas. Se corrió mientras pasaba de un cuello cercenado a otro.

«Te dejaste morir para protegerme –pensó jadeante, sintiendo los últimos resquicios de placer–. Moriste por amor. Y por eso yo te amaré hasta el final de mis días. Pero han descubierto el taller. No puedo seguir adelante. –Recordó las instrucciones que Jaime le dio antes de morir para que siguiera decapitando en solitario–. Fue bonito mientras duró, pero tengo que borrar el rastro de nuestro idilio de sangre».

Se subió las bragas y se puso el pantalón de chándal. Debía meter las cabezas en cajas de cartón, introducirlas en el maletero de su coche y conducir hasta una zona oscura y alejada de Madrid donde ocultarlas bajo tierra.

Dos meses y veintitrés días después
22 de abril de 2019, 00:50 h

Notó que le costaba respirar. Al principio, pensó que estaba sufriendo un terror nocturno. No andaba desencaminada. Una mano le oprimía la boca hasta hundirle la cabeza en la almohada. Ni siquiera pudo ver la silueta de su agresor: le gustaba dormir completamente a oscuras. Inmersa en un salvaje desconcierto, oyó un largo siseo, al que siguió un susurro con tono persuasivo: «No debiste guardar las fotografías». Antes de notar un pinchazo en el cuello, viajó un momento al pasado, cuando, ante un trío de cabezas metidas en un agujero en la tierra, se vio incapaz de deshacerse de todos sus trofeos y se guardó como recuerdo las instantáneas que le costarían la vida.

«Vuelvo contigo, mi amor», pensó antes de caer bajo los efectos del sedante.

Echevarría vestía para la ocasión: mono blanco con capucha, gafas de protección, guantes de nitrilo y cubrezapatos: nada entraría ni saldría de su cuerpo sin su permiso. Deshizo la cama, cogió a la asesina en volandas y la trasladó al salón para dejarla de rodillas ante el sofá, con medio cuerpo reposando sobre los asientos, como si estuviera rezando o lista para que le dieran por detrás. Sacó una cuchilla de afeitar del interior de uno de los cubrezapatos, la desplegó con cuidado de no cortarse y la dejó con manos temblorosas sobre el reposabrazos.

—Listo —se dijo, con el sistema nervioso perturbado.

Lo peor que había consumado en su vida fue una vez que allanó una vivienda y maniató y amordazó a su propietaria. Aquello rebasaba cualquier límite, todas las líneas rojas que un policía podía cruzar.

Caminó hacia la puerta acompañado por el sonido del roce de los plásticos que lo protegían. Recogió la mochila del suelo, abrió la puerta y asomó la cabeza al pasillo. El ascensor seguía a dos segundos de distancia. El silencio lo abrazaba todo con sus brazos escalofriantes. Se volvió para observar el cuerpo de Nuria Huertas. La estampa lo transportó a un momento del pasado: el pelo de Rebeca caía por sus hombros como un río de fuego, en tanto su rostro de piel porcelánica resplandecía bajo los halógenos de la comisaría. La recordó girándose sobre su silla y clavándole su mirada de ojos verdes, mencionándole que aquella tarde tenían una entrevista con un tal Jaime Sandoval.

—Nunca debisteis cruzaros en nuestro camino —susurró antes de abandonar el piso.

Dejó la puerta sin cerrar y sin darse cuenta estaba en el ascensor, donde se quitó el mono, las gafas, los guantes y los cubrezapatos y los metió en la mochila con la velocidad de manos de un mago. Se miró en el espejo del elevador y se percibió irreconocible. «Perfecto». Se recolocó la peluca. Las gafas de pasta y las lentillas azules le daban un aire intelectual.

Salió con calma y pisó la acera, que recorrió a paso ligero hasta vislumbrar el coche de Olivia bajo una farola averiada.

Entró como si le hubieran dado un empujón por la espalda.

—¿Ya? —preguntó ella con el tono de un conspirador.

—Ya.

Olivia había cambiado desde que Echevarría la entrevistó poco después de descubrir el taller secreto de su hermano. Su mirada se perdía por todas partes, pero sus gestos ya no eran suaves ni su voz dulce. Todo se había vuelto penetrante en ella, como la crueldad que le sobrevino tras descubrirse los crímenes del Verdugo de Salamanca. La sociedad la había convertido en una perra apaleada. Y entre palo y palo, se revolvió.

—No salgas del coche hasta las tres menos cuarto —le indicó Echevarría—. Déjate puestas la peluca, las lentillas y las gafas hasta llegar a casa, y circula por la ruta que memorizaste. Porque la has memorizado, ¿verdad?

—Sí.

—Bien. Cúbrete la boca con la braga en todo momento. Entra, hazlo y sal. Y no te entretengas.

—De acuerdo.

Víctor salió del coche con la urgencia de quien necesita cuadrar tiempos. Mientras caminaba hacia la casa del marido de quien fue su compañera, recordó la conversación que mantuvo con Olivia después de que esta se presentara de improviso en su piso:

—Tenía usted razón, detective.

—Ahora soy inspector.

—Perdone.

—No importa. ¿En qué tenía razón?

—Mi hermano no actuó solo.

—¿Cómo lo sabe?

—He encontrado una prueba irrefutable.

—Deme su nombre.

—La cuestión no es quién, sino qué hacer con esa persona.

—Si me da esa prueba irrefutable, le prometo que se pudrirá en la cárcel.

—¿Es eso lo que quiere? El otro día leí por internet que un

tercio de las mujeres encarceladas trabaja en algún taller y que el ochenta por ciento considera que su relación con el equipo de tratamiento es buena o muy buena, y sube a un noventa por ciento cuando esa relación tiene que ver con los funcionarios. ¿Quiere a la asesina de Rebeca leyendo en una celda o viendo la tele mientras se rasca la entrepierna?

—No es lo ideal.

—Eso digo yo.

—¿Y qué sugiere que haga?

—Hacerse el tonto no le pega.

—Podría detenerla por el simple hecho de sugerir lo que está sugiriendo.

—Ambos sabemos que no va a llevarme a ninguna parte. He encontrado fotografías de las cabezas de las víctimas detrás del falso fondo de un cajón del piso de la persona en cuestión. Usted dijo que mi hermano no lo hizo solo. Así que, después de que el mundo me diera la espalda, de tener que cerrar mi zapatería, de... ¿Sabe? El otro día, mi propia madre me dijo que la culpa fue mía, que tendría que haber estado más pendiente de Jaime, que entre los dos les hemos arruinado la vida. Me culpan de los crímenes de mi hermano. Es un sinsentido. Me da igual acabar en la cárcel. A veces pienso que tal vez estaría mejor rodeada de criminales. ¿No me tratan ya como si lo fuera? La cuestión es que hablé con los vecinos de mi hermano y descubrí que de vez en cuando lo visitaba una chica rara, que siempre iba con sudadera y la capucha puesta. Que nunca saludaba. Aquello me puso la mosca detrás de la oreja. Yo tengo llaves del piso de...

—Nuria Huertas.

—Ya veo que su apodo no es infundado. Como le decía, yo tengo un juego de llaves de su piso y ella uno del mío, por si las perdemos o hay que entrar cuando una está de vacaciones. En fin, lo típico.

—Y se coló en su casa y encontró las fotografías.

—Esperé a que estuviera trabajando y entré a husmear. Como mi hermano era un carpintero excelente, pensé que, si habían cometido los asesinatos juntos, le habría confeccionado algún tipo de escondrijo donde guardar objetos de, por así decirlo, índole macabra. A Jaime le gustaban ese tipo de chorradas: fondos falsos, puertas-estanterías, libros huecos... Como le decía, encontré las fotografías en el fondo falso de un cajón de su mesilla de noche. Y ahora que sabe quién fue su compinche, insisto, ¿qué hacemos con ella?

—¿Por qué no la ha envenenado? Si le da igual ir a la cárcel...

—Porque la venganza sabe mejor cuando no se paga por ella. Y yo sola no puedo ajustarle cuentas sin pagar las consecuencias. Igual no me he explicado bien: estoy dispuesta a ir a la cárcel, pero solo si es necesario. Me han tenido engañada durante años y ahora soy una paria por su culpa. Odio a mi hermano y a la psicópata que fingía ser mi amiga. ¿¡Qué coño hacemos con ella!?

—Lo justo.

Tras recordar la tensa conversación con Olivia, Echevarría avanzó un poco en el tiempo para meterse de lleno en la charla que mantuvo con Emilio Zaragoza:

—No voy a andarme con rodeos. Necesito que me ayudes con un asunto de naturaleza criminal.

—¿Criminal?

—Jaime Sandoval no actuó solo. Su novia lo ayudó a perpetrar los crímenes, a matar a Rebeca.

—En las noticias dijeron que era un tipo solitario.

—Por lo visto mantenían la relación en secreto.

—¿Quién es ella?

—No quieras saber más de lo necesario. De todos modos, saldrá en las noticias.

—¿En las noticias? ¿Pretendes matarla?

—Le cortó la cabeza a la madre de tus hijos.

—Ya, pero...

—Pero ¿qué?

—Nada. ¿Qué quieres que haga?

—El próximo viernes me llamarás por teléfono para invitarme a cenar a tu casa. Vendré, cenaremos y me iré sobre las doce. Pero tú le dirás a la Policía que me fui a la una y media y que lo sabes porque miraste el reloj en cuanto salí por la puerta. Y que no has vuelto a hablar conmigo desde entonces.

—De acuerdo.

—El viernes te contaré los pormenores del plan.

—Esos dos malnacidos me arruinaron la vida. Salto de depresión a depresión. Saber que Sandoval no pagó por lo que nos hizo... Así que, sí, les diré que estuviste en mi casa hasta la una y media. Les diré lo que me pidas.

El inspector observó la carretera y tuvo la sensación de estar dando un interminable rodeo. No conseguía circular hacia nada en concreto, y mucho menos en línea recta. Su camino se llenó de curvas, subidas, bajadas y socavones el día que perdió los meñiques. Y tras lo perpetrado aquella noche, tenía claro que su destino era viajar por terrenos fangosos de por vida; uno no vuelve a ser el mismo después de degollar a sangre fría, por mucho que no empuñe la navaja.

«Todo plan conlleva tomar riesgos —se dijo. Sin embargo, confiaba en que Olivia Sandoval y Emilio Zaragoza se mantuvieran firmes en sus respectivos papeles, como sin duda haría él, que era el autor intelectual—. Un equipo de primera —pensó, de vuelta de todo—. Irónico, ¿verdad? Nuria Huertas, junto con Jaime Sandoval, moldeó a personas corrientes hasta convertirlas en sus víctimas. Es como si el destino hubiera colocado las piezas cerca de los huecos y me hubiera susurrado al oído: "Encájalas, y haz justicia". Dicen que no existe el crimen perfecto. Pamplinas».

44

Álvaro de la Torre

26 de abril de 2019, 11:11 h

El miedo es un cristal translúcido. Se interpone entre nosotros y nos convierte en manchas andantes. Nubla nuestra capacidad de pensar, provoca que nos tiemble la voz, temblores, incluso parálisis. Sin embargo, el miedo tiene su lado bueno, como casi todas las cosas, y nos alerta de los peligros. Lo óptimo sería que se mantuviese al margen hasta que aparecieran las verdaderas amenazas, pero quien más y quien menos sabe que «ideal» y «vida» no suelen ir de la mano. El problema es que tiende a sobreprotegernos. Todo el tiempo está ahí, erre que erre, diciéndonos lo que podemos hacer y lo que no podemos hacer. Su esfuerzo sería de agradecer si no fuese porque se equivoca demasiado a menudo, frenándonos cuando debería darnos rienda suelta. Lo más triste es que lo hace con buena intención. Así que, cuando llegan las encrucijadas, depende de nosotros obedecer o decir «miedo, vete a molestar a otro».

–Voy para allá –le dije a mi madre justo antes de colgar–. Me marcho al hospital –le informé a Elsa–, Azucena ha roto aguas.

–¿Ya?

–Se le ha adelantado un poco.

–Dile que sobre las siete pasaré a verlas.

–Claro.

Conduje hacia el hospital donde mi hermana estaba dando a luz y ni por esas logré quitarme de encima la tensión que se había acomodado en mi cuerpo desde el cierre del caso Lago. Habían pasado meses desde que Óscar Revilla confesó los asesinatos. La imagen de Tomás colgando ante su hija se había aferrado a mi mente como la envidia a un alma mezquina. Las cicatrices que mancillaban su cuerpo parecían haberse atascado en mi cabeza, como un barco en un arrecife.

«El mundo es un asco», me dije mientras tarareaba *La sinfonía del miedo*.

Entré y subí a la planta de natalidad. Enseguida vi a mis padres en la sala de espera. Saludé a los presentes y me senté al lado de mi madre.

–He llegado tan rápido como he podido. ¿Celia ha salido ya de su escondrijo? –bromeé.

–Ni idea. Hemos llegado los tres hace una media hora y las enfermeras la han metido en el paritorio con Juanjo. Solo puede tener un acompañante, así que...

–Yo estaba dando un paseo por el Retiro cuando me ha llamado tu madre. He cogido un taxi y... –Hizo una mueca de ignorancia–. Ni siquiera he llegado a ver a tu hermana. La enfermera nos avisará cuando podamos entrar a verlas.

–Tendremos que esperar –me resigné.

Hora y media más tarde, una enfermera entró en la sala y preguntó por los familiares de Azucena de la Torre.

Mis padres entraron primero. Yo me detuve un momento a acondicionar mi espíritu. Respiré hondo, como si, en vez de estar a punto de entrar en una habitación de hospital ocupada por una madre feliz y su bebé, estuviera a un paso de una sala de autopsias con un forense afligido y un cadáver abierto en canal.

Oí los llantos de Celia antes de empujar la puerta. Ni siquiera conocía sus facciones y ya me pregunté qué sería de nosotros si muriera. El inevitable compañero de vida que es el miedo apareció sin ninguna lógica para gritarme: «¡Cuidado, el mundo está lleno de peligros! ¡Mira lo que le pasó a tu hermana, a Irene Miranda, a Carolina Lago!».

Y *La sinfonía del miedo* hizo su aparición.

Cuando tuve a Celia entre mis brazos, mandé callar al miedo entre acordes de violines y acerqué su orejita a mi boca. Y susurré: «Tranquila. Nadie puede hacerte daño. Tu tío es Álvaro de la Torre».

Y ante la sorpresa de todos, Celia dejó de llorar.

Y con sus llantos se esfumó la sinfonía.

No era policía por un sueldo: todos los trabajos vienen con uno. Menos aún para sentirme importante. Ni siquiera para labrarme un nombre como inspector de Homicidios. De hecho, me irritaba ver mi cara en televisión. Encerraba a personas malvadas para que el mundo fuera un lugar más seguro para personas como mi hermana, mis padres, Elsa y Teresa, y ahora para Celia.

Epílogo

Dos meses después de los secuestros
14 de diciembre de 2017, 20:22 h

Abrió la ventana y dejó que el aire frío se mezclara con el caliente: una analogía de su lucha interna.

—Cualquier pago valdrá la pena —se dijo, con la cara helada y los pies templados—. Lo que tengo en el sótano es un sueño hecho realidad. ¡No, aguanta! Pero Tomás no ha logrado progresos en estos dos meses. Tal vez sea hora de aceptar lo que soy. ¡No! ¡Resiste, joder! Malditas fiestas sexuales.

Su mente arrojaba imágenes de Carolina fornicando en orgías con hombres y mujeres y, asimismo, a él violándola y cortándola en su sótano mientras lloraba y suplicaba clemencia.

El hecho de imaginarlo le provocó una erección.

«Pero ¿¡qué coño te pasa!?», se preguntó por enésima vez.

Se apartó de la ventana con un aspaviento, la cerró con violencia y prosiguió dialogando consigo mismo en un intento por reprimir sus impulsos. La eterna lucha entre el bien y el mal.

Tenía una clara noción de lo que era correcto e incorrecto, de ahí su conflicto; sus deseos no estaban alineados con los valores que le infundieron sus padres, pero la química de las emociones jugaba en su contra y la desregulación de ciertos neurotransmisores de su cerebro lo decantaba hacia el lado del mal.

Bajó hasta el sótano dispuesto a dar por finalizado su intento de redención.

«Ya no tiene sentido ocultar mi identidad», se dijo.

No obstante, una oleada de vergüenza lo empujó a falsear la voz y cubrirse el rostro por última vez.

Se puso el pasamontañas y el distorsionador, introdujo la llave en la cerradura de la habitación de los Lago y empujó la puerta, al mismo tiempo sombrío y lleno de lujuria. Su vida había rebosado conflictos y contrastes desde que tuvo uso de razón y lo que estaba a punto de hacer no iba a estar exento de dichas colisiones.

—El tratamiento no funciona —le dijo a Tomás con la siniestra voz robótica con la que se dirigía a él cuando estaba con Carolina—. ¿Cómo quieres que lo haga?

Tomás bajó de un salto de la cama y se abalanzó sobre su captor con la furia de un padre que protege a su hija, pero las cadenas se tensaron y su cuerpo cayó estrepitosamente de espaldas.

—¡Papá! —gritó Carolina desde la cama.

Tomás se incorporó fuera de sí y se aproximó a su secuestrador cuanto le permitieron los grilletes, como un perro atado a un poste; sus dientes rechinaron y dos lágrimas se deslizaron por sus mejillas.

—¡Nunca pretendiste liberarla, maldito cabrón! ¡La terapia ha sido una forma patética de sacudirte los remordimientos! ¿¡Te dirás «he hecho lo que he podido para evitarlo» mientras la...!?

—¿¡Mientras qué!? —preguntó Carolina, con la espalda apretada al cabezal.

—Lo supe en cuanto me encerraste aquí con ella —razonó Tomás, ignorando la pregunta de su hija—. Me pregunté: ¿se arriesga a que le cuente la verdad, a que le diga su nombre? Me prometiste salvarla si lograba sanar tu mente. Pero de tu boca solo salieron promesas vacías.

–No es cierto. Mi curación conllevaba su salvación. Sin embargo, tuve claro que no le contarías la verdad; decírselo significaba condenarla.

–¿¡Condenarme a qué!? –preguntó de nuevo Carolina, horrorizada.

De nuevo sus dudas fueron pasadas por alto.

–Sé lo que le decías al volver de las terapias –aseguró el secuestrador–: que yo era un loco entusiasta de la mente humana, que solo quería conversar con una eminencia de la psiquiatría, que la mantenía secuestrada para obligarte a compartir tus conocimientos conmigo. Y he de admitir que fueron unas buenas mentiras.

–Nunca pretendiste liberarla –insistió Tomás–. Nunca buscaste una cura. En el fondo sabes que es verdad. Solo querías tener la conciencia tranquila, vía libre y poder decirte: «Hice lo que estuvo en mi mano». Eres un sádico asesino que tarde o temprano tendrá su merecido. El mundo conocerá la verdad. Pasarás a la historia como un monstruo. Nunca tendrás la conciencia tranquila. Deberías saberlo mejor que nadie. A no ser que recules. Si nos liberas ahora mismo, serás un enfermo que logró combatir su enfermedad para salvar dos vidas. Serás el otro lado de la moneda. Un héroe para muchos. Aún estás a tiempo de arrepentirte y hacer algo hermoso. No es tarde.

–Sí lo es. Y ya me arrepiento. –Revilla lloró por debajo del pasamontañas–. No puedo controlar mis impulsos. Los motivos no importan. El desencadenante no importa. Mis años de contención han servido para salvar vidas, pero no cambiarán vuestros finales. He entendido que la única manera de vencer a una tentación es sucumbir a ella. ¿Cómo quieres que lo haga?

Tomás volvió al lado de su hija. Carolina lo cogió de la mano mientras su rostro reflejaba incertidumbre y miedo. No tardaron en aparecer los primeros gimoteos, tanto del padre como de la hija. Sus pupilas se dilataron y sus respiraciones se aceleraron.

Revilla lo disparó todo con su voz robótica:

–¿¡Cómo quieres morir, Tomás!?

–¡Ah...! –gritó Carolina con los ojos empapados en lágrimas–. ¡Por favor, no lo hagas! ¡Perdónanos! ¡No te hemos hecho nada malo!

El captor se llenó de placer gracias al sufrimiento de Carolina. «No puedo modificar mi mente –reflexionó una vez más–. No soy capaz de someter a mis apetitos. Mi infierno interior ha engullido al cielo que me quedaba. Soy un monstruo».

Tomás rompió a llorar ante el inmenso dolor que le aguardaba a su hija. Consideró estrangularla allí mismo para ahorrárselo, pero fue consciente de que su secuestrador no lo permitiría.

«Es demasiado tarde –se dijo abismado–. Debí hacerlo cuando entendí que no iba a lograrlo».

–Lo siento, hija mía. Tuve que terminar con todo hace tiempo –deliró mientras Carolina se ahogaba en llantos–. Pero mantuve la esperanza y ahora es demasiado tarde. Ahora... Escúchame bien: es Óscar. El enmascarado de voz robótica fue mi mejor amigo.

Los ojos de Carolina se abrieron hasta sus límites, pero no encontró fuerzas para pedir explicaciones. El miedo pudo más que las ganas de saber.

–¿Cómo? –insistió Revilla, a los pies de la cama.

–Como acordamos –dijo Tomás con una mueca de resignación–. Y quiero hacerlo en este cuarto. Y que lo grabes: si te encuentra la Policía, que no quede la menor duda de que yo no tuve nada que ver con la mue...

–¡No! –gritó Carolina. Empezaba a comprender que a su padre le esperaba una muerte horrible y a ella un final acorde–. ¡Por qué haces esto, Óscar! ¡Siempre has sido como de la familia! ¡Busca la bondad en tu interior, te lo suplico, apiádate de nosotros!

–No puedes cambiarlo –sentenció Tomás.

Padre e hija llevaban más de dos meses compartiendo habitación, durmiendo en la misma cama, a la que pasaban las horas encadenados. Viendo la televisión. Leyéndose libros. Riendo y llorando –más de lo segundo– y recordando tiempos mejores.

Y se lo perdonaron todo.

–Quiero que lo último que vean mis ojos sea tu rostro. Dame ese gusto, hija.

Se fundieron en un abrazo desolador mientras sus cadenas tintineaban.

–Te quiero, papá.

–Y yo te quiero a ti, mi hija perfecta.

Índice